INSELDÄMMERUNG

W0407196

Bent Ohle, 1973 in Wolfenbüttel geboren, wuchs in Braunschweig auf und studierte zunächst in Osnabrück, bis er an die Filmhochschule in Potsdam-Babelsberg wechselte, wo er als Film- und Fernsehdramaturg seinen Abschluss machte. Heute lebt er mit seiner Familie wieder in Braunschweig.

Dieses Buch ist ein Roman. Handlungen und Personen sind frei erfunden. Ähnlichkeiten mit lebenden oder toten Personen sind nicht gewollt und rein zufällig.

BENT OHLE

INSELDÄMMERUNG

Insel Krimi

emons:

Bibliografische Information der Deutschen Nationalbibliothek
Die Deutsche Nationalbibliothek verzeichnet diese Publikation in der Deutschen Nationalbibliografie; detaillierte bibliografische Daten sind im Internet über http://dnb.d-nb.de abrufbar.

MIX
Papier aus verantwortungsvollen Quellen
FSC® C083411

© Emons Verlag GmbH
Alle Rechte vorbehalten
Umschlagmotiv: lookphotos/Wohner, Heinz
Umschlaggestaltung: Nina Schäfer, nach einem Konzept von Leonardo Magrelli und Nina Schäfer
Umsetzung: Tobias Doetsch
Gestaltung Innenteil: César Satz & Grafik GmbH, Köln
Lektorat: Marit Obsen
Druck und Bindung: CPI – Clausen & Bosse, Leck
Printed in Germany 2020
ISBN 978-3-7408-0934-8
Insel Krimi
Originalausgabe

Unser Newsletter informiert Sie regelmäßig über Neues von emons:
Kostenlos bestellen unter
www.emons-verlag.de

When I die let my ashes float down the Green River
Let my soul roll on up to the Rochester Dam
I'll be halfway to Heaven with Paradise waitin'
Just five miles away from wherever I am.

And daddy, won't you take me back to Muhlenberg County
Down by the Green River where Paradise lay
Well, I'm sorry, my son, but you're too late in asking
Mister Peabody's coal train has hauled it away.

John Prine, »Paradise«

Teil 1

Vor der Kaserne, vor dem großen Tor
Stand eine Laterne
Und steht sie noch davor
So wollen wir uns da wiedersehen
Bei der Laterne wollen wir stehen
Wie einst Lili Marleen

Lale Andersen, »Lili Marleen«

Amrumer Hafen, 23.12.2019, 13:40 Uhr

Nils und Elke standen am Rande des Kais und blickten hinüber zu der sich nähernden Fähre, die einen weißen, sprudelnden Streifen auf dem glatten Wasser hinter sich herzog. Es war vollkommen windstill. So windstill, dass die Schreie der Möwen in der Luft über ihnen kaum nachhallten, als befänden sie sich in einem geschlossenen Raum. Föhr lag klar erkennbar und scheinbar näher als sonst im Osten; ein gelbgrüner Streifen, auf dem man vereinzelt einige Gebäude ausmachen konnte. Bald würde man davon nichts mehr sehen können, bald wäre die Stille zu Ende und der Hafen kaum mehr betretbar.

»Die typische Ruhe vor dem Sturm«, sagte Elke, drückte die Hände in die Taschen und lächelte der Fähre entgegen, die ihre Tochter über die Weihnachtsferien zu ihnen brachte.

»So schlimm ist sie doch gar nicht«, entgegnete Nils. Elke trat ihm vors Schienbein und lächelte breiter.

»Endlich ist die Familie wieder zusammen«, sagte sie. »Ob sie uns auch so vermisst?«

»In Prozent ausgedrückt, werden es so um die vier bis sechs sein.«

»Ehrlich?«

»Schatz, sie ist achtzehn Jahre alt. Niemand ist in dem Alter überflüssiger als die Eltern.«

Elke seufzte tief. Ihre Tochter besuchte auf Föhr das Gymnasium und wohnte in dieser Zeit bei Freunden, sie kam nur an den Wochenenden und den Feiertagen nach Hause.

Das Schiff schob sich fast bedrohlich groß dem Landungssteg entgegen. Der Bug öffnete sich, und ein Schiffsarbeiter mit einer Fernbedienung in den Händen tauchte auf, hinter ihm Dutzende Menschen, die zu Fuß auf die Insel kamen.

»Siehst du sie schon?«, fragte Elke ernst und ging näher. Nun senkte sich auch die Landungsbrücke herab und kam mit einem lauten Krachen auf dem Deck zum Stehen. Eine junge Frau scherte aus der Menge aus und lief an dem Mitarbeiter vorbei auf Elke zu. Anna rannte in die offenen Arme ihrer Mutter und kreischte vor Freude. Dann streckte sie einen Arm aus und winkte ihren Vater zu sich. Nils legte seine Arme um seine beiden Frauen und hielt sie einen Moment lang ganz fest, während die Touristen an ihnen vorbeiströmten.

»Schön, dass du endlich hier bist«, murmelte Elke, und sie lösten sich aus ihrer Umarmung.

»Habt ihr mich vermisst?«, fragte Anna keck und wippte ungeduldig auf und ab.

»Kaum«, sagte Nils grinsend und nahm ihre Tasche.

»Komm, wir gehen nach Hause.« Elke hakte ihre Tochter unter, und sie schlossen sich dem Menschenstrom an.

Gleich nachdem sie zu Hause angekommen waren und Anna nur rasch ihre Tasche ins Zimmer geworfen hatte, machten sie sich auf den Weg zum Strand. Nils wusste, dass es vorerst das letzte Mal war, dass sie ans Wasser gehen konnten. Die nächsten Tage würden rau werden. Zu Weihnachten würde man wegen des Sturms kaum das Haus verlassen können.

Nun jedoch schien die Sonne von einem klaren blauen Himmel, als sie die Strandstraße von Nebel hinunterradelten. Es war ein gutes Gefühl, endlich wieder zu dritt zu sein. Nils sah seiner Frau an, wie glücklich es sie machte. Diese Momente würden immer seltener werden. Kaum waren die Kinder auf der Welt, verließen sie auch schon wieder das Haus. Nils konnte kaum glauben, wie schnell Annas Kindheit quasi vorbeigeflogen war. Auf dieser Straße war er mit ihr im Kinderwagen gegangen. Ihre ersten Schritte hatte sie auf dieser Straße gemacht, und Nils hatte ihr das Fahrradfahren auf dieser Straße beigebracht. Wie oft würden sie diesen Weg noch zusammen gehen? Bald war sie aus der Schule, würde studieren, viel weiter weg, als sie jetzt schon ohnehin war. Vielleicht war es Zeit, noch ein Kind zu bekommen. Sie waren zwar nicht mehr die Jüngsten, und Elke würde ihn wahrscheinlich nur schief angucken, wenn er diesen Vorschlag machte, aber er konnte sich vorstellen, noch ein Kind zu haben. Irgendwie war er noch nicht bereit, diesen ominösen, schicksalsergebenen Satz zu sagen: *Die Kinder sind aus dem Haus.*

Vor ihnen lichtete sich der Kiefernwald und gab den Blick auf die Dünen frei. Selbst das Dünengras, das eigentlich immer in Bewegung war, stand vollkommen reglos da, als sei es erstarrt. Das kleine Restaurant »Strandpirat« war geschlossen, und im Fahrradständer standen nur wenige Fahrräder. Entsprechend menschenleer war der Strand. Der Bohlenweg ragte einsam in den sandigen Küstenstreifen hinein. Die Strandkörbe waren bereits in den Hallen verstaut. Sonne spiegelte sich in den Pfützen und Prielen im Watt. Es war Ebbe und das Wasser weit entfernt.

Sie spazierten zunächst weit ins Watt hinein bis zur Wasserkante und dann in Richtung Norden. Die Muscheln knackten unter ihren Schritten, während Anna erzählte, was in der Schule so passiert war. Nils musste nach einer knappen halben Stunde seine Jacke ausziehen, so warm war es in der Sonne. Irgendwann konnte er nicht mehr widerstehen, legte einen Arm um seine Tochter und zog sie an sich. Er wollte sie beschützen, um alles in der Welt. Sie hatte in so großer Gefahr geschwebt in den Händen dieses Killers. Das alles schien jetzt weit, weit weg und lange her. Doch das war es nicht. Er wunderte sich immer noch, wie gut sie sich wieder erholt hatten, sie alle drei. Sie hatten viel durchmachen müssen. Aber die Insel schien sie zu heilen. Jedes Mal, wenn er hier draußen war, hatte er das Gefühl, Kraft zu bekommen und Zuversicht. Er konnte nicht sagen, wie es gewesen wäre, wenn sie in einer Stadt leben würden, aber er bezweifelte, dass sie sich so rasch erholt hätten. Das lag nun hinter ihnen, und vor ihnen lag Weihnachten. Alles würde ruhig und friedlich sein. Bis auf das Wetter.

Hamburg-Fuhlsbüttel, Justizvollzugsanstalt, 14:53 Uhr

»Ich werde dich vermissen, Herr Jensen«, sagte Brockhaus. Er war hier drin immer bei seinem Nachnamen gerufen worden, weil er so belesen war und scheinbar auf alles eine Antwort wusste. Das hatte ihm einen unerwünschten Spitznamen erspart. In der Schule hatten sie ihn »Brocki« oder »Bröckchen« genannt. Aber das passte nun schon aufgrund seiner äußeren Erscheinung nicht mehr. Er war einen Meter fünfundachtzig groß, mit kräftigem Unterkiefer, kantigen Wangenknochen und kleinen, listigen schwarzen Augen. Er war trainiert. Jetzt, nach seiner Zeit im Knast, mehr denn je. Was soll man schon machen in so einer Zelle? Körperliches Training war der beste Zeitvertreib. Es hielt einen fit, machte einen stärker, klar im Kopf, und es setzte Glückshormone frei. Hinter dicken Mauern konnte man jedes einzelne dieser Hormone gebrauchen.

Jensen und Taubner waren die beiden Beamten, die ihn bis zum Tor geleiteten. Sie waren die meiste Zeit in der Tagesschicht, und beide waren wirklich anständige Männer. Aus diesem Grund sprach er sie auch höflich mit »du, Herr Jensen« an. Jensen war groß und schlaksig, mit einem dünnen Oberlippenbart und einem ebensolchen Haarkranz, der ihm im Nacken lag wie eines dieser Schlafkissen fürs Flugzeug. Taubner war älter als sein Kollege, etwas über fünfzig, schätzte Brockhaus, und hatte dichtes lockiges, von grauen Strähnen durchsetztes Haar. Er besaß quasi keine Lippen, nur einen breiten Schlitz im Gesicht, der sich aber sympathisch und einnehmend krümmen konnte, wenn er lachte.

»Wir wollen dich nie wiedersehen«, sagte Taubner, der eben eine Tür aufschloss, mit gesenktem Kopf. Jensen schmunzelte.

»Das sagt ihr doch zu jedem. Habt ihr nicht etwas Persönliches, das ihr mir mitgeben wollt?«, fragte Brockhaus.

Taubner drehte sich zu ihm um. »Auf Nimmerwiedersehen, versprochen?«, fragte er und hielt ihm die offene Hand hin. Brockhaus sah sie einen Moment lang an und überlegte. Er trug seine Tasche in der rechten Hand. Und er wollte ihn eigentlich nicht anlügen, denn er mochte ihn.

Brockhaus ließ seine Tasche fallen. »Versprochen.« Er schlug ein, und sie schüttelten sich die Hände.

Auch Jensen reichte er die Hand.

»Ihr zwei seid in Ordnung«, sagte er und hob seine Tasche

wieder auf. »Im Gegensatz zu den meisten anderen Wichsern hier drin.«

»Nun, es ist ein Gefängnis, da sollte man nicht allzu viel Menschlichkeit erwarten«, meinte Jensen. »Und unschuldig warst du ja auch nicht hier.«

»Vollkommen korrekt, ihr zwei.« Brockhaus klopfte Jensen auf den Arm. Taubner stieß die schwere Tür auf, und graues Tageslicht spülte herein.

Sie gingen in den kleinen Innenhof vor dem letzten Tor, dem »Turm«, durch den alle zweimal gehen mussten. Wenn sie ankamen und wenn sie wieder gingen. Egal ob auf ihren Beinen oder mit den Füßen zuerst. Ja, Mord gab es auch hier drin und so ziemlich alle anderen Verbrechen, die man draußen begehen konnte. Vor einem hatten die meisten Insassen sicherlich die größte Angst, doch dieser Kelch war an Brockhaus vorbeigegangen. Er war kein Kinderschänder, und seine körperliche Statur zeigte deutlich, dass man sich auf Gegenwehr gefasst machen musste, sollte man versuchen, sich ihm zu nähern.

Taubner verschloss die Tür hinter ihnen und riegelte die nächste auf. Der graue Himmel über dem Hof war merkwürdig diffus und kaum merklich in Bewegung. Jetzt war es nicht mehr weit. Nur noch wenige Meter, ein paar Schritte auf von Mauern umgebenem Boden, bis er in die Freiheit entlassen wurde. Ob er sich freute, konnte er zu seiner Überraschung kaum sagen. Ja, sicherlich war da so etwas wie Freude, aber er war auch sehr fokussiert und konzentriert auf das, was nun kommen würde.

Sein Blick glitt über die rot-weiße Fassade. Taubner rasselte wieder mit seinen Schlüsseln und ging vor.

»Noch merkt man nichts vom Sturm«, sagte Jensen mit einem abschätzenden Blick in den Himmel.

»Nein«, bestätigte Brockhaus. »Noch ist alles ruhig.«

Und dann klackte es laut, als Taubner das Schloss entriegelte. Ein Quietschen folgte, als er die schwere Eisentür aufzog.

»Werden Sie abgeholt?«, fragte Jensen.

Brockhaus grinste innerlich. Nein, den Gefallen wollte er ihnen nicht tun. Sie würden ihn mit Sicherheit die erste Zeit überwachen, das stand außer Frage. Daher musste er sehr vorsichtig sein, bei allem, was er vorhatte. Und er hatte viel vor. Zum Glück hatte er schon einiges von hier drinnen organisieren können. Der Rest würde kein Spaziergang werden, aber es war machbar.

»Ich hab niemanden mehr«, entgegnete er nur.

»Na, dann … alles Gute«, sagte Jensen zum Abschied und nickte.

»Bleiben Sie sauber«, fügte Taubner an, und sein Schlitzmund verzog sich keinen Millimeter dabei.

»Macht's gut.« Brockhaus trat durch den Torbogen hinaus in die Freiheit und inhalierte die Luft. Es konnte schwerlich eine andere sein als auf der Hofseite, doch er hatte das Gefühl, dass sie süßer roch, vielversprechender.

Die Tür fiel mit einem Krachen zurück ins Schloss, der Schlüssel wurde umgedreht. Das Gefängnis war wieder rundum verschlossen. Und er stand davor. Es war kaum zu glauben. Sechs Jahre. Sechs lange Jahre, die sich wie sechzehn angefühlt hatten, lagen hinter ihm. Er blickte auf seine Armbanduhr. Nun galt es, keine Zeit mehr zu verschwenden.

Hamburg-Altona, Wohnung von Simon Hagelands Mutter, 15:03 Uhr

Simon saß mit den Händen im Schoß da, und man konnte bereits an seiner Körperhaltung erkennen, dass er nicht lange bleiben wollte. Seine Mutter Anette goss ihm Kaffee in die alte, abgewetzte Tasse. Armin, der Lebensgefährte von Anette, saß zurückgelehnt und mit glasigen Augen auf dem Sofa und starrte auf den Fernseher. In den Nachrichten wurde über den Sturm berichtet, der die deutsche Nordseeküste bald erreichen sollte.

»Wird das Wetter schlecht?«, fragte Anette und stellte ein paar Spekulatiuskekse auf einem Teller auf den Tisch.

»Hochwasser«, antwortete Armin und hustete. Armin war

krank. Er hatte so ziemlich alle Krankheiten, die man sich vorstellen konnte, und eine Beinprothese. Er war mit Abstand der kränkste von allen Männern, mit denen Simons Mutter zusammen gewesen war. Ein absoluter Pflegefall. Und seine Mutter war mehr eine Krankenschwester oder Pflegerin als seine Frau. Aber wenigstens war er nicht aggressiv ihr gegenüber. Solche Männer hatte sie genug gehabt und Simon so seine Auseinandersetzungen mit ihnen. Wenn es sein musste, auch körperliche. Einem hatte er so schlimm zugesetzt, dass der jetzt ähnlich wie Armin auch nur noch schlecht laufen konnte. Aber Simon fand, er konnte von Glück reden, dass er überhaupt noch am Leben war.

Da Simons freundliches, hübsches Äußeres nicht auf seine aggressive Ader schließen ließ, hatte er den Überraschungseffekt immer auf seiner Seite gehabt, wenn er in Kämpfe geraten war. Im Gerichtssaal hatte ihm das leider nicht geholfen. Er war schon dreimal wegen Körperverletzung angeklagt worden und einmal in den Bau gegangen.

Was nun kam, konnte keiner vorhersehen. Ihr Vorhaben ließ seine Zukunft nur noch nebulöser erscheinen, als sie ohnehin schon war. Aber in jedem Fall würde es ein Abschied werden. Das hier war für lange Zeit sein letztes Kaffeetrinken bei seiner Mutter. Sie wusste davon natürlich nichts. Er hatte sie noch einmal sehen wollen, bevor es losging. Armin war ihm egal. Er war einfach nur eine Figur, die hier herumsaß wie eines von diesen Weihnachtstieren, die seine Mutter in der Weihnachtszeit auf die Fensterbank stellte. Simon konnte sich noch daran erinnern, wie er als Kind damit gespielt hatte, so alt waren sie. Alt und angestaubt, wie alles hier in der Wohnung.

»Was machst du denn Heiligabend?«, fragte Anette und setzte sich. »Wenn du magst, kannst du gern vorbeikommen.«

Simon sah Armin an, der wenig begeistert die Oberlippe hochzog.

»Na ja, ich bin noch nicht verplant, weißt du, aber wahrscheinlich fahren wir … fahre ich irgendwohin. Raus aus der Stadt.«

»Ja, das ist nett«, entgegnete Anette, trank einen Schluck und blickte über den Tassenrand hinweg zu Armin.

»Zwei Meter Hochwasser«, sagte er, doch keiner reagierte darauf.

»Ich schick dir dann was«, sagte Simon. Er hatte daran gedacht, ihr Geld zukommen zu lassen, wenn alles vorbei und Gras über die Geschichte gewachsen war. Aber wahrscheinlich war es besser, ihr nur ein Weihnachtsgeschenk zu schicken. Vielleicht ein wertvolleres als sonst.

»Ach, das ist doch nicht nötig. Wir brauchen nichts.«

Simon sah sich um. Gottverdammt, sie brauchte alles. Neue Möbel, neue Gardinen, neue Tassen, eine neue Wohnung, ein neues Leben.

»Aber für dich hab ich was. Es ist nur noch nicht eingepackt.« Anette stand eilig auf.

»Mama, lass doch. Das ist …« Simon gelang es nicht, sie von ihrer Idee abzubringen.

»Nein, nein, ich bin gleich wieder da.«

Sie verließ das Wohnzimmer und raschelte im großen Kleiderschrank im Schlafzimmer herum.

»Sie hat das Ding unten bei ›Eddi's Kiosk‹ gesehen«, informierte ihn Armin mit einem fast vorwurfsvollen Blick. »Ich fand's überteuert, so was kauft man doch nicht im Kiosk.« Er schüttelte den Kopf und widmete sich wieder dem Bildschirm.

Anette kam zurück.

»So, eine Kleinigkeit für dich«, sagte sie und legte ein silbernes Sturmfeuerzeug vor Simon auf den Tisch.

Er nahm es in die Hand und klappte es auf.

»Das funktioniert wohl irgendwie elektrisch, und man kann es an den Computer anschließen mit UPS«, erklärte sie.

»USB«, korrigierte Simon. »Vielen Dank, Ma.«

Er nahm es an sich und zündete einmal. Ein blauer Blitz knisterte zwischen zwei Elektroden auf. »Kann ich gut gebrauchen.«

Vielleicht konnte er so etwas tatsächlich gut gebrauchen bei ihrem Vorhaben. Der Sturm war im Anmarsch, und hiermit war er gewappnet.

Seine Mutter setzte sich erfreut auf ihren Platz und leerte ihren Kaffee.

Armin grummelte unzufrieden auf der Couch, ob wegen des Programms oder wegen des Geschenks, konnte man nicht sagen.

Simon sah auf die Uhr. Brockhaus war bereits draußen. Heute Abend würden sie zum ersten Mal miteinander sprechen. Nicht persönlich, aber über ein Spiel auf der Playstation. Er hatte ihnen einiges aufgetragen. Das meiste davon war erledigt, aber es gab noch ein paar Dinge, die sie besorgen und um die sie sich kümmern mussten.

»Ich muss los«, sagte Simon leise zu Anette. Er hatte ein schlechtes Gewissen. Immerhin war sie seine Mutter, und wer wusste, wann er sie wiedersah.

»Oh, wie schade«, meinte sie und legte ihr Gesicht in Sorgenfalten.

»Ja, ich hab noch einen Werkstatttermin«, log Simon, und sie erhoben sich.

Anette drückte ihren Sohn kurz, aber fest. Simon winkte Armin zu, der seinerseits kurz die Hand von der Lehne hob und hustete. Dann ging er. Er stieg im Hausflur die Treppe bis ins Erdgeschoss hinab. Seine Schritte hallten laut von den Wänden wider. Kaum war er draußen auf dem Fußweg und die Tür hinter ihm ins Schloss gefallen, flüsterte er: »Scheiße, Mann. Ich muss ihr was schicken.«

Erst mal musste er aber seinen Job machen, dann kam lange, lange gar nichts. Da konnte er dann ausgiebig darüber nachdenken, wie seine Mutter etwas von dem Geld bekommen konnte.

Was für ein Scheißleben, dachte er, knickte einen Ast an einer Hecke ab und warf ihn auf die Straße.

Hamburg-Ahrensburg, Fritz-Reuter-Straße, 16:41 Uhr

Martin schloss mit dem kleinen Piet auf dem Arm die Haustür auf und zog den Kinderwagen hinter sich her die Stufen hinauf, raus aus dem Regen, der sie überrascht hatte.

»So eine Scheiße«, fluchte er, als sein Sohn Joshua von oben die Treppe heruntergepoltert kam.

»Was'n los?«

»Na, es regnet!«, rief Martin und wischte Piet das Gesicht trocken. »Hab dieses Regendings vergessen ... das Cape, den Umhang, die Hülle ...«

»Ja, ja, hab schon verstanden«, entgegnete Joshua gelangweilt und wollte weiter in den Keller.

»Kannst du ihn kurz halten?«

»Ich muss zum Training!«

»Nur einen Moment, hier ist alles nass, ich wische nur schnell.«

Joshua streckte die Hände aus und lächelte seinen kleinen Bruder an. Erleichtert gab Martin Piet an Joshua ab, der sogleich Grimassen machte und Piet zum Lachen brachte.

»Gar nicht so einfach, die Elternzeit, was?«, fragte Joshua, während Martin den Flur wischte.

»Was soll das heißen?«

»Nichts, ich meine nur. Du siehst gestresst aus.«

»Na, Zuckerschlecken mit Füßehochlegen ist es jedenfalls nicht.«

»Hast du es deshalb bei mir und Dani nicht gemacht?«

Martin stützte sich auf den Stiel des Wischers.

»Ach, damals war das noch nicht so gang und gäbe, weißt du? Die Zeiten haben sich geändert.« Er wischte weiter.

»Ja, eben denkst du noch, du bist Manager, und schon wachst du als Hausfrau wieder auf, was?«

Martin blickte auf. Hatte Joshua einen Scherz machen wollen, oder meinte er das ernst? In letzter Zeit fiel er mit sehr zynischen Kommentaren ihm gegenüber auf. Martin hatte das auf die Pubertät geschoben und auf seine beginnende rebellische Ader, die wohl in jedem einmal aufkeimt.

»Wann kommt Mama nach Hause?«, fragte Martin.

»Das musst du doch wissen, ist doch deine Frau«, sagte Joshua und hob seinen Bruder in die Luft.

»Hast du irgendwas?«, hakte Martin nach. Er folgte seinem Sohn in die Küche.

»Nein, ich muss nur zum Training.«

»Schon gut, ich nehm ihn wieder«, sagte Martin.

Er legte Piet auf seine Decke im Wohnzimmer und begann, in der offenen Küche ein Fläschchen Milch für ihn warm zu machen. Daniela glitt lautlos auf ihren Plüschhausschuhen ins Wohnzimmer, den Blick auf ihr Handy gerichtet und trotzdem den Weg zum Sofa findend.

»Hallo, Dani«, grüßte Martin.

»Hi, Dad.«

»Weißt du, wann Mama heute nach Hause kommt?«

»No«, antwortete sie, ohne aufzublicken.

Die Haustür wurde aufgeschlossen.

»Da ist sie«, sagte Daniela beiläufig und ganz auf ihr Handy konzentriert.

»Danke, Schatz.« Martin grinste und lugte um die Ecke in den Flur. »Hi, wie war's?«

»Sogar am letzten Schultag können einem die Ferien noch verdorben werden«, schimpfte Alexandra und warf ihre Jacke über den Garderobenhaken. Sie fiel herunter. Alexandra blieb mit hängenden Schultern stehen.

»Na, komm, ich helf dir.«

Martin hob die Jacke auf und hängte sie an den Haken. Dann nahm er seine Frau in den Arm.

»Was war los?«

»Dieser Vater besitzt doch tatsächlich die Frechheit und beschuldigt mich, seinen Sohn angestachelt zu haben. Ich hätte mich wohl falsch verhalten und seinen Jungen dazu gebracht, im Unterricht mit seinem Etui nach mir zu werfen.«

»Ich wusste, du bist schuld«, sagte Martin, und Alexandra lachte traurig in seine Schulter hinein. »Jetzt sind Ferien. Morgen fahren wir in den Urlaub. Du brauchst dir um nichts mehr Gedanken zu machen.«

»Gibt's Probleme?«, fragte Joshua, der mit einem Wäscheberg auf dem Arm aus dem Keller kam.

»Joshi, ich denk, du bist längst beim Training«, sagte Martin leicht vorwurfsvoll.

»Josha, Papa, Josha. Ich musste erst meine ganzen Klamotten abhängen.«

»Ach, du Armer.«

»Was ist mit dir, Mama?«

»Alles gut«, wiegelte Alexandra ab. Sie löste sich aus Martins Umarmung. »Da war nur so ein Vater, der mich angegriffen hat …«

»Angegriffen?«, fragte Joshua alarmiert.

»Nur verbal.«

»Und lässt du dir das gefallen?«

»Ich muss mich in Vernunft und Ruhe üben, ich bin die Lehrerin.«

»Und du, Pa, was hättest du gemacht?«

»Ich? Na, das Gleiche. Man muss immer ruhig bleiben.«

»Bloß nicht wehren, was?«

»Ach, Joshi … äh … Josha, entschuldige, aber in deinem Alter sieht man das etwas … mehr schwarz und weiß.«

»Stell dir vor, dieser Typ beleidigt Mama. Würdest du sie nicht verteidigen? Wenn du ihm jetzt gleich auf der Straße begegnest, was würdest du machen?«

»Ihn grüßen.«

Joshua lachte verächtlich auf und ging mit seiner Wäsche die Treppe hinauf in den ersten Stock. »Du bist doch nur zu feige.«

»Was war das?«, fragte Alexandra erbost.

»Lass ihn.« Martin winkte ab. »Er ist grad in so einer Testosteron-Phase, verstehst du?«

»Aber deswegen muss er keinen beleidigen.«

»Komm, sag deinem anderen Sohn Guten Tag, der ist sonst ähnlich schlecht gelaunt wie der große.«

Martin zog seine Frau an der Hand ins Wohnzimmer, wo Alexandra sich sogleich vor Piet auf die Knie fallen ließ.

»Pieti, hallo«, begrüßte sie ihn.

»Hi, Mom«, sagte Daniela, auf ihr Handy starrend.

»Hi, Schatz. Passt du auf ihn auf?«

»Nee, sitz hier nur zufällig rum.«

»Ich hab ein Fläschchen für ihn gemacht«, schaltete Martin sich ein und nahm die Milch aus dem Hitzebad.

»Papa hat für dich gekocht?«, fragte sie den Kleinen und hob ihn immerzu küssend hoch.

Alexandra und Martin nahmen am Esstisch Platz, und Martin schob seiner Frau die Flasche hin. »Die haben so viel Sturm angesagt, dass wir die Fahrräder besser hierlassen«, sagte er. »Die krachen uns sonst vom Dach.«

»Oh, oh, das wird Josha nicht gefallen«, rief Daniela.

»Da muss er mit leben. Papa hat recht. Sicher ist sicher.«

»Natürlich. Immer schön vorsichtig sein, bloß nichts riskieren.«

Beide drehten sich zu ihrer Tochter um.

»Fängst du jetzt auch damit an?«, wollte Alexandra wissen. Piet öffnete den Mund, aber der Sauger schwebte unerreichbar vor seiner Nase.

»Womit?«

»Mit diesen sarkastischen Kommentaren.«

»Nein, ich hab nur …«

Piet verzog das Gesicht und fing an zu heulen. Alexandra steckte den Nuckel in seinen Mund. »Ich will nichts mehr hören, klar?«, sagte sie abschließend und konzentrierte sich wieder auf ihren jüngsten Sohn.

»Also«, setzte Martin an, »ansonsten ist eigentlich alles da. Es fehlt nur noch …« Er machte eine heimlichtuende Grimasse.

Alexandra verstand sofort.

»Hoffentlich klappt das, sonst werden wir richtig dicke Luft haben.«

»Von was redet ihr?«, wollte Daniela wissen.

»Nichts, gar nichts«, entgegnete Martin schnell.

Es klingelte an der Tür. Martin ging nach vorn in den Flur und erkannte die rot-gelbe Kleidung des Paketboten hinter der Milchglasscheibe.

»Guten Tag, ein Paket für Trender«, sagte der Bote und tippte dabei mit einem Stift auf dem Lesegerät herum.

Martin nahm das Päckchen entgegen und unterzeichnete auf dem verkratzten Display.

»Halt, stopp«, rief Alexandra und kam mit Piet auf dem Arm herbeigeeilt. Sie streckte dem Boten eine Tüte mit Keksen und etwas Trinkgeld entgegen.

»Oh, das ist aber nett«, freute der sich und schob seinen Mützenschirm höher. »Vielen Dank und frohe Weihnachten für Sie.«

»Ebenso. Frohe Weihnachten.«

Martin schloss die Tür und blickte auf den Absender.

»Ist es das?«

»Ja, Weihnachten ist gerettet.«

»Wusste gar nicht, dass das Christkind für den Mindestlohn beim Paketdienst arbeitet«, sagte Daniela im Vorbeigehen und verschwand im Gästebad. Das Schloss schnappte ein.

Martin und Alexandra sahen sich verdutzt an.

»Mit denen sollen wir in den Urlaub fahren?«, fragte Martin Piet und pikste ihm in den Bauch. »Du bist das einzig nette Kind hier im Haus.«

Der Kleine lachte, und sie gingen zurück ins Wohnzimmer.

Hamburg-Wilhelmsburg, Zentrale von Optisecur, 16:55 Uhr

Till schlug seinen Spind zu und drehte sich schnaubend um. Hinter ihm standen vier Kollegen, die augenblicklich aufhörten, sich anzuziehen und ihre Gespräche fortzuführen. »Wer war an meinem Spind?«, bellte er und blickte von Gesicht zu Gesicht, doch keines zeigte eine Reaktion. »Wer?«, schrie er und schlug mit der flachen Hand gegen die Tür, dass es krachte.

Niemand bewegte sich.

»Was soll der Lärm hier?«, rief eine Stimme von weiter hinten, und ein Mann in blauem Pullover mit schwarzem Schnäuzer kam wenig begeistert in die Umkleide.

»Jemand war an meinem Spind«, sagte Till und verschränkte die Arme vor der Brust.

»Wurde was geklaut?«

»Nein, aber jemand hat herumgewühlt.«

Zinkowski, Tills Chef, kam näher und warf einen Blick in den schmalen Schrank.

»Sieht alles normal aus.«

»Ja, aber es liegt nicht so wie letztes Mal. Ich leg die Sachen immer so hin, dass ich sofort sehe, wenn sie jemand angepackt hat.«

»War einer von euch an diesem Schrank?«, fragte Zinkowski an seine Mitarbeiter gewandt.

Alle schüttelten den Kopf.

»Okay, dann musst du dir 'n neues Schloss besorgen. Mehr kann ich jetzt nicht tun.« Er schaute ihn mit einer bedauernden Falte im rechten Mundwinkel an.

»Kann ich dich kurz sprechen?«, bat Till.

»In meinem Büro.« Zinkowski machte kehrt und ging eiligen Schrittes voran in den dunklen Flur und durch die offen stehende Tür zu seinem Büro. Nachdem er sich in seinen zerschlissenen Ledersessel geworfen und ein Buch auf seinem Schreibtisch geschlossen hatte, sah er Till mäßig erwartungsvoll an. »Na?«

»Ich glaube, ich weiß, wer's war, und ich würde gern einen anderen Mitfahrer bekommen«, eröffnete Till das Gespräch.

»Du meinst, Bernd war's?«

»Die anderen würden sich nicht trauen. Lass mich mit dem Kleinen fahren, dann kann Bernd mit Günther auf Tour gehen.«

Zinkowski atmete unzufrieden aus, tippte auf seiner Tastatur herum und stierte auf den Bildschirm.

»Na ja … wenigstens würde es keinen Schichtwechsel bedeuten.«

»Ich will Bernd ja auch nichts anhängen, aber wir sollten lieber nicht zusammen auf einem Bock sitzen. Das wird nicht gut gehen.«

Zinkowski blickte auf und musterte den finster dreinblickenden Till eingehender. Er war fast eins neunzig groß, breitschultrig, kräftige Hände, kahler Schädel und Vollbart. Dazu ein dunkler Blick aus kohlrabenschwarzen Augen. Sein Name passte so was von gar nicht zu ihm. Unter einem Till stellte Zinkowski sich einen blonden, netten Jungen mit Zahnspange vor, aber nicht diesen bärtigen Riesen, der wahrscheinlich kleine Kinder zum Frühstück verspeiste.

»Im Grunde«, begann er fast abwesend, »bist du mir unheimlich mit deiner Art. Aber ich muss auch zugeben, dass eine Ausstrahlung, wie du sie hast, in unserem Gewerbe gar nicht so unangebracht ist.« Er lenkte seine Aufmerksamkeit wieder auf den Bildschirm. »Ihr tauscht die Partner. Du bekommst Simon. Der Kleine kann jemanden wie dich an seiner Seite vertragen. Was du zu viel hast, hat er zu wenig.«

Er schlug laut auf die Enter-Taste, und damit war es besiegelt.

»Soll ich die Polizei wegen des Spinds kommen lassen? Falls doch was fehlt?«

»Ach, war eh kaum was drin von Wert.« Till sah immer noch so missgelaunt aus wie zuvor. »Aber danke.«

Sein Chef nickte überrascht. Draußen bewegte sich etwas und zog seine Aufmerksamkeit auf sich.

»Da kommt er ja. Sag's ihm gleich selbst«, meinte er mit einem Fingerzeig auf Simon, der soeben die Eingangstür aufzog.

Till grinste, stöhnte, als er sich in Bewegung setzte, was wie ein Grunzen klang, und verließ das Büro.

Hamburg-Wandsbek, Wandsbeker Chaussee, 16:59 Uhr

Brockhaus betrat seine neue Wohnung. Ein Zimmer, einunddreißig Quadratmeter, Küche, Bad, nicht möbliert. Strom hatte er bereits angemeldet, sodass er nicht im Dunkeln sitzen musste. Till hatte ihm ein paar der nötigsten Sachen besorgt und in einer

Garage in der Nähe deponiert. Brockhaus sah sich um. Graues Licht fiel durch die verschmutzten Fenster. Der Teppich sah recht neu aus, wies aber schon einige größere Flecke auf. Die Wände waren mehr schlecht als recht gestrichen. Er lächelte. Lange würde er diese Bude nicht ertragen müssen. Sie war nur ein kurzer Stopp auf seiner Reise in ein besseres Leben.

Der Garagenhof lag versteckt in einem abgelegenen Wohngebiet, in dem sich das Straßenpflaster schon überall aufwellte. Unkraut wuchs zwischen den Steinplatten, Müll lag in den Ecken des Hofs, und die Garagentore waren von Rost und Grünspan befallen. Brockhaus öffnete die Nummer elf, in der sich nur ein einziger schmutziger Rucksack und ein altes Mountainbike befanden. Auf dem Rückweg hielt er an einem Supermarkt an und scannte die Straße, ob er vielleicht ein paar zivile Beamte sah, die ihn verfolgten. Doch zu seiner Überraschung schien er unbewacht zu sein. Er kaufte sich etwas Wasser, Fertigsuppen, Cornflakes und Milch und legte zu guter Letzt ein einzelnes Bier in den Wagen, zum Feiern, dass er wieder in Freiheit war. Mehr wollte er sich nicht erlauben, um nicht müde und träge zu werden.

Mit zwei vollen Tüten am Lenker fuhr er langsam zu seiner neuen Wohnung, wobei ihm ein dunkelblauer Passat auffiel, in dem zwei Männer saßen. Einer von ihnen trank aus einem Kaffeebecher, ließ ihn dabei aber nicht aus den Augen. Zivilbullen, dachte er und grinste innerlich. Fröhlich pfeifend lenkte er das Rad an ihnen vorbei und freute sich auf den heutigen Abend ohne Mauern und Stacheldraht um ihn herum.

Da er die Gegend hier noch nicht kannte, schaute er sich neugierig um und beobachtete alles in seiner näheren Umgebung. Sechs Jahre hatte er eingesessen, er konnte sich gar nicht sattsehen an all dem Leben um ihn herum, die Menschen auf der Straße und im Park, die Weihnachtsbeleuchtung in den Fenstern, Werbetafeln, Schaufenster, Imbissbuden, Restaurants. Das alles hatte der Knast ihm genommen und noch viel mehr. An einem eingezäunten Bolzplatz hielt er an. Die Zivilstreife war mit Sicherheit immer noch irgendwo hinter ihm, aber das interessierte ihn nicht. Er sah den Jungs zu, wie sie mit einem zerfledderten Ball im Halbdunkel Fußball spielten, lachten und sich anschrien und schubsten. Einer lehnte nur am Zaun und spielte etwas auf seinem Handy. Ihre Jacken hatten sie achtlos auf den Boden geschmissen. Ein dunkelhaariger Junge tunnelte gerade seinen Gegenspieler, und alle jaulten auf vor Begeisterung. So ähnlich hatte er sich früher auch bewegt. Die Armhaltung, die Art, wie er die Füße ein wenig nach innen aufsetzte, erinnerten ihn an sich selbst.

Brockhaus stieg ab, stellte das Fahrrad an den Zaun und ging näher heran. Er krallte seine Finger in die Maschen und konnte seinen Blick nicht von dem Jungen lösen. Konnte das sein? Der Junge machte einen Übersteiger und drehte abrupt um, sodass Brockhaus sein Gesicht sehen konnte. Ihm blieb fast das Herz stehen. Der Junge sah aus wie eine Kopie seiner selbst. Mit vierzehn, fünfzehn hatte er genauso ausgesehen. Seine Finger schmerzten, sie hatten sich immer fester in die Maschen gekrallt, und er löste sie jetzt so schnell, als wären sie glühend heiß.

Aber konnte das tatsächlich sein? Es war Jahre her. Er hatte ihn nur zweimal gesehen. Das letzte Mal, als der Junge acht oder neun gewesen war. Damals war Brockhaus nach einer Sauftour zu Fuß am Haus von Doreen vorbeigegangen. Sie hatte einen verdammten Versicherungsmakler geheiratet. Im Schutz der Dunkelheit war er in ihren Garten geschlichen und hatte sie beim Frühstück beobachtet. Der Kleine hatte im Schlafanzug am Tisch gesessen und Cornflakes gegessen. Brockhaus musste an die Packung denken, die er eben im Supermarkt gekauft hatte, und schluckte.

»Mein Gott«, flüsterte er und ließ den Kopf hängen. Hinter dem Zaun spielte sein Sohn Fußball. Und er, frisch aus dem Knast entlassen und von einem beschissenen Zufall hierher befördert, sah ihm dabei zu. Er wischte sich mit der Hand übers Gesicht. Der Junge hatte keine Ahnung, wer er war oder dass es ihn überhaupt gab.

Der andere Junge, der am Handy spielte, blickte zu Brockhaus herüber. Sein Mund stand offen, und seine Augen bewegten sich langsam in Richtung des Jungen auf dem Feld. Ihm musste die Ähnlichkeit aufgefallen sein.

Brockhaus riss sein Fahrrad an sich und schwang sich auf den Sattel. Hart trat er in die Pedale, blickte sich aber über seine Schulter hinweg noch einmal um.

Als er endlich an seiner Wohnung angekommen war, wünschte er sich, er hätte mehr Alkohol besorgt.

Amrum, Nebeler Strand, 16:59 Uhr

Nils, Elke und Anna waren auf dem Rückweg, da die Dunkelheit bald einbrechen würde. Die Sonne war hinter einem dunkelblauen Band aus Wolken untergegangen und beleuchtete sie von unten, sodass sie zu glimmen schienen. Bald hatten sie die Höhe des Strandabgangs erreicht, waren aber immer noch weit draußen im Watt unterwegs. Elke bückte sich und sammelte einige Muschelschalen auf, eine Angewohnheit, die sie nicht ablegen konnte, auch wenn sie seit ihrer Geburt hier lebte. Überall im Haus lagen die Muscheln als Deko herum. Anna nahm die Hand ihres Vaters. Nils sah sie überrascht an und lächelte. Sie erwiderte das Lächeln und blickte dann wieder in die Ferne.

»Ist alles in Ordnung?«, fragte er sie leise, so leise, dass er vermutete, sie habe ihn wahrscheinlich gar nicht gehört.

»Ja«, sagte sie. »Manchmal träume ich noch davon. Aber es ist alles gut jetzt.«

Nils drückte ihre Hand fester.

Auf Annas Gesicht zeichnete sich Besorgnis ab.

Nils wollte gerade nachfragen, als Anna in Richtung des Wassers nickte.

»Was ist das?«

Er suchte den Wassersaum ab, konnte aber nichts entdecken.

»Ist das ein Heuler?«

Jetzt erkannte Nils einen dunklen, länglichen Körper im

flachen Wasser. Augenblicklich wurde er wieder an den Tag erinnert, an dem er im See bei Wittdün eine tote Frau gefunden hatte, und er zuckte reflexhaft.

»Ist vielleicht ein wenig zu schlank für einen Heuler«, entgegnete er. Nun starrte auch Elke angestrengt auf das den Himmel spiegelnde Wasser und den dunklen Schatten darin. Nils spürte ihre Hand an seinem Arm, als er einen energischen Schritt nach vorn machte, so als wollte sie ihn zurückhalten. Auch sie dachte an das, was vor fünf Jahren passiert war.

»Nein, ich glaub, das ist ein Schweinswal«, murmelte er. Sie gingen noch einige Meter, bis ihre Stiefel die Wasserkante berührten. Das Tier – oder was es auch war – lag zwanzig Meter weiter draußen im flachen Wasser.

»Ja, ist ein Schweinswal«, erklärte Nils.

»Ist er schon tot?«, fragte Anna.

»Das werd ich rausfinden.«

Nils begann seine Schuhe und Strümpfe auszuziehen und krempelte seine Hosenbeine hoch, stopfte seine Strümpfe in die Schuhe und trat platschend ins Wasser. Er zog die Schultern hoch, als die Kälte seine Füße packte. Forsch marschierte er auf den Körper zu und erkannte bald die schlanke Rückenflosse und das Luftloch auf dem Kopf des Wals. Die Augen waren offen und noch intakt. Oft, wenn die kleinen Schweinswale hier verendeten, fraßen die Möwen zuerst die Augen. Als er bis auf drei Meter an das Tier herangekommen war, schlug der kleine Wal einmal mit seiner Schwanzflosse aus.

»Hallo, mein Kleiner«, grüßte Nils. »Wollen doch mal sehen, ob wir dich nicht wieder ins Wasser kriegen.«

Er ging vorsichtig näher an ihn heran. Die Augen des Wals blickten ihn an, und das Blasloch öffnete sich immer schneller und atmete feucht. Nils stellte sich breitbeinig über den Schweinswal und umfasste ihn mit beiden Händen. Die Haut war kalt und fest wie Gummi, und er konnte darunter die Rippen spüren. Panik ergriff das Tier. Es fing an zu zappeln und auszuschlagen, schnaubte immer heftiger.

»Ist ja gut, ich will dir nur helfen«, sagte Nils beruhigend.

Er stellte fest, als er versuchte, ihn hochzuheben, dass der Wal schwerer war, als er vermutet hatte. Das Wasser war hier immer noch zu flach. Er musste den Wal hochnehmen und ein paar Meter weiter hinaustragen.

»Na, komm. Ganz ruhig, wir kriegen das hin.«

Nils hatte Schwierigkeiten, schaffte es aber schließlich, die Hände unter den Körper des Wals zu bekommen und ihn hochzuheben. Er schleppte ihn tiefer ins Wasser und musste ihn wieder absetzen, bevor er ihm aus den Händen glitt. Der Schweinswal krümmte und wand sich und schlug mit der Fluke.

»Nur noch ein Stück, komm schon«, feuerte Nils ihn an, während er ihn keuchend immer weiterdrückte und -schob. Endlich kam mehr Wasser unter den Körper, was auch der Wal zu merken schien. Nils stabilisierte ihn, damit er nicht umfiel, und beförderte ihn weiter vorwärts. Auf einmal wurde der Wal leichter und leichter und zog davon. Er schwamm einen Meter und tauchte dann ab.

Nils richtete sich schwer atmend auf und sah ihm hinterher. Dann streckte er die Arme in die Höhe und jubelte laut. Hinter ihm riefen seine Tochter und seine Frau ihm etwas zu und hüpften am Strand auf und ab.

»Frohe Weihnachten, kleiner Mann«, sagte Nils und drehte sich zufrieden um.

Am Strand fiel Anna ihrem klitschnassen Vater um den Hals.

»Gut gemacht, Papa.«

Elke lächelte und strich Anna über den Rücken. Alle drei waren sicher, dass es ganz wundervolle Weihnachten werden würden.

Hamburg-Bramfeld, Bramfelder Chaussee, 17:23 Uhr

Till und Simon waren auf ihrem Weg zum Baumarkt, die erste Station auf ihrer heutigen Tour.

»Hast du alles besorgt?«, fragte Till mit einem prüfenden Seitenblick. Simon hatte einen weißen Beutel in den Laderaum geworfen, bevor sie losgefahren waren, ähnlich den Beuteln, die sie manchmal zum Geldtransport benutzten.

»Das Handy, die Waffe, eine Jacke mit Ausweiskopie und den Schlüssel fürs Bootshaus.«

»Da wird ja heute nichts los sein«, meinte Till.

Simon hatte sich monatelang den Kopf darüber zerbrochen, wie es ablaufen würde, den Geldtransporter zu überfallen, hatte sich etliche Szenarien ausgemalt, was passieren könnte, aber zu seiner Überraschung war Brockhaus' Plan so simpel wie unauffällig und damit auch ungefährlich.

Es war heutzutage einfacher, in einer Sicherheitsfirma einen Job zu bekommen, als einen Handyvertrag zu unterzeichnen. Sie nahmen einfach jeden. Wenn man wollte, konnte man den eintägigen Test absolvieren, man konnte sich diese Bescheinigung aber auch einfach selbst ausstellen. Im Internet herunterladen, ausfüllen, fertig. Kaum jemand überprüfte so etwas richtig. Jeder Arbeitgeber in dieser Branche war froh, Mitarbeiter zu bekommen, erst recht, wenn sie körperlich halbwegs fit waren. Man bekam eine Dienstwaffe. Den Schein dafür bezahlte das Unternehmen. Es war, als schenkten sie einem jede Möglichkeit, in diesem Job durchzustarten oder ihn auszunutzen.

»Wie hast du's geschafft, dass wir zusammen fahren dürfen?«, erkundigte sich Simon.

»Kleinigkeit. Hab 'n bisschen auf die Kacke gehauen und Bernd beschuldigt, meinen Spind aufgebrochen zu haben. Konnte den Wichser sowieso nie ausstehen.«

Simon grinste. »Hoffentlich ist er nicht nachtragend.«

»Und wenn schon, ab morgen sind wir verschwunden wie der Weihnachtsmann nach der Bescherung.«

»Ja«, bestätigte Simon mit einem winzigen Zögern in der Stimme.

Till bog in die kleine Straße zum Baumarkt ab und hielt auf der Rückseite vor einer Metalltür neben einem vergitterten Fenster. Simon klingelte, während Till die Laderaumtür öffnete und sich auf dem menschenleeren Hof umsah. Ein Lkw stand an der Rampe der Warenannahme, aber weder vom Fahrer noch von einem Mitarbeiter war etwas zu sehen. Ein kurzer Pfiff ertönte, und ein Schatten löste sich aus dem Zwischenraum zwischen zwei Müllcontainern. Brockhaus kam mit schwarzem Käppi und dunkelblauer Jacke auf ihn zu. Geistesgegenwärtig ergriff Till den Sack, den Simon vorbereitet hatte, und reichte ihn wortlos dem vorbeigehenden Brockhaus. Der verstaute ihn mit wenigen Handgriffen in seinem Rucksack und verließ das Gelände so geisterhaft, wie er aufgetaucht war.

»War er das?«, flüsterte Simon, der die Übergabe gar nicht mitbekommen hatte, leise.

»Ja, ja, mach weiter«, zischte Till.

Die Metalltür wurde geöffnet.

»'n Abend, die Herren. Immer reinspaziert«, begrüßte sie ein Mitarbeiter, der den Ausweis, den Simon ihm hinhielt, nur flüchtig anschaute.

Ab jetzt verlief der Arbeitstag wie gewohnt. Das würde sich morgen jedoch dramatisch ändern.

Hamburg-Wandsbek, Wandsbeker Chaussee, 23:43 Uhr

Brockhaus saß an die Wand gelehnt auf einer Klappmatratze, die er sich in einem Supermarkt gekauft hatte, vor dem Fernseher, der vor ihm auf dem Boden stand. Die Konsole war angeschlossen, das Spiel gestartet. Jetzt wartete er darauf, dass Simon und Till der Runde beitraten, indem sie seiner Einladung zum Spiel folgten. In der Wohnung unter ihm entfachte sich gerade ein Ehestreit. Die dumpfen Stimmen drangen durch den Boden zu ihm herauf und klangen dadurch, dass das Zimmer nicht möbliert war, so nah, als stritten sie direkt neben ihm. Anfänglich amüsierte Brockhaus der Streit, er versuchte aufzuschnappen, um was es ging, und lachte über die Schimpfwörter, die sie sich gegenseitig an den Kopf warfen. Doch bereits nach kurzer Zeit wurde er immer gereizter ob der Stimmen, und er wünschte sich, dass einer der beiden dem anderen an die Gurgel ginge oder dem Gegenüber mit der Pfanne eins verpasste, damit der Lärm endlich ein Ende hatte.

Erst um Viertel nach zwölf meldeten sich Simon und Till.

»Gut, dass ihr endlich da seid. Wie ist es gelaufen bis jetzt?«, schrieb er.

»Ich habe mich und Simon morgen auf derselben Tour untergebracht. Besser geht's nicht. Alle anderen Besorgungen sind gemacht«, antwortete Till.

»Du hast von uns ja schon deine Sachen bekommen. Wenn du noch was brauchst, sag Bescheid«, meldete sich Simon.

»Ich habe alles, danke.«

»Und die Wohnung? Kommst du klar?«, wollte Till wissen.

»Besser als da, wo ich herkomme«, schrieb Brockhaus zurück, »Nur meine Nachbarn gefallen mir nicht.«

»Ab morgen ist alles besser.« Das kam wieder von Simon.

Ja, ab morgen würde sich alles ändern.

Brockhaus wusste, dass das eine seiner größten Entscheidungen überhaupt war, vielleicht die Entscheidung seines Lebens. Ab morgen konnte sein Leben einen anderen Verlauf nehmen, einen besseren, leichteren und von beschwerenden Altlasten völlig unabhängigen Verlauf. Er würde frei sein, frei für alle Zeit, und dann könnten sie ihn alle am Arsch lecken. Seine Vergangenheit, die Bullen, das ganze verdammte Rechtssystem und jeder Knast, in dem er eingesessen hatte.

»Benutzt die Handys nur im Notfall, klar? Alles andere ist und bleibt wie besprochen.«

»Ich hab gehört, dass ein Sturm aufkommen soll«, schrieb Simon.

Brockhaus lächelte und tippte weiter. »Etwas Besseres hätte uns gar nicht passieren können. Der Sturm ist das i-Tüpfelchen des Plans, er wird uns den Arsch retten.«

Der Cursor blinkte regelmäßig, aber keiner der beiden antwortete.

»Ihr werdet sehen, er ist unsere Lebensversicherung. Und jetzt ab ins Bett. Legt euch hin, und kein Alkohol heute Abend.«

Brockhaus blickte zu der einzelnen Flasche Bier, die auf dem Fenstersims zur Kühlung stand.

Sie beendeten das Spiel, und Brockhaus stellte irgendeinen Film im Fernsehen an. Er musste die Lautstärke hochregeln, weil die Stimmen unter ihm nicht nachließen. Die Frau kreischte jetzt nur noch, und es polterte und rumpelte. Es klang, als würde er sie durch die Wohnung jagen.

Er stand auf, um sich das Bier vom Fenstersims zu holen. Draußen war es kühl, aber immer noch windstill, und er fragte sich, ob das mit dem Sturm vielleicht nur Panikmache gewesen war. Unten ging die Haustür auf, und eine Frau lief schluchzend und sich das Gesicht haltend über den Hof. Dann verschwand sie im Schatten des Vorderhauses, und es war endlich still. Kein Laut war mehr zu hören. In den meisten Fenstern seiner Nachbarn standen Weihnachtslichter, Pyramiden, Sterne und Tiere. Er blickte sich ein letztes Mal um und schloss anschließend das Fenster.

Gerade als er die Flasche öffnete und zum Trinken ansetzte, stellte sein Untermieter die Musik an. Eine nicht enden wollende Salve an Trommelstößen und Gitarrenriffs, die klangen, als würden sie mit einer Gartenkralle erzeugt werden. Die dumpfe, gutturale Stimme des Sängers erhob sich zu einem unverständlichen Brüllen, und sein Untermieter meinte, dabei »mitsingen« zu müssen.

Brockhaus stellte energisch sein Bier ab und ging zur Wohnungstür, wo er allerdings zweifelnd stehen blieb. Es war nur diese eine Nacht, die er durchstehen musste, er konnte es sich nicht leisten, jetzt auffällig zu werden, indem er seinem Nachbarn die Meinung sagte. Er dachte kurz an die Waffe, die unter der Decke versteckt auf der Matratze lag, schüttelte dann aber den Kopf. Nein, es ging nicht, er musste es ertragen oder warten, bis ein anderer Nachbar es ihm ausredete oder gleich die Bullen rief. Andererseits …

Die Wohnungstür vibrierte von den Bässen. Brockhaus war im Dunkeln nach unten gegangen, um nicht gesehen zu werden. Unter der Tür gegenüber sah er kein Licht, also vermutete er, dass die Bewohner nicht zu Hause waren.

Brockhaus drückte die Klingel fünfmal. Das Licht unter der Tür wurde von zwei Schatten durchbrochen. Der Kerl musste es also gehört haben und würde gleich die Tür öffnen.

Als das geschah und eine Welle von Grölen und Donnern den Flur flutete, als der Kerl mit einem selbstgefälligen Grinsen im Türrahmen erschien, trat Brockhaus so fest zu, wie er konnte. Er traf den glatzköpfigen Fettwanst auf Magen- und Brusthöhe und sah ihn lautlos nach hinten fliegen. In seinem schmutzigen Unterhemd und den schwarzen Sportshorts krachte er rücklings gegen die Tür zu dem einzigen Zimmer der Wohnung. Blitzschnell huschte Brockhaus hinein und schloss die Tür hinter sich. Der Kerl lag nun mit weit aufgerissenen Augen vor ihm auf der Schwelle zu seinem dunklen Zimmer. Überall hingen Bilder und Tücher mit Totenkopf- und Zombiemotiven. Er versuchte, sich aufzurappeln, griff dabei hektisch links neben die Tür und zog einen alten Baseballschläger hervor. Brockhaus schritt geradewegs auf ihn zu, der Typ hievte sich auf die Beine und machte ein paar Schritte rückwärts, um besser ausholen zu können. Kaum war Brockhaus ihm in den stinkenden, lärmenden Raum gefolgt, ging der andere mit dem Knüppel auf ihn los. Er holte weit aus und ließ das Ding auf Brockhaus niedersausen. Der amüsierte sich noch über die völlige Geräuschlosigkeit, denn die Musik übertönte einfach alles.

Der Schläger traf ihn an der rechten Hüfte, und ein heller Schmerz durchzuckte den Knochen. Brockhaus, der sich nach links geduckt hatte, holte mit geballter Faust aus und schlug sie dem Mann mit Wucht gegen die Schläfe, woraufhin der sofort zusammensackte und ohnmächtig liegen blieb. Er richtete sich auf und stellte sich über den Kerl. Ein schneller Blick zum Fenster sagte ihm, dass die Jalousien runtergelassen waren und keiner das Schauspiel mit ansehen konnte.

Tja, so schnell kann das gehen, dachte Brockhaus. Er verzog

abschätzig den Mund, bückte sich, nahm den Baseballschläger auf und fing an, auf den Kerl einzuprügeln. Zuerst nahm er sich die Arme vor, dann die Beine, den Brustkorb. Schließlich hob er zum finalen Schlag auf den glatten, fettig glänzenden Schädel an. Das Blut spritzte, und nach Brockhaus' Einschätzung würde der Typ, falls er den Schlag überlebt hatte, sein Leben lang kein Wort mehr sprechen können. Mit dem Ärmel wischte er seine Fingerabdrücke vom Holz und ließ das Ding fallen. Dann, endlich, konnte er diese verdammte, nervtötende Musik ausmachen. Die Stille, die nun eintrat, war so unwirklich, dass er meinte, eben erst hier im Zimmer angekommen zu sein und nichts von dem gesehen zu haben, was passiert war. Fast staunend blickte er sich um. Gleichzeitig horchte er ins Haus hinein, ob Stimmen zu vernehmen waren oder Türen, die sich öffneten, Schritte. Aber es blieb totenstill. Langsam ging er durchs Zimmer, an seinem Opfer vorbei, ohne es auch nur anzusehen, und drückte im Flur ganz sachte die Klinke der Wohnungstür nach unten. Dunkelheit im Treppenhaus und immer noch keine Geräusche.

Brockhaus verließ die Wohnung, ging nach oben und warf sich erleichtert auf sein Bett. Jetzt konnte er endlich schlafen.

Teil 2

Unsre beiden Schatten sahen wie einer aus
Dass wir so lieb uns hatten
Das sah man gleich daraus
Und alle Leute sollen es sehen
Wenn wir bei der Laterne stehen
Wie einst Lili Marleen

Lale Andersen, »Lili Marleen«

Hamburg-Ahrensburg, Fritz-Reuter-Straße, 24.12., 06:32 Uhr

Die Haustür stand offen, und warmes Licht ergoss sich auf die beiden Eingangsstufen. Von drinnen hallten geschäftige Geräusche nach draußen. Martin schob sich umständlich mit zwei vollgepackten Taschen durch den Türrahmen und brachte sie zum Auto, dessen Kofferraumklappe offen stand. Das waren die letzten beiden Gepäckstücke, es fehlten nur noch ein Korb mit Lebensmitteln, ein Korb mit den Weihnachtsgeschenken und der ganze Kleinkram, der in die Lücken gestopft werden musste.

»Pa, lass mich doch das Fahrrad mitnehmen«, hörte Martin seinen Sohn sagen und lugte um den silbernen Passat herum.

»Joshi, hast du keine Nachrichten gesehen? Der Sturm soll hundertfünfzig Kilometer pro Stunde erreichen.«

»Es weht kein Lüftchen«, entgegnete Joshua ungehalten.

»Die sprichwörtliche Ruhe vor dem Sturm. Es kommt kein Fahrrad aufs Dach. Wir können dir da eins mieten, wenn du willst.«

»So ’ne olle Schlurre von der Insel.«

»Die haben auch Mountainbikes dort. Wahrscheinlich wirst du gar nicht fahren wollen bei dem Wetter.«

»Was soll ich da sonst machen?«

»Lesen, Spiele spielen und so weiter.«

»Kann ich mich ja gleich aufhängen. Warum müssen wir Weihnachten überhaupt wegfahren?«

Martin ging, ohne eine Antwort zu geben, zum Haus zurück. Sein Sohn folgte ihm lustlos.

»Nur weil du zu viel Schiss vor ein bisschen Wind hast ...«

»Ich hab die Verantwortung«, korrigierte sein Vater und sprang die Eingangsstufen hinauf. Im Flur standen noch zwei Tüten, und die Jacken, die mitgenommen werden sollten, lagen auf einem Haufen. Martin betrat das Wohnzimmer, wo seine Frau mit Piet auf dem Arm vor dem Fernseher stand und Nachrichten schaute.

»Die haben den gesamten Bahnverkehr eingestellt. Flüge gehen auch nicht mehr«, informierte sie ihn.

»Dann lass uns schnell losfahren, bevor wir keine Fähre mehr kriegen.«

»Ist alles drin?«

»So gut wie. Wo ist Dani?«

»Oben, ich ruf sie.«

Martin schnappte sich die Tüten und die Jacken. Zehn Minuten später saßen sie alle im Auto, Joshua auf dem Beifahrersitz und die beiden Frauen mit Piet hinten.

»Na dann«, sagte Martin und zündete den Motor. Eine Bö erfasste den Wagen und schüttelte ihn. Ein Blatt klatschte auf die Windschutzscheibe. »Es geht los.«

Hamburg-Wandsbek, Wandsbeker Chaussee, 08:04 Uhr

Brockhaus erwachte von einem Türknallen im Hof. Sofort saß er aufrecht im Bett, weil er vermutete, dass die Freundin des Kerls, den er gestern Abend erschlagen hatte, zu ihm zurückkam. Das wäre viel zu früh. In Shorts eilte er zur Tür und horchte hinaus. Schritte waren zu hören. Jemand stieg den ersten Treppenabschnitt hinauf, dann noch einen. Jetzt war die Person im ersten Stock. Wenn sie es war, musste sie stehen bleiben. Aber die Schritte hallten weiter durchs Treppenhaus. Die Person kam näher und näher, ging an seiner Wohnungstür vorbei und noch einen Stock höher. Dort wurde eine Tür aufgeschlossen. Über ihm rumste es dumpf, als der Mann oder die Frau etwas auf den Boden warf. Eine Tasche vermutlich. Das konnte bedeuten, dass er oder sie auf Reisen gewesen war und jetzt erst nach Hause kam. Dann konnte diese Person schon mal kein Zeuge sein.

Brockhaus machte sich zufrieden Frühstück und einen Kaffee. Danach wollte er eine ausgiebige heiße Dusche nehmen. Im nackten Badezimmer zog er sich aus und stellte schon mal das Wasser an. Dann blickte er in den Spiegel, der an der linken unteren Seite gesprungen war. Zweifelnd sah er sich an und drehte dabei den Kopf nach links und rechts, so als prüfte er sein Aussehen nach einer kosmetischen OP. Er entdeckte etwas, das ihn irritierte. Da war ein kleiner Punkt in seinem Gesicht. Er streckte den Kopf nach vorn und schaute genauer hin. Da waren dunkelbraune Sprenkel in seinem Gesicht, auf Wangen und Stirn. Mit dem Nagel des Zeigefingers kratzte er daran. Es ließ sich entfernen. Es war das Blut seines Nachbarn.

Hamburg-Barmbek, Deutsche-Bank-Filiale, 09:02 Uhr

Till stand in der Schlange vor dem einzigen besetzten Kundenschalter. Vor ihm war ein älterer, sportlicher Herr in Jeans und Lederblouson, hinter ihm eine Frau mit einem etwa fünfjährigen Jungen. Sie könnte die Mutter, aber auch die Oma sein, fand Till. Der Kleine lief ungeduldig mit seiner geöffneten Jacke durch den Schalterraum und packte alles an.

»Komm jetzt her, Anton, lass das. Sonst muss Oma alles bezahlen, was du kaputt machst.« Sie winkte ihn zu sich ran.

Anton ließ sich nicht beirren, er kniete vor einem Gummibaum und fischte ein Granulatkörnchen heraus, das er gegen den Wasserspender warf. Till musste lächeln und prüfte gleichzeitig, ob seine Waffe sicher in der Innentasche seiner gefütterten Jeansjacke verstaut war.

»Anton!«, zischte die Oma, und der Kleine kam mit zu sehr nach innen gestellten Füßen auf sie zugelaufen. Er stolperte und knallte mit dem Kopf gegen Tills rechte Seite, direkt gegen die Beretta. Er fing sofort an zu heulen und hielt sich den Kopf. »Das hast du nun davon, Herrgottnocheins«, fuhr sie den Jungen an und wandte sich dann an Till. »Entschuldigung, er ist so schrecklich wild.«

»Schon gut«, wehrte Till ab.

»Da war was ganz Hartes in der Jacke«, jammerte der kleine Anton und rieb sich immer noch den Kopf. »Was hast du da drin?«, fragte er Till.

»Anton!«

»Schon gut, schon gut, ist nur mein Handy«, sagte Till.

»Das war kein Handy«, beharrte der kleine Anton, der jetzt den Rotz hochzog und Till mit misstrauischem Blick fixierte.

Till lugte ins Innere seiner Jacke.

»Oh, du hast recht.« Er zog sein Handy aus der linken Innentasche. »Hier ist das Handy. Und hier ...« Er griff in die andere Tasche und holte seine schwarze Beretta heraus. »... ist eine Pistole.«

Anton gingen die Augen über. Aus dem Augenwinkel bemerkte Till den verunsicherten Blick des Schalterbeamten.

»Wow!«, entfuhr es Anton.

»Ist ein Geschenk für meinen Neffen gewesen«, meinte Till zu der ebenfalls etwas erschrockenen Oma. »Aber ich muss es umtauschen. Der Bolzen ist kaputt gegangen.«

»Kann ich ma schießen?«, fragte Anton.

»Anton!«

»Das geht leider nicht. Der Bolzen ist doch kaputt«, wiederholte Till und lächelte. »Dieser China-Schrott taugt einfach nichts.«

»Das stimmt«, bestätigte die Oma energisch und nickte dazu.

»Kann ich trotzdem?«

»Nein, nachher geht noch mehr kaputt«, sagte Till und steckte die Waffe wieder ein.

Der Herr vor Till war fertig und machte den Schalter frei.

»Gute Besserung für deinen Kopf.« Till zwinkerte Anton zu und wandte sich an den wartenden Schalterbeamten. Er war Ende zwanzig mit Brille und zwanzig Kilo Übergewicht. Zu seinem hellgrauen Anzug trug er eine rot-weiß gestreifte Krawatte.

»Was kann ich für Sie tun?«

»Ich möchte mein Konto auflösen.«

»Oh, das ist aber schade. Darf ich nach dem Grund fragen? Sind Sie nicht mehr zufrieden mit unserem Produkt?«

»Ich hab woanders ein besseres Angebot bekommen«, sagte Till und legte beide Fäuste auf den Tresen.

»Auch wir haben ein kostengünstiges Kontenmodell mit weniger Inklusivleistungen, das Ihren Vorstellungen womöglich mehr entspricht. Kann ich Sie vielleicht noch umstimmen, indem wir ein paar Angebote für Sie erstellen?«

»Nein, einfach nur auflösen, bitte.«

»Gern.« Der junge Mann grinste höflich und holte ein Formular hervor.

Hamburg-Wandsbek, Karstadt-Filiale, 10:13 Uhr

Simon suchte an einem Jackenständer zielstrebig nach wasserdichten schwarzen Winterjacken und nahm gleich drei Stück mit. In der Rucksackabteilung fand er wasserdichte Packsäcke und lud sich sechs davon über den Arm. Die Kassiererin konnte ein Lächeln nicht unterdrücken, als sie die Artikel scannte.

»Sechs Stück? Sie haben wohl eine große Kanutour vor, was?«

»Nein, das ist die Ausrüstung für unser Schwimmteam.«

»Ach, das ist ja nett. Aber Sie haben nur drei Jacken«, erinnerte sie ihn.

»Richtig, die sind für die Trainer«, log Simon mit einem charmanten Augenaufschlag.

»Oh, verstehe, natürlich. Wir können die Artikel auch bedrucken lassen.«

»Nicht nötig, danke.«

»Na schön. Das macht dann tausendzweihundertachtundachtzig Euro und achtundneunzig Cent.«

Simon zahlte in bar, und die Dame packte alles in zwei große Tüten ein.

»Dann wünsch ich Ihnen viel Erfolg«, sagte sie.

»Vielen Dank.« Simon grinste und verließ gut gelaunt das Geschäft.

Hamburg-Wandsbek, Wandsbeker Chaussee, 10:43 Uhr

Brockhaus stand vor dem Spiegel im Badezimmer und kämmte seine noch nassen, soeben blond gefärbten Haare zu einem korrekten Seitenscheitel. Dann setzte er sich eine billige Brille auf.

»Wow«, sagte er zu seinem Spiegelbild. Er war selbst überrascht, mit wie wenig Aufwand man ein so gutes Ergebnis erzielen konnte. Er sah aus wie ein anderer Typ Mensch, vielleicht wie ein Lehrer, und wirkte dabei fast zehn Jahre jünger. Zufrieden ging er ins Wohnzimmer, wo er seine Waffe lud. Von unten waren noch immer keine Geräusche zu hören.

Kurz vor Dagebüll, Landstraße 191, 10:47 Uhr

Der Himmel war noch ungewöhnlich hell, doch der Wind hatte stetig zugenommen, je näher sie der Küste gekommen waren. Joshuas Laune hatte sich dadurch nicht gerade gebessert, weil er inzwischen wohl einsehen musste, dass es doch besser gewesen war, das Fahrrad zu Hause zu lassen. Seit geraumer Zeit fuhr Martin nur noch mit beiden Händen am Lenkrad. Schon bevor sie von der Autobahn abgefahren waren, und ebenso jetzt auf der Landstraße. Es flogen immer wieder Müll und Äste über die Fahrbahn. Manche Böen waren so heftig, dass er glaubte, sie würden den Wagen aushebeln und hochheben. Alle vier saßen angespannt auf ihren Sitzen und blickten konzentriert auf die Straße. Nur Piet bekam von alldem nichts mit, er brabbelte munter und gut gelaunt vor sich hin.

Martin sah auf die Uhr. Es waren nur noch dreizehn Minuten bis zur Abfahrt. Sie mussten sich beeilen, doch der Wind bremste ihre Fahrt, so fest er auch aufs Gaspedal trat.

»Fahr doch schneller«, beschwerte sich Joshua und zappelte ungeduldig mit seinem Bein.

»Ich drücke das Pedal bereits voll durch«, entgegnete Martin.

Als sie endlich den Hafen erreichten und der Wind nochmals an Stärke gewann, sie den Deich überquerten und das Wasser sehen konnten, lenkte Martin den Wagen in die letzte geöffnete Kassenspur. Er ließ das Fenster runter, und die Luft drückte mit aller Macht herein und ließ ein paar Tankbons auffliegen.

»Glück gehabt!«, schrie der Mann im Kassiererhäuschen sie an. »Das ist die letzte Fähre für heute, dann is Schicht im Schacht!«

Martin nickte dankbar und reichte ihm seine EC-Karte.

»PIN-Nummer bidde!«, schrie der Mann und reichte ihm das Display zurück. »Spur 15! Gute Fahrt!«

»Danke!«, schrie Martin zurück und schloss das Fenster wieder. Sie waren die Vorletzten in Spur 15, nur noch ein einziger Wagen hielt kurze Zeit später hinter ihnen.

Weiter vorn arbeitete sich die Fähre durch das aufgewühlte Wasser auf den Anleger zu. In unregelmäßigen Abständen ergossen sich von Gischt gekrönte Wellen über die Plexiglasabsperrungen. Und obwohl es noch nicht regnete, landeten dicke Tropfen auf der Windschutzscheibe des Passats und zerstoben augenblicklich in alle Richtungen.

»Müssen wir da etwa raus?«, fragte Dani.

»Wir können auch im Wagen bleiben, aber im Restaurant ist es warm, und wir können was essen«, sagte Martin.

»Ich bleib im Wagen«, murmelte Joshua und konzentrierte sich auf sein Handydisplay.

»Wir gehen alle nach oben«, entschied Alexandra, »ohne Ausnahme.«

Sie ergatterten einen freien Tisch, zwar nicht am Fenster, aber hinter der Glasscheibe zwischen Küche und Restaurant, sodass sie zu beiden Seiten hinaus auf die tosende Nordsee blicken konnten.

Das Schiff schaukelte bereits am Anleger, und je weiter sie hinausfuhren, desto schlimmer wurde es. Jedes Mal, wenn die Kellner eine Bestellung brachten, hatten sie Angst, dass alles vom Tablett rutschen würde. Der Wind blies stetig von Backbord auf die Fähre ein und legte sie leicht schief, wie ein Segelschiff. Immer wieder klatschte Wasser gegen die Scheiben und hinterließ einen milchigen Film.

»Hoffentlich kotzt Piet nicht«, meinte Joshua mit einem zweifelnden Blick auf seinen kleinen Bruder.

»Hoffentlich kotzt du nicht«, gab Daniela zurück.

»Kinder, könntet ihr über was anderes reden, während ich versuche, meinen Kaffee zu trinken?«, bat Martin.

»Könntest du uns dann nicht ›Kinder‹ nennen?« Joshua blickte ihm in die Augen, ohne zu blinzeln.

»Na klar, wie darf ich dich denn ansprechen? Jugendlicher oder Erwachsener oder Homo Sapiens, wie hättest du's gern?«

»Du kapierst gar nichts«, gab Joshua beleidigt zurück und wandte sich ab.

Martin warf seiner Frau einen hilflosen Blick zu. Am Nebentisch fuhr ein vielleicht fünfzehnjähriger Junge auf, weil seine Mutter ihm verboten hatte, weiter auf seinem Handy zu spielen. Alexandra lächelte.

»Es ist überall dasselbe.«

Amrum, Inselstraße, 11:34 Uhr

Nils war in seinem Dienstwagen in Richtung Hafen unterwegs und passierte gerade die Tankstelle. Rechts tauchte der Leuchtturm über den im Wind wogenden nackten Bäumen und Büschen auf. Gleich würde die letzte Fähre für heute ankommen und wieder zurückfahren, danach waren sie vollkommen abgeschnitten vom Rest der Welt. Ein Gefühl, das Nils eigentlich mochte. Es war das Elementare einer Insel, die Abgeschiedenheit von allem anderen, völlig auf sich allein gestellt zu sein. Und jetzt, über die Weihnachtsfeiertage, fand er die Vorstellung besonders schön. Sie würden es sich zu dritt im Haus gemütlich machen, der Ofen würde bullern und draußen der Regen gegen die Scheiben trommeln. Sie würden sich beschenken, gut essen und trinken und einfach zusammen sein. Etwas Besseres konnte er sich nicht vorstellen.

Im Hafen angekommen, parkte er geschützt hinter dem Gebäude und rannte mit gesenktem Kopf die Stufen hinauf.

»Moin, Nils«, grüßte ihn die gelangweilt dreinschauende Mitarbeiterin Ines hinter dem Verkaufsschalter. Hier drin war natürlich nichts los.

»Moin. Komm, pack deine Sachen und geh nach Hause. Der Hafen wird doch gleich dichtgemacht.

»Ich bleibe, bis alle von Bord sind. Man weiß ja nie.«

Die Schiebetür hinter Nils öffnete sich, und Rüdiger, ein weiterer Mitarbeiter der Reederei, trat ein. »Moin, Nils. Gleich haben wir Ruhe für 'n paar Tage.«

»Wie hoch ist der Wasserstand?«

»Jetzt sind's eins zwanzig. Heute Nachmittag kommen wir auf über zwei Meter, dann ist hier Land unter.«

Nils nickte und blickte aus dem Fenster hinaus auf die graubraune Nordsee.

»Was macht ihr über die Feiertage? Ist Anna da?«, fragte Rüdiger.

»Ja, wir werden ein ganz ruhiges Fest haben. Keine Gäste, nur wir drei und der Sturm.«

»Klingt nett. Mein Sohn kommt dieses Jahr nicht nach Hause. Meine Frau heult sich seit einer Woche die Augen aus. Aber der Junge hat einfach keine Lust, mit seinen alten Eltern zu feiern. Jetzt sind die Kumpels wichtiger und die Mädchen.« Er schaute traurig auf seine nassen Stiefelspitzen.

»Dann könnt ihr doch mal schön zu zweit, so ganz romantisch feiern.« Nils zwinkerte ihm zu.

»Jaa. Muss man sich erst mal dran gewöhnen, ne?«

»Ach, wenn er erst 'ne Frau und Kinder hat, kommt er wieder zu euch, keine Angst.«

Rüdiger ließ die Kinnlade fallen. »Dann bin ich Opa, oder was?«

»Jou.«

»Schietkram.« Er fuhr sich mit der Hand über seinen grauen Schnäuzer.

Nils lachte und legte einen Arm um Rüdigers Schultern. »Ich versteh dich ja. Kann mir nicht vorstellen, wie es wäre, wenn Anna nicht mehr zu uns kommt. Vielleicht sperr ich sie einfach ein und nehm sie lebenslang als Geisel.«

»Schöner Gedanke für einen Polizisten«, bemerkte Ines, grinste aber.

Hamburg-Wilhelmsburg, Zentrale von Optisecur, 11:48 Uhr

Till ging mit seinem geschulterten Rucksack am Fenster seines Chefs vorbei, als dieser plötzlich an die Scheibe klopfte und ihn zu sich hereinwinkte. Grummelnd stieß Till die Eingangstür auf und ging direkt in dessen Büro.

»Morgen, was gibt's?«, fragte er mit der Türklinke in der Hand.

»Komm kurz rein«, sagte Zinkowski.

Till schwante nichts Gutes, und er schloss die Tür hinter sich.

»Pass auf ... äh ... da Bernd ja nun einen sehr kurzfristigen Partnerwechsel mitmachen musste, hat er mich gebeten, dass er mit Günther trotzdem weiter deine Route fahren kann. Also tauscht ihr einfach, und alles geht seinen gewohnten Gang, okay?«

Till bewegte sich nicht, sagte nichts, sodass Zinkowski verwundert aufschaute.

»Was ist?«

»Das geht nicht«, stellte Till trocken fest.

»Ich finde das nur fair und hab's ihm schon zugesagt«, konterte sein Chef, aber man sah, dass er sich nicht ganz wohl dabei fühlte.

»Du kannst ihm nicht einfach meine Route geben«, protestierte Till.

»Nun ist es leider schon geschehen. Und wie gesagt, dafür hast du deinen Wunschpartner bekommen. Eine Hand wäscht die andere.«

»Nein.« Till machte einen Schritt auf ihn zu. Gleichzeitig überlegte er, wie heftig er sich gegen diese Entscheidung auflehnen durfte, ohne Verdacht zu erregen.

»Komm schon, lass gut sein. Nimm's einfach so hin, ja?«

Till biss sich auf die Unterlippe. Dann machte er kehrt, verließ das Büro und knallte die Tür hinter sich zu.

Bernd war noch da, als er die Umkleide betrat. Till starrte ihn mit leicht gesenktem Kopf an und drückte dann sachte die Tür ins Schloss.

»Na, machst du jetzt 'n Aufstand deswegen?« Bernd schien unbeeindruckt. Auch er war ein körperlich sehr kräftiger Mann. Zwar schob er einen mächtigen Bauch vor sich her, doch seine Arme waren dick und muskulös. Sein glänzender Schädel saß auf einem Hals wie ein Baumstamm, und seine Oberschenkel platzten fast aus den Hosen, die er trug. Er machte Kraftsport und sah selbstbewusst einer etwaigen körperlichen Auseinandersetzung entgegen.

»Ich will meine Tour zurück«, sagte Till nur.

Bernd grinste breit. Er schien es zu genießen, Till eins auswischen zu können. »Hör zu, Kleiner. Du hast den Scheiß angefangen, jetzt löffel ihn verdammt noch mal aus.«

Sie gingen aufeinander zu und blieben mit kaum einem Meter Abstand zwischen ihnen stehen.

»Wenn du hier noch einmal irgendeine Scheiße erzählst, die mir schaden könnte, werde ich dir die Kehle durchschneiden, das schwöre ich dir. Ich weiß nicht, für wen du dich hältst, aber mit mir hast du dir den Falschen ausgesucht«, sagte Bernd mit zusammengebissenen Zähnen.

Till stand reglos da. Wieder dachte er, dass er sich beherrschen musste, um ihr Vorhaben nicht zu gefährden. Wenn er Bernd jetzt in irgendeiner Weise Schaden zufügte, würde das nur noch mehr Probleme mit sich bringen. So schwer es ihm auch fiel, er musste seinen Stolz hinunterschlucken und diesen fetten Wichser gehen lassen. Er hat nicht gewonnen, beschwor er sich innerlich selbst, er hat nicht gewonnen. Du wirst am Ende als Sieger dastehen, aber jetzt, nur kurz, musst du ihn gewinnen lassen. Er sah ihm in die Augen. Gott, wie schwer es ihm fiel, die Worte über die Lippen zu bringen.

»Viel Spaß mit meiner Route«, presste er heraus und ging an Bernd vorbei zu seinem Spind.

»Und was machen wir jetzt?«, fragte Simon verzweifelt, als sie im Wagen saßen und Till ihm den Vorfall geschildert hatte. Dass sie eine andere Tour fahren mussten, war gar nicht gut, der ganze Plan war dadurch gefährdet.

»Wir rufen Brockhaus an.«

»Das Handy ist nur für den Notfall.«

»Ist das kein verschissener Notfall oder was?«, schrie Till ihn an.

Simon holte nur still das Handy aus seiner Tasche und tippte auf die eingespeicherte Nummer. »Ich bin's«, sagte er matt, als Brockhaus abhob. »Wir haben die Tour nicht mehr. Es wurde umdisponiert.«

Keine Antwort, Stille am anderen Ende der Leitung.

»Plan B«, sagte Brockhaus leise. Dann war die Leitung tot.

Till sah fragend zu ihm herüber.

»Plan B.«

Till lenkte seine Aufmerksamkeit wieder auf die Straße, aber Simon hätte schwören können, ein freudiges Blitzen in seinen Augen zu sehen.

Fähre nach Amrum, kurz vor der Ankunft, 12:24 Uhr

»Wir bitten Sie, zu Ihrer eigenen Sicherheit in den Gängen oder in Ihren Autos zu warten, bis das Schiff angelegt hat. Es könnte etwas holprig werden, also halten Sie sich bitte fest. Danke«, lautete die kaum verstehbare Durchsage des Kapitäns über die Lautsprecher. Martin war mit seiner Familie auf dem Weg nach unten, wo die Gäste, die zu Fuß auf die Insel wollten, schon dicht an dicht standen. Er trug Piet auf dem Arm und wurde am Ende des Ganges von einem Schiffsmitarbeiter aufgehalten, der an der schweren Eisentür »Wache« stand.

»Wir wollen zum Auto«, rief Martin gegen das Rauschen des Wassers und den Wind an. Der Mann nickte und ließ sie durch.

Martin legte schützend eine Hand auf Piets Kopf und drückte ihn fest an seine Brust. Der Wind packte und schüttelte sie, dass die Kleidung nur so flatterte. Sie mussten aufpassen, nicht gegen eins der Autos zu stoßen. Eilig stiegen alle ins Auto ein und schlossen die Türen. Dicke Tropfen klatschten auf die Scheibe, durch die man kaum noch etwas sehen konnte.

»Puh«, sagte Martin nur und sah nach Piet. Der verzog das Gesicht, schniefte und fing lauthals an zu weinen. »Schon gut, Pieti«, flüsterte er.

»Gib ihn mir«, sagte Alexandra und streckte ihre Hände aus. Martin reichte ihr ihren Sohn nach hinten und wischte sich übers nasse Gesicht.

»War ja ’ne tolle Idee, nach Amrum zu fahren über Weihnachten«, ätzte Joshua.

»Jetzt pass mal auf, Joshi«, begann Martin ungehalten und wandte sich seinem Sohn zu. »So langsam gehen mir deine Kommentare auf den Zeiger. Fahr einfach mal einen Gang runter und versuch, nicht den ganzen Tag nur rumzumosern wie ein beleidigtes Prinzesschen, okay?«

Daniela unterdrückte auf der Rückbank ein Lachen.

Joshua machte große Augen und zog eine gekünstelte Grimasse. »Uhh, da hab ich aber Angst.«

»Übertreib's nicht. Meine Geduld ist langsam am Ende«, sagte Martin, und es klang so ernst, dass Alexandra und Daniela aufblickten. Joshua erwiderte nichts mehr und wandte sich ab.

Dann herrschte Stille im Wagen.

Als die Fähre beim Anlegemanöver gegen die Stoßdämpfer an der Kaimauer stieß, ging ein heftiger Ruck durch die Fahrzeuge auf der Ladefläche. Der Mitarbeiter, der vorn am Bug bereitstand, wäre fast umgefallen. Es gab noch einen weiteren Aufprall, und der Bug hob und senkte sich ständig, bis die Landungsbrücke das Schiff endlich wie ein Feststellmechanismus zum Stehen brachte. Aus Sicherheitsgründen durften die Autos heute zuerst von Bord fahren, anschließend gingen alle Gäste, die zu Fuß unterwegs waren, an Land.

Ein merkwürdiges Gefühl ergriff von Martin Besitz, als er den Wagen über die Brücke auf das Eiland lenkte. Sie waren nicht zum ersten Mal hier, aber diesmal schien es endgültiger als sonst. Die Reise auf eine Insel war immer etwas Besonderes, vor allem, wenn man sie nur per Schiff erreichen konnte. Ein wenig wie die Reise zu einem anderen Stern. Nie war dieses Gefühl stärker gewesen als heute. Martin empfand eine tiefe Verbundenheit mit allen Menschen, die gerade mit ihm diese Insel betraten. Sie war nun ihr aller Schicksal. Er lachte schnaubend, weil ihm dieser Gedanke kitschig vorkam. So kannte er sich nicht. Es war schließlich nur ein Urlaub über die Feiertage.

Aus dem Augenwinkel fiel ihm ein Mann in Uniform auf, der zwischen den beiden Gebäudeteilen des Hafenhäuschens stand und der Autoschlange zusah. Es war ein Polizist. Und dieses Gefühl wollte einfach nicht von ihm lassen.

Hamburg-Altona, Waitzstraße, Deutsche Bank, 12:56 Uhr

Till hatte beide Hände auf dem Lenkrad liegen und saß da wie versteinert, während Simon in Gedanken durchging, was jetzt alles zu tun war.

»Na, los, lass uns gehen.« Er stieß Till an.

»Hauptsache, Bernd spielt nachher mit«, sagte Till zweifelnd.

»Brockhaus meinte, das funktioniert immer. Es muss nur echt aussehen.«

»Für mich sind da noch viele Fragezeichen. Niemand weiß wirklich, wie jemand reagiert.«

»Schon klar. Aber es wird klappen. Du wirst sehen.«

Hamburg-Wandsbek, Wandsbeker Chaussee, 12:57 Uhr

Brockhaus starrte nachdenklich auf den schmutzigen Teppich. Es war vielleicht kein gutes Omen, dass der ursprüngliche Plan nun nicht mehr durchführbar war, aber davon durfte er sich nicht irritieren lassen. Er musste die Dinge in die Hand nehmen. Sich nehmen, was er wollte, was ihm zustand. Und das heute. Jetzt und hier.

Er stand auf, packte alles, was er brauchte, in den Rucksack und hielt für einen Moment inne.

Das Gesicht des Jungen von gestern Nachmittag geisterte

in seinem Kopf herum. Er fühlte, dass es sein Sohn war. Was er aber nicht wusste, war, ob er seinetwegen etwas unternehmen sollte. Heute war der Tag, nach dem es kein Zurück mehr gab. Was sollte er also tun? Ihn ein letztes Mal heimlich beobachten, so wie er es früher schon einmal getan hatte? Ihn ansprechen? Was sollte er sagen? Oder sollte er diese sentimentale Scheiße einfach vergessen, so wie bisher? Es waren Jahre vergangen, in denen er nicht ein einziges Mal an ihn gedacht hatte, also warum jetzt damit anfangen? Genau, warum? Es gab keinen verdammten Grund.

Er wollte das ein für alle Mal klarmachen, ging ins Bad, schlug in den Spiegel, dass die Splitter ins Waschbecken regneten, nahm sich eine Scherbe und schnitt sich eine knapp zehn Zentimeter lange Wunde in den Unterarm. Er sah zu, wie das Blut herausquoll und durch seine Haare am Arm herabrann. Er legte seine Hand auf die Schnittwunde, spürte das warme Blut und schwor sich, dass die Narbe ihn immer daran erinnern sollte, niemals wieder an seinen Sohn zu denken, niemals wieder sentimental zu werden, niemals wieder weich und schwach zu sein. Niemals. Ab jetzt, ab heute, nie wieder.

Notdürftig band er sich ein zerrissenes T-Shirt darum, ließ alles so liegen, wie es war, und verließ die Wohnung.

Unten trat er aus der Haustür auf den Innenhof. Der Wind erfasste ihn in einem Wirbel. Er war sich nicht sicher, ob sein neues Aussehen ausreichte, um seine Aufpasser zu täuschen. Also setzte er noch eine Wollmütze auf. Sollten sie ihm noch folgen, würde er sie irgendwo in der City abhängen. Auf der gegenüberliegenden Seite ging die Tür auf, und eine Frau kam ihm entgegen. Sie hielt ihren Kopf gesenkt. Nicht wegen des Wetters, sondern weil sie verbergen wollte, was sich in ihrem Gesicht abzeichnete. Brockhaus wusste sofort, dass es die Frau aus der Wohnung unter ihm war, die gekommen war, um zu ihrem Mann oder Freund oder wer immer der Typ auch gewesen sein mochte zurückzukehren. In Bruchteilen von Sekunden wägte er ab, ob er sie auch töten sollte, ließ sie dann aber passieren und ging aus dem Gebäude hinaus auf die Straße. Scheinbar flüchtig ließ er seinen Blick über die hier parkenden Autos gleiten und entdeckte seine Bewacher sofort. Wenn diese Idioten nicht immer dieselben Wagentypen fahren würden, hätten sie mehr Erfolg, dachte er, schlug seinen Kragen hoch und lenkte seinen Schritt nach links.

Es dauerte sieben Sekunden, bis er hörte, wie der Motor ansprang.

Amrum, Nebel, Strunwai, 12:57 Uhr

Sie fuhren um die enge Kurve, vorbei an der Post, bis sich links ein Feld auftat, hinter dem man den Leuchtturm über dem Waldsaum erkennen konnte. Inzwischen regnete es. Es waren ganz feine Tropfen, die aussahen wie ein Schwarm von Insekten, die einem Schleier gleich vom Wind mitgetragen wurden. In der nächsten Kurve, hinter der es weiter bis nach Norddorf ging, fuhren sie bei der Bushaltestelle geradeaus auf den Strandweg, der direkt auf den Nebeler Strand zulief.

»Es muss eins der letzten Häuser vor dem Strand sein«, sagte Martin und beugte sich suchend über das Lenkrad, um an den zurückversetzt stehenden Häusern eine Hausnummer oder einen Namen erkennen zu können.

Vor einer kleinen Kreuzung, hinter der das Waldstück bis zum Strand begann, hielt Martin an und deutete nach rechts.

»Das muss es sein.«

»Hier? Sieht krass groß aus«, sagte Daniela

»Steigst du aus und schaust mal nach, Joshua?«, bat Alexandra.

»Wie soll das heißen?«, fragte er genervt.

»›Dünenglück‹«, antwortete Martin.

»Bescheuerter Name.«

»Du sollst keine Kritiken abgeben, sondern gucken, ob wir richtig sind.«

»Lustig«, sagte Joshua, schmiss die Tür zu und ging mit gesenktem Kopf auf das großflächige Grundstück. Das rot verklinkerte Haus war von Rasen umgeben und nach hinten und zur Seite von Tannen blickdicht eingerahmt. Vorn neben der Auffahrt begrenzten mannshohe Büsche das Grundstück.

Joshua ging ein Stück über die steingeflieste Auffahrt und stoppte abrupt, als er das Schild entdeckte. Er winkte sie zu sich und verschwand durch die Eingangstür, in der der Vermieter den Schlüssel für sie stecken gelassen hatte, im Haus.

Die anderen stiegen aus dem Wagen, nachdem Martin unter das zum Haus hin offene Carport gefahren war. Er öffnete den Kofferraum und reichte Daniela zwei Taschen, während Alexandra mit Piet auf dem Arm vorging.

»Joshi muss aber auch was tragen«, beschwerte sich Daniela.

»Ja, sag ihm das«, erwiderte Martin und kramte weiter im Kofferraum.

Das Erste, was Martin auffiel, als er das Wohnzimmer betrat, war der Weihnachtsbaum, den der Vermieter für sie aufgestellt hatte.

»Nun seht euch das an. Ist doch klasse, oder?«

»Der ist ja gar nicht geschmückt«, meinte Daniela.

»Nein, das werden wir machen. Genauer gesagt, ihr zwei.« Alexandra blickte ihre Kinder mit großen, auffordernden Augen an.

»Echt jetzt?«

»Ja, ihr könnt auch mal etwas beitragen.«

»Und ihr?«, wollte Joshua wissen.

»Ich füttere Piet, und Papa ist den ganzen Weg im Sturm gefahren, der kann sich jetzt mal ausruhen.«

»Wie, Papa kann hier abhängen, während wir schuften müssen?«

»Joshua, du machst das jetzt, und ich will nichts weiter von dir hören«, sagte Alexandra, woraufhin Joshua seinem Vater einen verächtlichen Blick zuwarf.

Martin lehnte sich mit beiden Händen auf eine Stuhllehne

und setzte ein zufriedenes Lächeln auf. »Weihnachten«, sagte er und seufzte, »das Fest der Liebe und des Friedens.«

Hamburg, Stephansplatz, Spielbank Esplanade, 17:51 Uhr

Till saß konzentriert am Steuer und lenkte den Transporter am Casino vorbei zur Rückseite des Gebäudes. Simon kniff auf dem Beifahrersitz die Augen zusammen, um den Hintereingang erkennen zu können. Dort parkte bereits ein weiterer Geldtransporter ihrer Firma.

»Sie sind schon da«, sagte er tonlos.

Till fuhr ein Stück weiter, setzte den Warnblinker und hielt in zweiter Reihe am Straßenrand. Er stellte den Rückspiegel so ein, dass er den anderen Wagen im Auge behalten konnte. Simon sah auf die Uhr.

»Sie sind früh dran. Vielleicht sollten wir schon losfahren.«

»Wir warten, bis sie zu sehen sind«, entgegnete Till entschieden.

Simon erwiderte nichts und pustete nervös die Luft aus.

»Was ist?«, fragte Till.

»Nichts, was soll sein?«

Till musterte seinen Partner von oben bis unten. »Kriegst du das hin?«

»Sicher. Was soll die Fragerei?«

Till löste seinen Blick von ihm und starrte wieder in den Rückspiegel. »Gleich muss das Timing stimmen, sonst sind wir am Arsch, kapiert?«

»Kümmer dich um deinen Scheiß, ich mache meinen, klar?«

Till war ein wenig überrascht von so einem aggressiven Konter, aber er musste zugeben, dass ihm das gefiel. Das zeugte von Selbstvertrauen und von gehörig viel Wut im Bauch. Er grinste. »Guter Junge.«

Simon stieß ihn an und deutete auf den Rückspiegel. Bernd verließ in diesem Moment mit zwei Koffern das Gebäude und ging zur Rückseite des Transporters. Till sah auf seine Armbanduhr.

»Okay, ab jetzt neunzehn Minuten.«

Er startete den Motor, wendete und fuhr in Richtung Süden davon.

Inzwischen war der Sturm so heftig geworden, dass der öffentliche Verkehr größtenteils zum Erliegen gekommen war. Bis auf einige Taxis waren kaum noch Pkw unterwegs. Kurz bevor sie die Elbbrücken erreichten, erkannten sie eine Schikane der Polizei.

»Fuck, was soll das?«

»Vielleicht sperren sie die Brücke.«

Ein Verkehrspolizist winkte die beiden an sich vorbei. Till öffnete sein Fenster.

»Was ist los?«

»Gesperrt für leere Lkw und Anhänger!«, rief der Beamte und hielt seine Mütze fest. Er lehnte sich gegen den Sturm, um nicht weggedrückt zu werden. Der Wind rauschte so laut, dass Till ihn kaum verstehen konnte.

Er winkte sie weiter, und Till fuhr das Fenster hoch. Besorgt prüfte er den Rückspiegel.

»Er wird ja wohl hoffentlich auch hier langfahren?«

»Wenn nicht, warten wir eben.«

Sie überquerten die Brücke. Till hatte Schwierigkeiten, den Transporter in der Spur zu halten. Er lenkte gegen unglaubliche Kräfte an, die seitlich gegen sie prallten wie eine riesige Faust, die sie hinunterdrücken wollte.

Beide waren froh, als sie die Brücke hinter sich ließen und auf den Niedergeorgswerder Deich fuhren. An einer Kreuzung, an der die billigen Zäune eines Gebrauchtwarenhandels bedenklich wackelten, ließ Till Simon raus.

»Ich ruf an, sobald sie in Sicht kommen«, sagte Simon und knallte die Tür zu. Dann lief er nach rechts in die Straße hinein und schloss einen dort parkenden Ford Fiesta auf. Die Gegend war hier noch sehr einsam. Erst fünfhundert Meter weiter begann ein Wohngebiet, davor war nur vereinzelt Gewerbe angesiedelt. Die Straße und der recht breite Gehsteig auf der rechten Seite waren vollkommen verlassen. Der Sturm kam ihnen heute wirklich mehr als zupass. Er war nahezu ein Garant dafür, dass man sie nicht sah.

Till lenkte die Räder auf der Beifahrerseite langsam auf den Gehsteig, ließ den Motor laufen und wartete in den Rückspiegel schauend auf Simons Anruf. Der Wind rüttelte am Fahrzeug. Er tastete nach seiner Waffe, die im Holster in seinem Gürtel steckte. Sein Herz begann zu klopfen. Lauter, immer lauter. Gottverdammt, er könnte jetzt einen sehr großen Schluck Whisky vertragen. Wenn das alles zu Ende war, würde er sich Unmengen davon reinschütten. Jeden verdammten Tag würde er den teuersten, ältesten Whisky saufen, literweise, kistenweise, und sich keine Gedanken machen müssen. Gott, würde er einen Spaß haben, wenn die ganze Sache vorbei war. Aber zuerst musste alles glattlaufen. Nicht einen Fehler durften sie machen. Und dann war da noch der Bernd-Bonus. Ja, auch darauf freute er sich.

Das Telefon summte. Till griff danach und drückte den grünen Knopf.

»Sie kommen, es geht los«, sagte Simon nur.

Till warf das Telefon achtlos in den Fußraum, legte den ersten Gang ein und fuhr zurück auf die Straße. In ungefähr dreihundert Metern Entfernung tauchte der Ford Fiesta in seinem Rückspiegel auf, dahinter der zweite Geldtransporter mit Bernd am Steuer und dem Geld aus dem Spielcasino im Laderaum. Till sah auf den Tacho, er zeigte nur knapp vierzig Kilometer pro Stunde an. Von vorn kam kein Auto. Sie waren vollkommen allein.

Er näherte sich der Brückenunterführung. Dort sollte es passieren.

Die erste Regel, die man in diesem Job verinnerlichen musste, war: Wenn der Transporter überfallen wird, niemals aussteigen. Die Wagen sind gepanzert und überstehen die meisten Angriffe durch Waffengewalt. Am sichersten war man im Innern. Doch was passierte, wenn man jemandem helfen wollte? War es nicht ein menschlicher Instinkt, einem anderen in Not beizustehen? Erst recht, wenn derjenige ein Kollege war? Darauf spekulierten sie. Falls das nicht passierte, gab es noch einen Plan B für den Plan B. Sie hatten einen hydraulischen Spreizer dabei, wie ihn die Feuerwehr bei Unfällen benutzt.

Simon kam nun schnell näher. Er beschleunigte den Fiesta immer mehr, bis er schließlich auf die Gegenfahrbahn ausscherte und neben Till fuhr. Der hatte im Spiegel deutlich die schwarze Skimaske erkannt, die Simon sich über das Gesicht gezogen hatte. Jetzt machte Till sich bereit und griff fester ins Steuer. Simon scherte noch einmal in Richtung Brückengeländer aus, trat aufs Gas und lenkte den Ford dann direkt in die Fahrerseite des Geldtransporters. Es krachte und quietschte, und Till wurde zur Seite geschleudert, hielt sich aber aufrecht und bremste, bevor er in den Zaun krachte.

So wie er jetzt stand, konnte er nicht mehr erkennen, was auf der Fahrbahn hinter ihm passierte, doch durch das Fahrerfenster sah er den maskierten Simon, der ausstieg, die Waffe hob und auf ihn zielte, während er auf ihn zuging.

»Los, rauskommen!«, schrie er.

Till griff zu seiner Waffe und zog sie. Er versuchte, aus dem Fenster nach hinten zu schauen, um zu sehen, was Bernd jetzt machte. Simon schrie erneut.

»Raus!«

Till wartete ab. Da feuerte Simon auf einmal drei Schüsse auf ihn ab. Trotz der Lautstärke des Sturms fuhr Till erschrocken zusammen, er hörte deutlich, wie die Kugeln an seinem Wagen abprallten. Das war nicht abgemacht, dass er auf ihn schoss. Fast instinktiv richtete er den Lauf seiner Waffe auf Simon.

Reifen quietschten, und hinter Simon tauchte der zweite Geldtransporter in Tills Blickfeld auf. Auf dem Beifahrersitz konnte er Günther erkennen, während Bernd ausstieg und seine Waffe auf Simon richtete, der Bernd das von der Sturmmaske verdeckte Gesicht zuwandte.

»Waffe runter!«, brüllte Bernd mit seiner tiefen, durchdringenden Stimme.

Simon stand da wie erstarrt, die Waffe immer noch auf Till gerichtet.

»Die Polizei ist schon unterwegs, du hast keine Chance!«, rief Bernd. »Waffe runter, Hände hoch!« In seinem Gesicht stand unbändige Wut.

Simon warf Till, der jetzt die Tür öffnete, einen kurzen, nervösen Blick zu.

»Bleib drin!«, schrie Bernd ihn an. Fast hätte Till sich darüber gefreut, dass Bernd ihn jetzt verteidigen wollte. Aber er wischte den Gedanken fort und drückte die Tür weiter auf. »Bleib drin, was machst du?«

Simon trat einen Schritt zurück. Till stieg aus und richtete seine Waffe auf den vermeintlichen Angreifer. »Jetzt haben wir ihn!«, rief er.

Bernd kam vorsichtig näher.

»Günther, hast du die Polizei gerufen?«, schrie Till laut gegen den Sturm an, ohne Simon aus den Augen zu lassen.

Die Beifahrertür schnappte auf, und Günther setzte einen Fuß auf die Straße.

»Polizei ist benachrichtigt«, informierte er Till.

»Dann komm raus und hilf uns!«

»Nein«, funkte Bernd dazwischen. »Bleib im Wagen!«

Simon fuhr herum und richtete seine Waffe auf Bernd. Auch Till schwenkte zur Seite und nahm Bernd mit seiner Waffe ins Visier.

»Was machst du?«, fragte der fassungslos.

»Waffe runter!«, befahl Till.

»Was zum …«

»Waffe runter! Wirf sie weg!«

Bernd verstand nicht. Sein Blick sprang nervös zwischen dem vermummten Simon und Till und der leeren Fahrerkabine hin und her.

Tills Augenmerk lag auf dem erstarrten Günther. Bernds Partner durfte auf keinen Fall das Auto schließen. Er riss die

Waffe herum und schoss Günther in den Unterschenkel. Günther schrie auf und fiel aus dem Wagen auf die Straße.

»Okay, okay«, sagte Bernd nun rasch und legte seine Waffe auf den Boden. Er hob die Hände und verengte die Augen zu Schlitzen. »Was läuft hier?«, fragte er so leise, dass Till es fast nicht verstanden hätte. Ihre Kleidung flatterte knatternd im Wind. Eine Bö erfasste sie von hinten, und der ohnehin schon wackelige Bauzaun am Gehsteig wurde der Länge nach umgerissen. Alle waren für einen kurzen Moment abgelenkt, aber es gab jetzt keine Zeit mehr zu verlieren. Wenn Günther die Polizei alarmiert hatte, hatten sie selbst bei diesem Wetter nur noch wenige Minuten Zeit.

»Komm hier rüber!«, rief Till Bernd zu und zeigte ihm mit einem Kopfnicken die Richtung an. Simon griff an seine Skimaske und zog sie sich vom Kopf. Er grinste Bernd an, als dieser an ihm vorbeiging.

»Du?« Der Kollege brauchte eine Sekunde, um zu verstehen, was passiert war.

»Ja, ich, Fettwanst. Los, beweg deinen Arsch rüber zum Wagen.«

Augenblicklich veränderte sich Bernds Gesichtsausdruck. Er senkte leicht seinen Kopf, und seine Miene verdunkelte sich. Verächtlich biss er die Zähne aufeinander.

»Damit kommt ihr verdammten Wichser nicht durch«, presste er hervor, als er vor Till stehen blieb.

»Wir werden sehen«, erwiderte Till.

»Ich wusste, dass du ein Arschloch bist.« Bernd bleckte seine Zähne zu einem Grinsen, das aussah, als wollte er ihn beißen.

Till schubste ihn in Richtung Wagenheck. Simon nahm sich unterdessen des vor Schmerzen verkrampft daliegenden Verletzten an.

»Kannst du aufstehen?«, fragte er Günther und zog ihn dabei gleichzeitig hoch, sodass sich die Antwort erübrigte.

Eine dunkle Lache glänzenden Blutes hatte sich auf dem Asphalt ausgebreitet. Simon registrierte das zwar, drückte Günther aber weiter in Richtung Transporter, den Till gerade öffnete. Er packte Bernd am Kragen seiner Jacke, um ihn hineinzuziehen, doch Bernd lehnte sich mit seinem Stiernacken dagegen und wollte nicht nachgeben.

»Willst du mir einen Gefallen tun? Dann mach weiter so«, drohte Till. »Und jetzt rein da.« Er deutete mit seiner Waffe in den Wagen.

»Du kleiner Drecksbengel, ich werd dir alle Knochen im Leib brechen«, entgegnete Bernd.

»Du kannst im Laderaum weiterträumen.« Diesmal packte Till fester zu und schleuderte Bernd förmlich auf die Ladefläche, sodass dieser hineinstolperte.

»Du auch, komm schon«, befahl Simon und schubste Günther hinterher. Bernd half ihm in den Innenraum.

»Sieh nach, ob der Schlüssel noch steckt«, forderte Till Simon auf. Er schloss den linken Türflügel. Bernds Augen funkelten ihn böse aus dem Schatten des Laderaums heraus an wie die eines wilden Tieres.

»Schlüssel ist hier!«, rief Simon.

Es war nur der Bruchteil einer Sekunde, aber die kurze Ablenkung reichte aus, um Bernd einen Vorteil zu verschaffen. Till hörte das schlagende Geräusch, als Bernd von innen gegen die Tür trat, dann traf sie ihn auch schon heftig an der rechten Kopfhälfte. Es wurde schwarz um ihn herum, und Augenblicke später fand Till sich benommen am Boden wieder. Bernd rauschte aus dem Laderaum auf ihn zu wie ein Güterzug, kniete sich auf seinen Brustkorb und schlug ihm mit der Faust ins Gesicht. Ein greller Schmerz zuckte durch seinen Schädel, und Schwindel ergriff ihn. Er versuchte, sich zu wehren und nach Simon zu rufen, aber Bernds Fäuste landeten immer wieder in seinem Gesicht. Till erinnerte sich an eine Technik, die man ihm in einem Verteidigungskurs beigebracht hatte. Er nahm beide Hände und schlug sie Bernd gleichzeitig auf die Ohren. Bernd warf den Kopf in den Nacken und schrie, was es Till ermöglichte, mit einem Schlag gegen seinen Kehlkopf noch eins draufzusetzen. Nun fiel der massige Körper von ihm herunter, und Bernd griff sich an den Hals. Krächzende Geräusche drangen aus seiner Kehle, und sein Brustkorb blähte sich verzweifelt auf, ohne Luft atmen zu können.

Till rappelte sich hoch und stellte sich über seinen Kontrahenten. »Na, du feistes Arschloch? Das hättest du heute Morgen nicht gedacht, dass du am Abend so enden wirst, was?« Er hob seinen Fuß und platzierte ihn auf Bernds Gesicht. Blut aus einer Platzwunde an der Stirn lief ihm ins Auge, und ein roter Schleier vernebelte seine Sicht. Nur undeutlich konnte er eine Bewegung von Bernd ausmachen, ehe er spürte, wie dieser seinen Fuß packte und zubiss. Er biss ihm direkt in die Achillessehne wie ein verdammter Bullterrier.

Till schrie vor Schmerz und auch vor Wut, doch er konnte seinen Fuß nicht befreien. Erst jetzt fiel ihm auf, dass er seine Waffe im Kampf verloren hatte. Sie lag mehr als zwei Meter von ihm entfernt am Boden. Er ließ sich fallen und fingerte eilig nach der Pistole, um sie auf Bernd zu richten, bevor der ihm die Achillessehne durchbiss. Er hatte gerade den Griff zu fassen bekommen, als drei Schüsse fielen. Zuerst dachte er, sie hätten sich aus seiner Waffe gelöst, doch dann blickte er nach unten zu seinem Fuß, der jetzt frei war. Bernd lag wie ein Berg von Fleisch auf der Straße, die Arme schlaff neben dem Körper ausgestreckt. Simon stand über ihm und richtete seine Pistole auf ihn. Trotz des Windes konnte Till den Rauch erkennen, der aus dem Lauf quoll und dann von der Luft weggesogen wurde.

»Was hast du gemacht?«

»Was schon? Ich hab den fetten Wichser abgeknallt«, antwortete Simon.

Till wusste nicht, ob er sich freute oder ob er geschockt war. Langsam drehte Simon seinen Kopf und sah in den Wagen, wo Günther eng an die hintere Wand gedrückt zitternd am Boden kauerte.

»Nicht, bitte, bitte …«, schluchzte er.

»Reg dich nicht auf, ich bring dich schon nicht um. Es sei denn, dass du so 'n Ding abziehen willst wie dieser Scheißkerl da.«

Günther weinte und wimmerte.

»Komm, fass mit an«, forderte Simon Till auf, der wieder auf seinen Beinen stand. Er fasste Bernd unter den Armen und hob seinen Oberkörper an, sodass Bernds Kopf auf seine durchlöcherte, blutige Brust kippte. Till nahm beide Füße, und so schleppten sie ihn zum Wagen und beförderten ihn auf die Ladefläche. Günther kniff entsetzt die Augen zusammen.

»Nein, bitte nicht ...«

»Keine Panik, dauert nicht lange«, sagte Simon.

Dann knallte ein lauter Schuss. Diesmal war es Till, der geschossen hatte. Günther sank in sich zusammen und fiel leblos zur Seite. Simon war zwar überrascht, doch er schüttelte das schnell ab.

Er und Till sahen sich an.

»Danke«, sagte Till ernst.

»Wir müssen. Lass uns das Geld rüberschaffen.«

Sie warfen alles in den Transporter von Bernd und Günther, sprangen hinein, wendeten und fuhren davon.

Till blickte in den Rückspiegel. Außer den beiden verunfallten Wagen war nichts zu sehen. Kein anderes Auto, kein Mensch. Keine Polizei. Er spürte den Schmerz in seiner Achillessehne jetzt verstärkt, vor allem, wenn er das Gaspedal durchtrat.

»Ich kümmer mich ums GPS«, sagte Simon und kramte in seinem Rucksack nach dem Werkzeug. Der Sender war unter der Deckenverkleidung der Fahrerkabine installiert. Während Simon die Abdeckung aufsägte, konnte Till es immer noch nicht fassen, dass sie ungesehen vom Tatort hatten flüchten können.

Er nahm gleich die nächste Auffahrt auf die Brücke und fuhr Richtung Süden. Ganz leise konnte er jetzt Polizeisirenen vernehmen. Die Polizei würde am Tatort ankommen und einen Geldtransporter entdecken, der überfallen worden war. Es würde noch einige Zeit vergehen, bis sie den Wagen aufbrechen konnten, dazu musste erst die Feuerwehr mit ihrem Spezialgerät anrücken. Dann würden sie die beiden Fahrer finden. Ob und wie viel Geld gestohlen war, konnten sie nicht selbst ermitteln, darüber musste die Zentrale Auskunft geben. Bis der Tatort gesichert war und die Beamten Zinkowski informieren konnten, dauerte es ungefähr eine Stunde. Doch erst wenn Zinkowski merkte, dass die falschen toten Fahrer im Laderaum lagen und ein ganz anderer Wagen überfallen worden war, würden sie ins Visier genommen werden. Bis dahin wären sie allerdings längst auf dem Wasser.

Teil 3

Schon rief der Posten: Sie bliesen Zapfenstreich
Es kann drei Tage kosten
Kam'rad, ich komm ja gleich
Da sagten wir auf Wiedersehen
Wie gerne würd ich mit dir gehen
Mit dir, Lili Marleen

Lale Andersen, »Lili Marleen«

Hamburg-Finkenwerder, Jachtclub am Rüschkanal, 18:07 Uhr

Brockhaus hatte sich von einem Taxi zum Luft- und Raumfahrttechnikunternehmen Collins Aerospace chauffieren lassen, weil wegen des Sturms keine Busse mehr fahren durften. Natürlich gefiel ihm das nicht. Jeder, der ihn heute noch hier in der Gegend sah, war ein potenzieller Zeuge.

»Müssen Sie wirklich an Heiligabend arbeiten?«, fragte der Taxifahrer, als er den Taxameter abrechnete. »Siebenundzwanzig achtzig, bitte.«

»Ich hab die Weihnachtsschicht übernommen, dafür habe ich dann Silvester frei«, hatte Brockhaus geantwortet und dem Fahrer dreißig Euro nach vorn gereicht. »Stimmt so.«

»Vielen Dank. Na, dann trotzdem schöne Feiertage.«

Das Taxi war davongefahren und Brockhaus zu Fuß in Richtung Rüschpark und Jachthafen gegangen. Als er die Kreuzung zum Rüschweg erreichte, sah er das Blaulicht. Polizei und Feuerwehr standen auf der Straße kurz vor dem Aussichtspunkt.

»Scheiße.« Brockhaus ging langsamer. War etwas schiefgelaufen? Hatten sie Simon und Till erwischt, und die beiden hatten ihn verraten? Unweigerlich griff Brockhaus zu seiner Waffe, die in einem Holster am Rücken steckte.

Der Wind blies ihm so heftig entgegen, dass er kaum ein Bein vor das andere setzen konnte. Wenn er sich jetzt einfach vornüberfallen ließe, hielte der Wind ihn vermutlich aufrecht. Weiter vorn wurde ein Beamter auf ihn aufmerksam, und jetzt erkannte Brockhaus auch den Grund für ihr Hiersein: Ein Baum war umgestürzt und lag quer auf der Straße. Die Feuerwehr war dabei, ihn mit Kettensägen in kleine Teile zu zersägen.

»Hier ist im Moment gesperrt!«, rief ihm der Polizist entgegen. Er trug seine Mütze unter dem Arm, weil sie sonst weggeflogen wäre. Seine Hosenbeine flatterten wie kaputte Segel.

»Ich muss nur kurz runter zum Jachthafen, die Boote sichern!«, schrie Brockhaus ihm entgegen. Rechts zweigte ein

Weg in Richtung des Restaurants ab. »Ich geh einfach hier entlang!«

Der Beamte blickte zweifelnd in Richtung des mit Ausnahme einer Handvoll Boote verlassen daliegenden Jachthafens. Das Wasser war grau, und sogar hier, in dieser geschützten Bucht, prallten schaumige Wellen gegen die Uferböschung.

»Okay!«, rief er und nickte ihm zu. »Seien Sie vorsichtig.«

»Dauert nicht lange«, behauptete Brockhaus, während er bereits überlegte, wie er Simon und Till signalisieren konnte, dass sie vorsichtig sein mussten, wenn sie hier auftauchten. Zum Glück mussten sie vorher in den Rüschweg abbiegen.

Er wandte sich dem kleinen Weg zu und ging am Restaurant vorbei, das heute geschlossen war. Abgesehen von den Polizisten und Feuerwehrleuten schien er der einzige Mensch zu sein, der hier im Gewerbegebiet unterwegs war. Drüben auf der anderen Kanalseite lag hinter dem Rollfeld die große Halle von Airbus. Alle Flugzeuge waren sicher im Hangar untergebracht worden. Jenseits der riesigen Anlage schob sich eine schwarze Wolkenfront heran wie eine sich auftürmende Welle. Der Sturm wütete schon den gesamten Tag in ganz Norddeutschland, doch es würde noch viel heftiger werden. Wenn sie erst draußen waren und diese Wolkenfront sie erreicht hatte, wenn die Dunkelheit vollends hereingebrochen war, würden sie mitten im schlimmsten Unwetter der letzten Jahre auf offener See navigieren müssen. Aber er war trotzdem zuversichtlich. Es war Teil seines Plans, der Sturm kam ihm gelegen. An seinen Fähigkeiten als Kapitän zweifelte er nicht. Er kannte diese Gewässer seit seiner Kindheit.

Die Jacht lag als einziges Boot in einem der Anlegearme auf der östlichen Seite der Bucht. Die »Marlene« war die Jacht seines Vaters gewesen, ehe er sie nach dessen Tod geerbt hatte. Mit ihr waren sie all die Jahre hinausgefahren, an Wochenenden, im Urlaub, wann immer seinem Vater der Sinn danach stand. Meistens waren sie zu zweit unterwegs gewesen. Seine Mutter war nur mitgekommen, wenn sie Urlaub machten. Er hasste und liebte dieses Boot gleichermaßen. Nein, so ganz standen

Hass und Liebe nicht in der Waage. Brockhaus lächelte bitter und betrat den Steg. Er musste aufpassen, dass die Böen ihn nicht ins Wasser manövrierten.

Das kleine eiserne Tor war abgeschlossen. Er ließ es für Simon und Till offen und ging die paar Schritte, bis er vor dem Bug stand. Er hatte sie lange nicht mehr gesehen. Als Kind hatte er sie »Marlene« genannt, was seinen Vater fast zur Weißglut brachte. »›Marlen‹ wird es ausgesprochen«, hatte er ihn belehrt, »das e ist stumm.«

Aber irgendwie war ihm dieses verdammte e immer wieder rausgeflutscht. Es war wie ein Fluch, seine Zunge machte, was sie wollte. Dieses kleine, unscheinbare e konnte seinen Vater in einen anderen Menschen verwandeln. Es war zwar da, aber es durfte nicht in den Mund genommen werden. Und wehe, wenn doch. Wehe, wenn doch.

Brockhaus blickte über die Schulter zurück auf die Straße, wo die Baumfällarbeiten beendet waren. Die Männer räumten die zerkleinerten Stammteile und Äste von der Straße. Niemand kümmerte sich um ihn. Alle waren beschäftigt.

Mit einem Satz sprang er an Bord und öffnete die Tür, die ins Innere des Bootes führte. Eine schmale Treppe fiel steil zur Kajüte hin ab, eine zweite führte nach oben auf die Brücke. Der Geruch, der ihm hier drin entgegenschlug, war fast betäubend vertraut. Er hatte irgendwo gehört oder gelesen, dass Gerüche von allen Sinneseindrücken Erinnerungen am unmittelbarsten heraufbeschwören konnten. Das stimmte, verflucht noch mal, wirklich. Es war fast wie eine Zeitreise.

Das Boot begann leicht zu schwanken, und Brockhaus musste sein Gleichgewicht ausbalancieren, um nicht die Treppe hinunterzufallen. Mit beiden Händen zog er sich an den Handläufen hinauf und legte seinen Rucksack ab. Er trat hinter das Steuerrad und schaute durch die schmutzige Scheibe hinaus zu den Aufräumarbeiten. Das Blaulicht durchdrang zuckend die Dunkelheit und ließ groteske, zappelnde Schatten der umliegenden Bäume entstehen.

Plötzlich fiel von der linken Seite ein Lichtstrahl herein, und

Brockhaus fürchtete schon, den Polizisten mit einer Taschenlampe dort zu sehen, doch es war der Geldtransporter, der am Ende der kleinen Straße parkte. Brockhaus stieg wieder nach unten und ging an Deck, um die beiden zu erwarten. Mit den wasserdichten Säcken in den Händen kamen sie über den Steg auf ihn zu.

»Hat alles geklappt?«, fragte er und nahm die Säcke von Simon entgegen. An Tills Gesicht erkannte er, dass es nicht so ganz nach Plan abgelaufen war. Er hatte eine Platzwunde an der Stirn und Schwellungen.

»Bernd hat Schwierigkeiten gemacht«, antwortete Simon.

»Sie sind beide tot«, ergänzte Till. »Niemand hat uns gesehen.«

»Okay. Habt ihr noch mehr?«

»Allerdings.« Simon machte kehrt und ging zurück zum Transporter.

»Park ihn an der Autowerkstatt, da fällt er nicht so auf!«, rief Brockhaus ihm nach.

Till sprang zu ihm an Deck. Sie reichten sich die Hände.

»Gut gemacht.« Brockhaus lächelte ihn an und musterte ihn dann prüfend. »Wie viel ist es ungefähr?«

»Kann ich nicht sagen«, entgegnete Till mit Blick auf die Feuerwehr- und Polizeiwagen auf der Straße. »'ne Million bestimmt.«

»Okay, zählen können wir später.«

Auf dem Steg näherten sich eilige Schritte. Simon erwartend, drehten sie sich um und sahen zunächst nur, dass die Taschen fehlten. Dann blitzte das Licht einer Taschenlampe auf, und Brockhaus begriff, dass es nicht Simon, sondern der Beamte war, der ihn auf der Straße angesprochen hatte.

Er griff Till fest am Arm, um ihm anzuzeigen, dass er nicht überreagieren solle.

»Ist alles in Ordnung?«, rief ihnen der Beamte zu und leuchtete sie mit der Taschenlampe an.

»Ach, Sie sind's«, sagte Brockhaus und lächelte. »Ja, alles gut. Die Kollegen von der Sicherheitsfirma helfen mir nur.«

Der Lichtstrahl bewegte sich auf Tills Brust und blieb auf dem kleinen Wappen auf seiner Brust haften.

»Da kommt noch einer«, sagte Brockhaus und deutete auf Simon, der nun ebenfalls – mit leeren Händen und sichtlich verunsichert – den Steg herunterkam. Der Beamte drehte sich um und leuchtete auch ihn an.

»'n Abend«, grüßte er.

»Moin«, sagte Simon nur.

»Ich dachte, ihr Jungs macht nur Geldtransporte.«

»Nein, wir sind auch für Gebäudesicherung und Events zuständig. Wir machen so gut wie alles.«

Der Polizist lachte. »Dann sind wir ja fast Kollegen.«

»Wie sieht's auf der Straße aus?«, fragte Brockhaus nach.

»Oh, der Baum ist in kleine Häppchen zerteilt und wird jetzt abtransportiert.«

»Dann wünsch ich Ihnen trotz des Einsatzes noch ein schönes Fest.«

»Danke, Ihnen auch.«

Der Polizist hob seine Hand zum Abschied und ließ seinen Blick an der Jacht entlanggleiten. »Wer lässt sein Boot bei so einem Sturm im Hafen liegen?«, fragte er.

»Jemand, der genug Geld hat, dass es ihm egal ist«, sagte Brockhaus, und der Polizist lachte.

»Na dann.« Er hob erneut die Hand und ging über den Steg zurück zum Ufer. Der Lichtkegel der Taschenlampe tastete die Holzbohlen ab.

Simon kam zu ihnen.

»Wo ist das restliche Geld?«, fragte Till.

»Kann ich ja schlecht mitnehmen, wenn so 'n verdammter Bulle hier auftaucht«, zischte Simon.

»Hey!«, hörten sie da den Ruf des Polizisten. Der Beamte stand am Ufer und hatte seine Lampe auf die beiden fehlenden Beutel gerichtet.

»Fuck«, fluchte Brockhaus.

»Was ist das hier?«, rief der Polizist zu ihnen herüber. Seine Stimme kam kaum an, der Wind trug sie einfach fort.

Brockhaus legte beide Hände um den Mund und formte einen Trichter. »Schutzbojen für die Bordwände!«, rief er, nahm einen der Packsäcke zu seinen Füßen hoch und warf ihn zur Veranschaulichung an der Kordel über die Seitenwand.

»Bist du bescheuert?«, meinte Simon völlig entsetzt.

Brockhaus' Kopf fuhr wütend herum. »Geh und hol die verdammten Säcke, bevor er reinschaut, du dämliches Arschloch!«

Simon schluckte und erwiderte nichts mehr.

»Mein Kollege kommt schon!«, brüllte Brockhaus.

Der Beamte winkte nur und machte sich dann auf den Weg hinauf zur Straße.

Brockhaus holte den Sack wieder ein und schmiss ihn so schwungvoll die Treppe hinunter, dass er unten gegen die Kajütentür knallte.

»Dämlicher Wichser!«, fluchte er und trat verärgert gegen einen zweiten Sack. »Stellt ihm die Dinger direkt vor die Füße.« Er zog seine Waffe.

»Hey, ganz ruhig, Boss, alles in Ordnung. Die Bullerei fährt wieder. Beruhig dich.«

Brockhaus schnaufte wütend. Dann steckte er die Waffe wieder in das Holster.

Hamburg-Wandsbek, Wandsbeker Chaussee, 18:12 Uhr

Hauptkommissar Stehlbek saß mit dem Handy am Ohr in seinem Dienstauto, das hinter zwei Streifenwagen parkte, deren Blaulicht eingeschaltet war.

»Schatz, ich kann es noch nicht sagen. Ich war noch nicht drin. Es hieß nur ›ein Toter‹. Keine Ahnung, ob ich überhaupt zuständig bin. Fangt einfach mit dem Essen an und wartet mit der Bescherung auf mich, okay?«

»Melde dich bitte, sobald du weißt, wie lange es dauern wird, die Kinder fragen ständig nach dir«, sagte seine Frau mit erstickter Stimme. Sie war kurz davor zu weinen. Stehlbek kannte diesen Tonfall. Zu oft hatte er ihn hören, zu oft sie vertrösten müssen. Dieser Job war ein Fluch. Und dass er ausgerechnet heute Abend Bereitschaft hatte, wurmte ihn. Er gehörte jetzt nach Hause zu seiner Familie und nicht in irgendeine fremde, heruntergekommene Wohnung, wo wieder nur ein toter Mensch auf ihn wartete. Er wollte das alles hier so schnell wie möglich abwickeln. Vielleicht hatte er ja auch Glück, und es stellte sich als natürlicher Tod oder Selbstmord heraus.

Er stieg aus, und der Sturm riss ihm fast die Autotür aus der Hand. Regen peitschte ihm ins Gesicht. Auf der Haut fühlte sich das an wie kleine Nadelstiche. Er ging durch die offen stehende Eingangstür bis in den Hinterhof und sah bereits von hier unten die Beamten in dem erleuchteten Zimmer im linken Seitenflügel. Er lief die Stufen hinauf und wurde an der Wohnungstür von einem Beamten empfangen. Sie kannten sich vom Sehen und nickten einander zu.

»Moin, Stehlbek, Kripo Hamburg. Was haben wir denn?«

Sie betraten den Flur, wo Stehlbek schon die ganze Misere erkennen konnte und wusste, dass er Heiligabend nicht zu Hause verbringen würde.

»Ein Mann, Sascha Zingler, einundfünfzig. Seine Lebensgefährtin rief bei uns an, weil er sich nicht mehr meldete. Er ging nicht ans Telefon und öffnete auch nicht, als sie am Nachmittag mehrfach bei ihm klingelte. Ihr eigener Schlüssel steckte von innen. Wir brachen die Tür auf und fanden ihn leblos vor. Vermutlich erschlagen. Sie sehen es ja selbst. Überall ist Blut, und ein blutüberströmter Baseballschläger liegt im Wohnzimmer.«

Der Beamte ließ Stehlbek den Vortritt. Vorsichtig trat der Kommissar über die Türschwelle. »'n Abend«, grüßte er beiläufig den anderen Beamten und nahm die Leiche in Augenschein.

Der Mann war schlimm zugerichtet und lag zusammengesunken wie ein alter Mehlsack in der Ecke des Raumes. Die Blutspritzer an den Wänden reichten bis hinauf zur Decke.

»Was für eine verdammte Schweinerei. Wo ist die Freundin?«

»Sie steht unter Schock, ein Krankenwagen hat sie mitgenommen«, erklärte der Beamte.

»Verstehe. Gott, wer auch immer das war, hat ihn fast zu Brei zerschlagen. Was ist mit der Technik?«

»Müsste jeden Moment hier sein, der Arzt auch.«

»Gut. Ganz frisch ist das alles nicht mehr. Wann hat die Freundin ihn zuletzt lebend gesehen?«

»Gestern Abend.«

»Okay, nichts anfassen, wartet auf die Technik. Ich hör mich mal im Haus um.«

Stehlbek ging wieder hinaus und zog die Wohnungstür hinter sich zu, als er auf der Treppe Schritte hörte. Doch anstelle der Kollegen von der Kriminaltechnik erschienen zwei Männer, die ihm ihre Ausweise entgegenstreckten.

»Senkmann und Dalay, Kripo Hamburg«, sagte der eine und wies mit dem Kopf in Richtung der Tür. »Was ist hier los?«

»Stehlbek, auch Kripo Hamburg, Mordkommission. Darf ich fragen, warum Sie das wissen wollen?«

»Wir sind von der Abteilung Organisiertes Verbrechen und mit der Observation eines Mannes betraut, der hier im Haus wohnt. Wir sind ihm gefolgt, als er das Haus verließ, verloren ihn dann aber bei seinem Streifzug durch die Stadt. Eben kehren wir zurück und sehen das ganze Aufgebot hier.«

»Wen sollten Sie observieren?«

»Brockhaus, Karl. Wurde gerade aus der JVA Fuhlsbüttel entlassen, und wir glauben, dass er bald wieder Kontakt zu anderen Kriminellen aufnehmen wird.«

»Wir haben hier einen Sascha Zingler. Allem Anschein nach erschlagen. In welcher Etage wohnt denn Ihr Brockhaus?«

»Genau hier drüber«, Dalay deutete mit dem Zeigefinger zur Decke.

Die Männer sahen sich an und dachten alle drei dasselbe. Gemeinsam gingen sie nach oben und läuteten. Nichts. Niemand öffnete, kein Geräusch von innen.

Stehlbeks Handy klingelte. Es war die Zentrale. Er wandte

sich ab und hörte angestrengt der Stimme zu, während Senkmann und Dalay vor der Tür warteten.

»Dann ruf Ullrich an, ich will, dass er sich drum kümmert. – Ich weiß, dass er zu Hause ist. Wäre ich auch gern. Ich will, dass er das macht.« Damit legte er auf. »Was für ein verfluchter Heiligabend ist das eigentlich?«, sagte er kopfschüttelnd und ging zurück zu den Kollegen.

»Noch einer?«, fragte Senkmann.

»Zwei«, antwortete Stehlbek. »Ein Überfall mit zwei toten Geldtransportfahrern drüben in Wilhelmsburg.«

»Halten Sie das hier für einen Zufall?«, wollte Dalay wissen und zeigte zuerst auf die Wohnungstür und dann nach unten.

Stehlbek sah ihn grübelnd an. »Mein Bauch sagt mir etwas, das ich nicht hören will«, entgegnete er. »Ich werde jetzt erst mal die Nachbarn befragen. Jemand könnte etwas gehört haben. Der Rest wird sich zeigen.«

Sie tauschten Visitenkarten aus.

»Viel Glück und frohe Weihnachten«, wünschte Senkmann, und die beiden verabschiedeten sich.

»Ja, man sieht sich.« Stehlbek hob die Hand und drehte sich zur gegenüberliegenden Tür um.

Eine halbe Stunde später hatte er vier Nachbarn befragt und nur erfahren, dass es wohl an der Tagesordnung war, dass Zingler und seine Freundin sich stritten und die Musik immer zu laut war. An einen andersgearteten Lärm am gestrigen Abend konnte sich niemand erinnern.

Inzwischen waren Arzt und Techniker eingetroffen und hatten mit der Arbeit begonnen. Es war ein groteskes Schauspiel. Die Absperrung des Tatorts und die Beamten, die hier im Treppenhaus und in der Wohnung umherliefen, während in den anderen Wohnungen die meisten Bewohner Weihnachten feierten.

Als sein Kollege Ullrich anrief und ihn bat, zum zweiten Tatort in Wilhelmsburg zu kommen, hatte sich bereits ein merkwürdiges Kribbeln in Stehlbeks Kopf eingenistet. Ein leichtes

Kitzeln, das irgendetwas anzeigte, vielleicht eine aufkeimende Erkältung oder so etwas. Er stieg in seinen Wagen und fuhr zum Niedergeorgswerder Deich, der zwischen Brücke und Autobahnabfahrt komplett gesperrt war. Hier war bereits ein größeres Aufgebot an Streifenwagen und Einsatzkräften zugange. Der Tatort war ausgeleuchtet und abgesperrt worden. Die Techniker hatten wegen des starken Windes Schwierigkeiten, die Spuren auf dem Boden zu sichern und zu markieren. Ullrich stand mit einer Taschenlampe bewaffnet gebückt an der Fahrerseite eines Ford Fiesta und leuchtete hinein, während ein Mann von der Technik ihm etwas erklärte.

»Ulli«, sagte Stehlbek laut.

Sein Kollege leuchtete ihn an.

»Alter, warum holst du mich für so 'ne Scheiße von meinem Weihnachtsprogramm weg? Ich kann mir Schöneres vorstellen. Meine Frau ist kurz vorm Durchdrehen, und wenn das so weitergeht, sind wir noch vor Silvester geschiedene Leute.«

»Geht mir ähnlich«, entgegnete Stehlbek wenig beeindruckt. »Ich wollte jemand Kompetentes hierhaben.«

»Ja, ja, jetzt die Honig-ums-Maul-schmier-Nummer. Spar dir das. Komm, ich zeig dir den Mist hier.«

Er wandte sich um und deutete in Richtung Autobahnauffahrt. »Die beiden Wagen kamen von dort, wir schätzen, dass der Fiesta da vorn bei dem Gebrauchtwagenhandel auf ihn gewartet hat. Er fuhr hinter dem Transporter her, überholte und rammte ihn in die Seite«, erklärte Ullrich gestikulierend. »So, und jetzt kommt das Komische an der Sache. Jeder Fahrer eines Geldtransports ist angewiesen, bei Unregelmäßigkeiten auf keinen Fall das Fahrzeug zu verlassen. Diese beiden machen es aber, sie steigen aus. Die Täter schießen dem einen dort vorn ins Bein.« Er zeigte auf die Blutlache auf der Straße. »Es muss also auf der Fahrbahn zum Kampf gekommen sein. Der andere Kollege ist genau hier hinter dem Wagen übel verprügelt und bereits auf der Straße erschossen worden. Den anderen hat man wohl erst in den Laderaum hineinmanövriert und dort erschossen. Das Geld ist weg, ansonsten keine wirklich verwertbaren Spuren bis auf eine leichte Bremsspur auf der anderen Fahrbahn. Die Patronenhülsen hat der Wind nach da drüben auf die andere Straßenseite geweht. Stammen aus einer Beretta, Kaliber 38.«

Stehlbek sah sich von da, wo er stand, alles genau an und ging dann zum Transporter und schaute hinein. Die beiden Sicherheitsleute lagen in ihrem Blut an der hinteren Wand.

»Wer hat euch informiert?«

»Ein Autofahrer. Kam hier lang. Wohnt da hinten.«

»Von wie viel Geld sprechen wir?«

»Das konnte uns der Chef der Firma noch nicht abschließend sagen. Durchschnittlich bringen sie auf den Touren an die achthunderttausend Euro mit. Diese Tour beinhaltet allerdings das Casino, da könnte wesentlich mehr drin gewesen sein.«

Stehlbek nickte und ließ seinen Blick wieder schweifen. »Es war wirklich dumm auszusteigen«, murmelte er.

Er ging noch mal zum Ford Fiesta und schaute hinein, anschließend nahm er sich die Fahrerkabine des Transporters vor.

»Und, fällt dir was auf?«, wollte Ullrich wissen.

»Na ja«, meinte Stehlbek gedehnt und deutete auf den Fiesta. »Anscheinend waren die Täter sehr ordentlich.«

»Wie meinst du das?«

»Nun, sie fahren den Fiesta in den Wagen rein, steigen aus, wahrscheinlich bewaffnet, und schmeißen dabei sogar noch die Türen zu. Oder habt ihr schon daran rumgefummelt?«

»Nein. Das war alles so. Hast recht. Könnte natürlich auch der Wind gewesen sein.«

»Ja, wäre möglich.«

»Vielleicht sind die Transporterfahrer raus, weil der Aufprall die Tür zerstört hat und sie drinnen nicht mehr sicher waren«, mutmaßte Ullrich.

»Schließt sie denn noch?«

»Wie gesagt, wir haben nichts angerührt.«

Stehlbek zog sich einen Handschuh über und warf die Tür des Transporters zu. Sie schloss. Die Scheibe war noch intakt.

»Also, Not auszusteigen bestand nicht.«

»Aber Menschen sind nun mal Menschen, sie machen Fehler«, gab Ullrich zu bedenken.

»Hat von denen auch einer geschossen?«, fragte Stehlbek.

»Nein. Der Dünne hatte die Waffe sogar noch im Holster.«

»Habt ihr die Männer schon identifizieren können?«

»Hatten beide ihre Ausweise dabei. Günther Karge und Bernd Stantien. Den Chef hab ich herbestellt. Müsste bald da sein.«

»Was ist eigentlich mit den Schlüsseln für den Laderaum? Wo sind die? Denn aufgebrochen war er ja nicht, oder?«

Ullrich blinzelte nachdenklich. »Stimmt.«

Er ging zu einem der Beamten und stellte ihm dieselbe Frage.

»Beide haben einen Schlüsselbund am Gürtel«, sagte der Kollege.

»Die überfallen also den Wagen, es kommt zum Kampf, die erschießen die Fahrer, und dann nehmen die Täter den Schlüssel und hängen ihn wieder an den Gürtel des Mannes, zu dem er gehört?«, fragte Stehlbek stirnrunzelnd.

»Klingt nicht plausibel«, bestätigte Ullrich.

Ein Beamter trat zu ihnen. »Herr Zinkowski von der Sicherheitsfirma ist jetzt da.«

Ullrich und Stehlbek gingen in die ihnen angezeigte Richtung. Zinkowski stand leichenblass ungefähr fünfzig Meter hinter der Absperrung in Gegenwart eines weiteren Polizisten. Sie tauchten unter dem vom Wind malträtierten Absperrband durch, das den Eindruck machte, als würde es jeden Moment reißen.

»Herr Zinkowski?«, fragte Ullrich und reichte ihm die Hand. Der Chef der Sicherheitsfirma nickte und schlug ein. »Oberkommissar Ullrich. Das ist mein Kollege Hauptkommissar Stehlbek. Kommen Sie, wir setzen uns in den Wagen«, sagte er und deutete auf einen Bulli.

Die drei setzten sich an den kleinen Tisch im Wageninneren, und Stehlbek schloss mit einigem Kraftaufwand die Schiebetür. Endlich wurde es ein wenig leiser. Alle drei atmeten irgendwie erleichtert auf.

»So, tut mir leid, dass das ausgerechnet heute passieren muss«, begann Ullrich, um den sichtlich mitgenommenen Zinkowski etwas zu beruhigen. »Sie sind vermutlich noch geschockt, aber wir brauchen jetzt dringend einige Informationen von Ihnen.«

»Natürlich. Ich bin … ich bin ja gleich hergekommen, als Sie anriefen, und habe noch niemanden informiert. Ich meine, die Familien müssen ja auch Bescheid wissen.« Seine Augen röteten sich, als er daran dachte, eine solche Nachricht den Hinterbliebenen überbringen zu müssen.

»Sie haben alles richtig gemacht. Laut den Ausweisen der beiden Männer handelt es sich um …« Ullrich holte einen kleinen Block aus seiner Innentasche. »Günther Karge und Bernd Stantien.«

Zinkowski ließ den Kopf hängen und rieb seine Hände aneinander. »Ich kann's einfach nicht glauben …«, flüsterte er.

»Zunächst möchte ich Sie fragen, ob Sie die beiden vielleicht noch persönlich identifizieren könnten. Damit wir absolute Gewissheit haben.«

Zinkowski blickte erschrocken auf. »Aber …«

»Es würde die Ermittlungen beschleunigen. Wir können auch warten, bis wir die Angehörigen informiert und die Leichen in der Rechtsmedizin haben, aber das dauert.«

Zinkowski nickte.

»Dann bräuchten wir Angaben zur Route und alle Adressen, die Ihre Männer heute angefahren haben. Gibt es Firmenhandys?«

»Ja.«

»Gut, die Daten werden wir sicherstellen und auslesen. Ein Fahrtenbuch, oder geht das Ganze digital bei Ihnen?«

»Wir haben ein Fahrtenbuch.«

»Und gibt es Überwachungskameras in den Fahrzeugen?«

»Ja, hinten im Laderaum gibt es eine. Und jedes Fahrzeug hat einen GPS-Sender.«

»Das ist gut. Das wird uns sicher Aufschluss geben können. Moment bitte.« Ullrich holte sein Handy heraus und tippte eine Nummer ein.

Stehlbek, der sich die ganze Zeit zurückgehalten hatte, beugte sich nun vor und lächelte Zinkowski an. »Haben Sie in letzter Zeit ungewöhnliche Vorkommnisse registriert? Anrufe, verdächtige Personen oder Fahrzeuge? Sind Mitarbeiter angesprochen worden?«

»Nein, nicht dass ich wüsste«, sagte Zinkowski.

»Mich würden auch die Adressen von Firmen interessieren, mit denen Sie zusammenarbeiten, zum Beispiel Autowerkstätten oder Sicherheitstechnikhersteller, die Firma, die die Kameras eingebaut hat. Alle, die Sie irgendwie ausspähen könnten.«

»Das kann ich Ihnen alles geben, natürlich.«

»Okay«, sagte Ullrich und legte auf. »Wir können jetzt die Identifizierung vornehmen.«

Zinkowski wurde noch blasser, als er ohnehin schon war. Sie stiegen wieder aus und näherten sich dem Tatort. Inzwischen hatte man die Leichen in Transportsärge gelegt. Zwei Leichenwagen standen bereit.

»Ist das die übliche Route für diesen Wagen?«, erkundigte sich Ullrich.

»Ja, ja, die Firma, die als Nächstes dran war, hat mich schon angerufen, wo sie bleiben. Ist nur einen Kilometer von hier entfernt.«

Als sie vor den beiden Särgen standen, wischte sich Zinkowski immer wieder über den Mund und befeuchtete seine Lippen. Stehlbek hoffte, dass er das durchstehen würde und nicht vor Ort zusammenbrach.

Der Bestatter nickte ihnen ernst zu und öffnete auf ein Zeichen von Ullrich hin den ersten Sarg.

Zinkowski schaute mit leicht abgewandtem Gesicht hinein und nickte. »Das ist Bernd Stantien.«

»Okay.«

Ullrich führte ihn zum zweiten Sarg, der nun auch geöffnet wurde. Wieder nickte Zinkowski.

»Ja, das ist Günther Karge.« Er drehte sich weg und unterdrückte ein Schluchzen.

»Vielen Dank«, sagte Ullrich und tätschelte ihm den Rücken. »Dann können Sie jetzt wieder gehen. Kommen Sie.«

Er führte ihn in Richtung der Absperrung, gefolgt von Stehlbek.

»Moment«, sagte Zinkowski und hielt an. Stehlbek wäre fast in ihn hineingelaufen.

»Ja?«

Zinkowski blickte irritiert auf den Transporter und wischte sich die Tränen aus den Augen. »Das ist Wagen 83.«

»Ja? Und?«

»Das ist nicht ihr Wagen.«

»Wie meinen Sie das?«

»Bernd und Günther fuhren Wagen 71. Das ist nicht ihr Wagen. Sie haben heute zwar die Route gewechselt, aber …«

Verstört zückte Zinkowski sein Handy. »Nein, das kann nicht sein.«

»Sie waren also im falschen Wagen unterwegs, wollen Sie sagen?«, fragte Stehlbek.

»Ja, ich versteh's auch nicht. Sie hatten zwar die Route mit jemand anderem getauscht, aber nicht die Wagen. Das wäre vollkommen unnötig.«

Er tippte auf seinem Handy herum. Seine Hände zitterten. »Ich ruf eben die beiden anderen Kollegen an«, sagte er.

»Ja, bitte«, sagte Ullrich und warf einen besorgten Blick zu Stehlbek.

Zinkowski wartete und wartete.

»Ich komme nicht durch.«

»Besetzt?«

»Nein, ich kriege gar kein Freizeichen. Sie müssen tatsächlich die Wagen getauscht haben. Keine Ahnung, warum.«

Stehlbek drehte sich um und nahm noch einmal die beiden Fahrzeuge in Augenschein.

»Wo befindet sich die Kamera, und wie zeichnet sie auf?«, wollte er wissen.

»Sie sitzt oben an der Rückwand des Laderaums. Von der Fahrerkabine aus hat man Zugriff auf die Einheit und auf die Speicherkarte.«

»Zeigen Sie's mir bitte?«

Sie gingen zur Fahrerkabine, und Stehlbek stieg ein. Zinkowski zeigte ihm eine kleine metallene Tür, die mit einem Schloss gesichert war.

»Kriegen Sie das auf?«

»Ich habe einen Schlüssel, ja.«

Er holte einen Schlüsselbund hervor und löste einen kleinen Schlüssel vom Ring, den er Stehlbek reichte. Der öffnete die Tür und anschließend das kleine Schubfach für die Speicherkarte. Es war leer.

»Sie ist nicht mehr drin«, sagte er verkniffen.

»Was?«

»Keine Karte«, wiederholte Stehlbek. Er fand das Fahrtenbuch in der Ablage und nahm es hoch.

»Wie lauten die Namen der beiden anderen Fahrer?«

»Till Zumrot und Simon Hageland.«

»Wir müssen die beiden schleunigst finden, sie sind möglicherweise in großer Gefahr. Finden wir den Wagen, finden wir auch die Täter.«

»Aber wieso?«, fragte Zinkowski. »Meinen Sie, die Täter haben den anderen Wagen auch überfallen? Die Transporte haben doch gar nichts miteinander zu tun. Ihre Routen sind ganz andere.«

»Dann hätte ich da noch eine andere Theorie …«, meinte Stehlbek und sah dabei Ullrich an.

Amrum, Haus »Dünenglück«, 18:26 Uhr

Martin stand vor dem kleinen Tannenbäumchen und brachte die mitgenommenen Kerzen und Kugeln an. Daniela hielt in der einen Hand einen Strohstern und in der anderen ihr Handy, auf dem sie mit dem Daumen herumtippte.

»Hallooo, konzentrier dich mal«, forderte Martin sie auf.

Joshua deckte lustlos den Tisch und ging zurück in die Küche, wo seine Mutter mit Piet in der vor die Brust gebundenen Babytrage am Herd stand.

»Joshua?«, fragte sie leise.

»Mmh?«

»Kommst du mal?«

Ihr Sohn verstand nicht, was genau sie wollte, und blieb ratlos stehen.

»Kommst du bitte mal näher?«, wiederholte sie.

Er trat an sie heran und blickte suchend auf den Herd, so als habe er bei der Zubereitung etwas falsch gemacht.

»Ich möchte, dass du deinem Vater gegenüber ein bisschen netter bist, hörst du?«

Genervt blies er die Luft aus den Backen.

»Nein, nein, hör mir zu, nicht gleich wieder beleidigt sein. Du machst es Papa in letzter Zeit ganz schön schwer, keine Ahnung, warum eigentlich. Aber auch wenn er es nicht zeigt, es trifft ihn. Er und ich, wir tun alles, damit es euch gut geht. Das weißt du. Es gibt keinen Grund, warum du unzufrieden sein könntest. Und jetzt ist Weihnachten, ich erwarte von dir, dass du dich angemessen verhältst. Das war's. Jetzt noch das Besteck«, sagte sie und widmete sich wieder der Ente im Ofen.

Mürrisch griff Joshua in die Schublade und nahm das Besteck heraus. Krachend schob er sie wieder zu.

»Mach das gefälligst leise!«, fuhr sie ihn an, und er drehte sich überrascht zu ihr um. Seine Mutter hielt seinem Blick stand.

»Der Baum ist fertig!«, rief Martin aus dem Wohnzimmer. Alexandra blickte ihren kleinen Sohn an und machte große Augen.

»Oh, der Baum ist fertig, komm, wir gucken.«

Sie ging eilig mit ihm ins Wohnzimmer, wo Daniela und Martin ihr Werk betrachteten. Joshua war noch mit dem Besteck beschäftigt.

»Wunderschön«, sagte Alexandra. »Bravo!« Sie nahm Piets Hände und klatschte mit ihnen Beifall. »Okay, Joshua, Dani, ihr habt noch eine halbe Stunde für euch, dann gibt's Essen.«

Beide verschwanden eilig aus dem Wohnzimmer.

»Los, jetzt«, flüsterte sie dann ihrem Mann zu. »Hol alles rein.«

Martin verschwand nach oben und kam mit einem abgedeckten Wäschekorb voll mit Geschenken zurück. Er übergab ihr das Paket, das erst heute Morgen angekommen war. Sie verschwand damit in der Küche, um es in Geschenkpapier einzuwickeln, und er legte die fertigen Präsente unter den Baum.

Draußen heulte und rauschte der Wind. Martin hatte gleich nach ihrer Ankunft den Holzofen angefacht, in dem jetzt ein warmes Feuer brannte. Alles war perfekt. Er fühlte sich so wohl wie schon lange nicht mehr. Es war Weihnachten, und sie waren alle zusammen im Urlaub. Vielleicht einer der letzten Urlaube, bevor die Kinder irgendwann allein unterwegs sein wollten. Draußen wütete der Sturm, und sie waren sicher und gemütlich hier drin. Das Essen duftete, und wenn sie erst mit der Bescherung begonnen hatten, würden auch die Kinder ein wenig auftauen und nicht mehr so in sich gekehrt sein.

Er ging in die Küche, wo Alexandra den Geschenkbogen um das neue Handy für Joshua gelegt hatte und die beiden Enden mit einem Klebestreifen fixierte.

»Ob er das verdient hat …«, sagte sie mit einem milden Lächeln auf den Lippen. Piet streckte seine kleinen Ärmchen nach den Sachen auf dem Tisch aus und bekam die Tesafilmrolle zu fassen, in die er sogleich hineinbiss.

»Er kann nichts dafür, das sind die Hormone«, sagte Martin, setzte sich zu ihr und nahm Piet die Rolle aus dem Mund. »Ich bin froh, dass sie noch da sind.«

Alexandra sah auf. »Wie meinst du das?«

»Na ja, sie sind bald so weit, dass sie gar nicht mehr mit uns abhängen wollen, und dann werden sie ausziehen und studieren oder sonst irgendwas machen. Aber eben nicht mehr bei uns.« Er senkte traurig den Blick und presste seine Lippen zu einem Lächeln zusammen. Alexandra ergriff über den Tisch hinweg seine rechte Hand und drückte sie ganz fest.

»Aber das dauert doch noch Jahre. Sie brauchen uns noch ganz dringend.«

»Es geht nur so schnell vorbei.«

»Ich weiß. Ich weiß.«

»Ich glaub, dieses Loslassen fällt mir irgendwie schwerer als anderen.«

Alexandra lachte laut auf. »Ich glaube, das geht allen Eltern so.«

»Piet, untersteh dich, jemals bei uns auszuziehen«, drohte Martin seinem Sohn mit erhobenem Zeigefinger und pikste ihn in den Bauch, dass er gluckste.

»Hier, leg das noch hin.« Alexandra reichte ihm das fertig eingepackte Geschenk.

Martin nahm es und brachte es ins Wohnzimmer.

»Wer war das denn?«, rief Alexandra aus der Küche, als er das Handy hinter einem größeren Paket für Daniela versteckte.

»Wer war was?«, fragte er.

»Jemand hat den Ofen zwar angemacht, aber der Temperaturregler steht noch auf null Grad.«

Martin lugte in die Küche. »Also, ich war das nicht.«

»Ich muss es wohl selbst gewesen sein. Sorry, jetzt dauert alles noch mal so lange.«

»Kein Problem, ist doch noch früh«, entgegnete Martin mit einem Blick auf die Uhr. »Kinder?«, rief er nach oben. »Hat einer Lust, noch in den Hafen zu fahren?«

»Was soll das denn jetzt? Es ist Sturm«, beschwerte sich Alexandra.

»Na, eben drum. Nur mal gucken«, entgegnete Martin.

Joshua polterte die Treppe herunter.

»Also ich wär dabei.«

»Klasse, dann lass uns gleich los.«

»Und das Essen?«

»Deine Mutter hat vergessen, die Temperatur anzumachen«, raunte er Joshua zu.

»Was flüstert ihr da?«, wollte Alexandra wissen.

»Nichts, wir fahren!«

Die beiden schnappten sich ihre Jacken und ließen einen mächtigen Luftzug herein, als sie die Tür öffneten. Sie eilten mit eingezogenen Köpfen zum Auto und sprangen hinein. Martin startete den Motor und fuhr los.

Der Regen prasselte so heftig auf die Scheibe, dass er den Scheibenwischer auf die höchste Stufe stellen musste. Als sie die Kurve in Nebel passiert hatten und linker Hand die Mühle auftauchte, blies der Wind so stark, dass Martin gezwungen war, einen Gang runterzuschalten. Niemand sonst war unterwegs. Die Laternenmasten wippten, die Bäume neigten sich bedrohlich dem Boden entgegen, und einzelne Zweige und Äste flogen umher. Doch erst als sie in den Hafen von Wittdün einbogen, sahen sie das gesamte Ausmaß des Sturms. Vom dumpfen, gelblichen Licht der Laternen beleuchtet, stand der gesamte Hafenbereich komplett unter Wasser. Die Brecher krachten gegen die Plexiglaswände der Bushaltestelle, weiße Gischt wälzte sich über die Parkplatzfläche. Wasser flog durch die Luft, ebenso Schaum und sogar Seetang. Links von ihnen, in der sonst so ruhigen kleinen Bucht an der Promenade, türmten sich riesige Wellenberge bis zu den an die drei, vier Meter erhöht stehenden Häusern auf und prallten dort gegen die Fassaden und Fenster.

»Wow, Alter!«, entfuhr es Joshua.

»Stell dir vor, wir würden da wohnen«, sagte Martin.

»Mama würde durchdrehen vor Angst.«

»Und laut wäre es …«

Das Wasser im Hafenareal schoss in riesigen, gefächerten Flächen auf sie zu und sprudelte um die Reifen herum und in die Radkästen hinein. Martin legte sofort den Rückwärtsgang ein, um nicht Gefahr zu laufen, samt dem Wagen weggespült zu werden. Rasant setzte er zurück und riss das Steuer zu einer Hundertachtzig-Grad-Drehung herum. Joshua saß mit einem breiten Grinsen im Gesicht neben ihm.

»Na, los, ab nach Hause.«

Amrum, Haus von Nils Petersen, 19:13 Uhr

Anna saß mit ihrer Mutter auf der Couch und packte ein größeres Geschenk aus. Nils stand neben dem Baum, er hatte die Hände hinter dem Rücken versteckt und schaute ihr amüsiert zu. Auch Elke hatte ein sehr bauchiges, rundes Paket auf dem Schoß stehen und begann, oben das Papier aufzureißen. Sie lugte in die kleine Öffnung hinein und stutzte.

»Nanu, was ist das denn?«

»Keine Ahnung«, sagte Nils.

Sie riss die Öffnung weiter auf, schälte das Papier herunter und hielt ein Bonsaibäumchen in den Händen.

»Das ist ja … Ist das ein …«

»Ein Bonsai«, bestätigte Nils.

»Der ist ja wunderschön.« Sie sah sich das Bäumchen von allen Seiten an und fand noch ein ganz kleines Päckchen, das direkt am Topf klebte.

Anna hatte indes einen Rucksack ausgepackt und warf das Papier neben der Couch auf den Boden.

»Ein Rucksack, danke«, rief sie erfreut. »Ganz schön groß.«

»Ja, aber das ist noch nicht alles«, sagte Nils. »Du willst doch im Sommer mit deinen Freundinnen nach Frankreich fahren. Da dürfte ein solcher Rucksack ganz praktisch sein.«

»Ja, stimmt, danke.«

»Und das hier vielleicht auch.« Nils übergab ihr ein buntes Kuvert.

»Das ist ein kleiner Zuschuss von uns für den Urlaub«, erklärte Elke, als Anna einen Überweisungsbeleg aus dem Umschlag zog. Anna schossen vor Freude die Tränen in die Augen, und sie umarmte erst ihre Mutter und dann ihren Vater.

»Danke, danke, danke, danke …«, wiederholte sie immer wieder.

»Wir beide sind sehr froh, dass wir – und insbesondere du – all diese Dinge, die uns widerfahren sind, so gut überstanden haben«, sagte Nils und musste nun selbst schlucken. Sein Hals war auf einmal furchtbar trocken geworden. Seine Tochter war einem Serienmörder in die Hände gefallen und gerade noch mit dem Leben davongekommen. Sie hatten alles unternommen, um sie zu retten, und mit Erfolg. Doch es hätte so viel schlimmer ausgehen können. Wahrscheinlich hatte Anna diese dunkle Episode in ihrem Leben besser verarbeitet, als es Nils und Elke bisher gelungen war. Deren Angst war immer noch präsent. Denn immer noch war ihre Tochter nicht bei ihnen, sondern lebte auf der Nachbarinsel, die sie zwar sehen konnten, die aber im Notfall Lichtjahre entfernt war. Unzählige Nächte hatten sie beide wach gelegen und aus ihrem Fenster hinübergeschaut, gehofft, dass sie in Sicherheit war, und gebangt, dass ihr erneut etwas zustoßen könnte. Diese Angst konnte einen völlig einnehmen und lähmen, wenn man nicht dagegen ankämpfte. Man musste sich zwingen loszulassen und darauf vertrauen, dass alles gut war. Aber der Weg dorthin war, wie zurück in ein haiverseuchtes Wasser zu springen, wenn man bereits lebensgefährlich gebissen worden war. Der Rucksack und der Zuschuss für Annas Reise war ein solcher Sprung ins Wasser, ein weiterer großer Schritt, das Vertrauen zurückzugewinnen. Und darum war es ein für Elke und Nils sehr emotionales, Mut erforderndes Geschenk. Auch sie konnten ihre Tränen nicht mehr zurückhalten.

»Nun ist aber gut mit dem Geflenne«, meinte Nils und wischte sich mit dem Ärmel über seine nassen Augen. »Du musst auch noch dein Geschenk öffnen.« Er wies auf das kleine Päckchen.

»Ach ja, okay.« Elke setzte sich wieder hin und faltete das Geschenkpapier auseinander. Es war eine kleine, spitze Schere darin.

»Eine Bonsaischere, damit du den Baum so beschneiden kannst, wie du es möchtest.«

»Du meinst, damit ich dich nicht mehr so beschneide, was?«

»Das hast jetzt du gesagt«, erwiderte er mit einem breiten Lächeln.

»Papa, wir haben aber auch noch etwas für dich«, sagte Anna. Sie blickte zu ihrer Mutter. »Ist vielleicht nicht so ganz passend für Weihnachten, aber wir dachten …«

»Anna hat es ausgesucht, sie fand, dass es zu dir passt, und ich finde das auch«, ergänzte Elke.

Anna reichte ihrem Vater ein rechteckiges Kästchen.

»Oh, schwer«, sagte Nils verblüfft. Vorsichtig löste er die umgeknickten Enden des Geschenkpapiers und entnahm ihm eine hölzerne Schatulle. Als er sie aufklappte, lag auf rotem Samt ein sanft geschwungenes Messer mit einer blitzenden Klinge darin.

»Guck mal auf den Griff«, sagte Anna. Sie zeigte auf die Metallschicht zwischen den beiden Holzseiten des Griffs. Dort waren die Worte »In Liebe: Anna und Elke« eingraviert.

»Erst fand ich es ein bisschen martialisch«, erklärte Elke. »Aber jetzt find ich es doch sehr gut gewählt.«

»Es ist wunderschön.« Gerührt sah er seine beiden Frauen an. »Kommt her.« Er öffnete seine Arme und drückte sie ganz fest an sich. »Danke schön.«

»Ich finde, du brauchst so was«, sagte Anna an seiner Brust.

»Ganz sicher«, antwortete Nils glücklich.

Elbmündung, auf der »Marlene«, 19:23 Uhr

Der Sturm blies ihnen direkt entgegen. Ein immerwährender, nicht enden wollender Atemhauch eines Hurrikans, der so viel Kraft besaß, dass sie kaum vorwärtskamen. Brockhaus hatte die Positionslampen ausgeschaltet, sodass sie fast unsichtbar durch die raue Dunkelheit fuhren. Er stand am Steuer und blickte konzentriert durch die von Regen und Meerwasser gefluteten Scheiben nach draußen. Simon und Till standen unsicher neben ihm und hielten sich fest, während der Bug über jede Welle hüpfte. Der Sturm übertönte die Motorengeräusche.

Links und rechts tauchten verwaschen die Lichter der Ortschaften und Fabrikanlagen auf. Wie dunkle, schlafende Ungeheuer glitten die Flussinseln an ihnen vorüber, und Simon und

Till versicherten sich mit einem Seitenblick, dass Brockhaus sie auch gesehen und absichtlich umschifft hatte. Dieser ließ keine Regung erkennen, er stand mit trotzig vorgestrecktem Kinn über dem Ruder, die Hand auf dem Gashebel, der fast bis zum Anschlag durchgedrückt war.

Als rechts auf einer Anhöhe leuchtend wie ein Raumschiff ein palastartiges weißes Gebäude erschien, sah Simon lange auf das protzige Anwesen, das im ständigen Fluss der Regentropfen auf den Scheiben vor seinem Auge zerrann.

»Herrgott, was ist denn das da oben?«, fragte er.

Till glotzte nun ebenfalls angestrengt hinaus. Brockhaus warf nur einen kurzen Blick in die Richtung. »Mein Elternhaus«, sagte er trocken.

Simon und Till lachten, doch das Lachen verging ihnen schnell, da sie absolut keinen Humor in Brockhaus' Gesicht ausmachen konnten.

»Warum geht ihr nicht runter und zählt das Geld?«, schlug Brockhaus vor.

»Sollten wir nicht doch lieber die Positionslichter anschalten?«, fragte Simon unbehaglich.

»Du hast es immer noch nicht kapiert, was?« Brockhaus' Augen waren ernst und dunkel, zwei glänzende schwarze Kugeln.

Till nahm Simon mit unter Deck, und sie machten sich an die Arbeit.

Hamburg-Wandsbek, Wandsbeker Chaussee, 19:57 Uhr

Stehlbek stand mit nachdenklich gesenktem Kopf und einer Hand am Kinn im Wohnzimmer des Opfers Sascha Zingler und blickte auf die getrocknete Blutlache auf dem Teppich. Die Leiche war bereits abtransportiert worden. Ein Beamter stand neben ihm und erstattete Bericht. Er sprach recht leise, vielleicht aus Respekt vor dem Toten oder um Stehlbek im Denken nicht zu stören, vielleicht aber auch, um nicht für alle Nachbarn hörbar die Details offenzulegen.

»Das Türschloss war unversehrt, er muss den Täter reingelassen haben. Der Streit entbrannte wohl erst hier in der Wohnung. Laut Aussage der Freundin gehörte der Baseballschläger ihm selbst.«

Stehlbek reagierte zunächst nicht. Es arbeitete in ihm, das sah man ihm an, ebenso wie seine Wut, an Heiligabend an einem solchen Tatort sein zu müssen.

»Wer macht so was an Weihnachten?«, flüsterte der Beamte.

»Auf jeden Fall jemand, dem die Geburt Christi nicht sehr am Herzen liegt«, antwortete Stehlbek. »Oder jemand, der Weihnachten nicht mag, aus welchen Gründen auch immer. Vielleicht fühlte er sich aber gerade *weil* Weihnachten ist so gestört durch irgendetwas, was der Typ getan hat, dass ihm alle Sicherungen durchgebrannt sind. Doch selbst dann … So etwas macht niemand, der nicht schon einmal auffällig geworden ist.«

»Entwendet wurde anscheinend nichts. Er hatte sein Portemonnaie noch in der Tasche, mit knapp siebzig Euro Bargeld darin. Alle technischen Geräte sind noch da, soweit man das auf den ersten Blick beurteilen kann.«

»Ja, ja, einen Raub hätte ich hier sowieso ausgeschlossen. Das ist eine andere Handschrift. Das hier war pure Wut. Das und die Tatsache, dass er die Person wahrscheinlich selbst hereingelassen hat, sprechen dafür, dass sie sich kannten.«

Der Beamte nickte.

»Wie kräftig ist seine Freundin?«, fragte Stehlbek.

»Sie meinen … Nein, niemals«, antwortete der Beamte. »Die könnte so etwas nicht anrichten. Sie werden es sehen, wenn Sie mit ihr sprechen.«

»Aber ein Freund von ihr vielleicht oder ein Bruder«, mutmaßte Stehlbek. »Ich fahre jetzt ins Krankenhaus und rede mit ihr.«

Er ging in Richtung Ausgang.

»Ach ja, und wenn der Kerl aus der Wohnung über ihm zurückkommt, informieren Sie mich sofort.«

Hamburg-Volksdorf, Sieveking-Krankenhaus, 20:22 Uhr

Stehlbek stand im Aufzug nach oben in die dritte Etage und starrte auf die Anzeige über der Tür. Für seinen Geschmack bewegte sich der Fahrstuhl eindeutig zu langsam, er wünschte sich, er hätte die Treppe genommen. Als die Tür aufsprang, trat er hinaus in einen verwaisten Gang. Um diese Zeit an Heiligabend war hier so gut wie kein Besucher mehr anzutreffen. Auch das Personal war größtenteils zu Hause, und so traf Stehlbek im nächsten Quergang einzig auf die Nachtschwester, die mit ihrem Wagen unterwegs war und Medikamente verteilte.

»Frohe Weihnachten«, grüßte sie fröhlich. »Was kann ich für Sie tun?«

Stehlbek zeigte ihr seinen Ausweis. »Ich möchte zu Frau Giessner. Sie ist vor etwa drei Stunden hier eingeliefert worden.«

»Ach, ja, der Neuzugang. Zimmer 23, gleich dort vorn.«

»Vielen Dank.« Er lächelte kurz, begab sich dann zu Zimmer 23 und klopfte an, bevor er eintrat.

Die Zeugin lag im Bett. Der Fernseher lief, doch sie schlief. Er trat näher und erkannte einige Blutergüsse in ihrem Gesicht und eine geplatzte Stelle an ihrer Lippe.

»Frau Giessner?«

Sie schreckte hoch und schaute ihn mit großen, erschrockenen Augen an.

»Keine Angst, es ist alles in Ordnung. Ich bin von der Polizei. Hauptkommissar Stehlbek, ich würde Ihnen gern ein paar Fragen stellen, dauert nicht lang.«

»Oh, ja, okay«, sagte sie mit dünner Stimme und richtete sich etwas auf. Sie schämte sich dafür, wie sie aussah, das erkannte Stehlbek sofort.

»Erst mal möchte ich Ihnen mein Beileid aussprechen. Das muss ein furchtbarer Schock für Sie gewesen sein.«

Ihre Augen füllten sich mit Tränen, und sie bekam hektische rote Flecken im Gesicht.

»Ich habe schon gehört, dass Sie gestern Abend einen heftigen Streit gehabt haben und erst heute zur Wohnung zurückgekehrt sind.«

Sie nickte nur und schnäuzte sich die Nase.

»Können Sie mir bitte den Streit beschreiben?«

»Das war eigentlich nur … Er war sauer, weil ich so spät von meiner Schwester zurückgekommen bin. Er wollte …«

»Ja?«

»Er wollte mir nicht glauben, dass ich bei ihr gewesen bin. Er ist immer sehr eifersüchtig, wissen Sie? War schon immer so. Ich hab mich einfach nur verspätet, weil … Na ja, es ist Weihnachten, wir haben einfach gequatscht und die Zeit vergessen.«

»Und das hat er Ihnen angetan, nur weil Sie später als geplant zurückgekommen sind?« Er wies mit einer kaum merklichen Handbewegung auf ihre Blessuren.

Sie wandte sich ab und fuhr sich mit einer Hand durch die Haare. »Er dreht schnell mal durch, wissen Sie, das ist normal.«

»Ist es auch normal, dass Sie dann über Nacht fortbleiben? Wo waren Sie?«

»Ich bin zurück zu meiner Schwester.« Sie schniefte. »Nicht zum ersten Mal, nein.«

»Hatten Sie in der Zeit telefonischen Kontakt zu ihm?«

»Nein. Heute Morgen hab ich's die ganze Zeit versucht, aber da hat er ja nicht mehr abgenommen.«

»Also sind Sie zur Wohnung gefahren?«

»Ja, aber er war nicht da, dachte ich zumindest. Rein konnte ich auch nicht ohne Schlüssel. Der steckte von innen. Ich bin so schnell raus, dass ich ihn vergessen hab.«

»Wieso dachten Sie, ihm sei etwas passiert? Er hätte doch ebenso gut noch sauer auf Sie sein können.«

»Ich hab mit seinen Kumpels telefoniert, die haben sich alle gewundert, wo er denn bleibt. Die wollten sich nämlich noch treffen.«

»Verstehe. Sagen Sie, gibt es jemanden in Ihrer Familie, der, wie soll ich sagen, der Ihren Freund für das, was er Ihnen angetan hat, zur Rechenschaft gezogen haben könnte?«

»Was meinen Sie?«

»Haben Sie vielleicht einen Bruder, der Sie durch diese Gewalttat vor ihm beschützen wollte?«

»Nein! Nein, wir kommen Sie darauf?«

»Nun, wie bei jedem anderen Mord bin ich auf der Suche nach einem Motiv. Dass Ihre Familie einen Groll gegen ihn hegte, hätte für mich auf der Hand gelegen. Aber Sie kannten ihn besser. Wer hätte ein Interesse daran gehabt, Ihren Freund tot zu sehen? Oder lassen Sie mich so fragen: Wer hatte eine solche Wut auf ihn, dass er ihn mit einem Baseballschläger zu Tode prügelte?«

Sie sah ihn hilflos und ratlos zugleich an. Sie hatte den Mund geöffnet, aber es kam kein Wort über ihre Lippen.

»Womit verdiente Ihr Freund sein Geld?«, fragte Stehlbek daher.

»Er war Mechaniker in einer kleinen Werkstatt.«

»Okay. Ich möchte, dass Sie sich jetzt ausruhen und darüber nachdenken, ob er irgendwelche Feinde gehabt haben könnte. Jeder, der mit Ihrem Freund Ärger hatte, kommt in Frage. Und morgen sprechen wir uns dann noch mal, in Ordnung?«

Sie nickte traurig. Stehlbek stand auf.

»Sagen Sie, der Mann, der über Ihnen eingezogen ist, haben Sie den je zu Gesicht bekommen?«

»Über uns?«

»Ja, die Wohnung direkt obendrüber.«

»Dass es da einen neuen Mieter gibt, wusste ich gar nicht.«

»Na gut, dann ist es auch egal.«

»Aber ich hab jemanden gesehen, als ich zurückkam«, fiel ihr ein.

»Ja?«

»Er kam mir auf dem Hof entgegen, und ich hatte ihn noch nie zuvor gesehen.«

»Wie sah er aus?«

»Weiß nicht, recht groß, so groß wie Sie vielleicht.«

»Ich bin eins fünfundachtzig«, sagte Stehlbek.

»Er trug eine Mütze und eine Brille, dazu dunkle Kleidung.«

»Das Alter?«

»Kann ich nicht genau sagen. Es war windig, ich hab nur kurz hochgesehen. Vielleicht dreißig oder vierzig oder so.«

Hamburg-Wilhelmsburg, Zentrale von Optisecur, 20:32 Uhr

Ullrich stand hinter Zinkowski an dessen Schreibtisch und blickte neugierig auf den Bildschirm.

»Hier habe ich einen Überblick von allen Wagen, die momentan im Einsatz sind. Heute sind es nicht mehr viele«, erklärte Zinkowski. »Aber … ich kann die 71 nicht finden.« Er ruckte zurück und stand auf, um zum Fenster zu gehen. »Dann müsste er eigentlich schon da sein. Ich habe aber keine Rückmeldung.«

»Was heißt das?«, wollte Ullrich wissen.

»Der Wagen ist weg. Zumindest sendet er kein Signal mehr.«

»Kann man das ausschalten oder zerstören?«

»Sicher, beides ist möglich.«

»Ich fürchte, dann ist dieser Wagen in die Sache verwickelt. Ich werde ihn zur Fahndung ausschreiben.«

Zinkowski rieb sich sorgenvoll über die Schläfe. »Die beiden hatten gestern einen Streit. Ich weiß nicht, ob das was damit zu tun haben könnte.«

»Wer, bitte?«

»Die Fahrer der beiden Wagen, bis gestern fuhren sie die Spielbank-Route gemeinsam. Der eine beschuldigte den anderen, an seinem Spind gewesen zu sein. Daraufhin habe ich sie getrennt. Der Beschuldigte, das war Bernd, erklärte sich einverstanden, auf die 71 zu wechseln, wollte aber die angestammte Tour behalten. Also habe ich heute Morgen auch die Routen getauscht.«

»Und jetzt sind genau diese beiden Wagen in einen Überfall verwickelt? Ziemlich großer Zufall«, sagte Ullrich.

»Ich versteh das alles nicht«, gab Zinkowski zu und lehnte sich kraftlos an das Fensterbrett.

»Für eine geplante Aktion gibt es allerdings zu viele Variablen«, meinte Ullrich. »Keiner konnte doch wissen, dass Sie die Pläne ändern würden.«

»Eigentlich nicht.«

»Gab es denn auf einer der beiden Routen irgendetwas Besonderes? Ich meine, bei welchem Transport war insgesamt mehr Geld im Spiel?«

»Wagen 71 ist nach dem Wechsel zur Spielbank gefahren. Das ist einer der größten Posten von allen. Da sind Millionenbeträge dabei.«

»Und jetzt fehlt der Wagen, der aber nicht von Ihren zwei verschüttgegangenen Mitarbeitern, sondern von den beiden Toten gefahren wurde, richtig?«

»Richtig.«

»Ich brauche alles, was sie über das zweite Team haben. Ich kann nicht anders, als sie zu den Verdächtigen zu zählen.«

»Ich kann das alles nicht glauben.«

»Wie lange arbeiten die Männer schon für Sie?«

»Jahrelang. Simon noch nicht so lang wie Till, aber das sind verlässliche Leute.«

»Gab es Vorstrafen?«

»Ja, doch, die gab es.«

»Soso. Bei wem?«

»Till Zumrot war sogar mal im Gefängnis. Er hat darüber aber ganz offen gesprochen, und ich wollte ihm eine Chance geben. Er war sonst ein guter Kandidat, hatte alle Bescheinigungen, war pünktlich und zuverlässig. Hageland hatte keine Einträge, und er war mir von Zumrot empfohlen worden.«

»Wir werden das überprüfen. Haben Sie Fotos der beiden?«
»Ja, in den Bewerbungsmappen.«
»Die brauche ich.«

Elbmündung, auf der »Marlene«, 20:41 Uhr

Brockhaus' Augen waren weit aufgerissen, um seinen Mund lag ein verschlagenes Lächeln. »Na, komm doch, versuch's nur, versuch, mich aufzuhalten, du beschissener Wichser«, flüsterte er.

Draußen vor dem Bug konnte man durch die Scheiben des Bootes nur verschwommenes Schwarz erkennen. Lediglich seitlich waren noch Lichter zu erahnen. Die Nachtschwärze hinter dem Glas spiegelte unscharf die Brücke und Simon, der in diesem Moment die Stufen zu ihm heraufkletterte und sich dabei mit einer Hand an den Handlauf klammerte, weil das Boot stark sprang. In unregelmäßigen Abständen war ein dumpfes Dröhnen zu hören, wenn sie über eine Welle hinweg waren und im Wellental aufsetzten. Der Motor schien dann für einen Moment auszusetzen.

»Brockhaus?«, fragte Simon vorsichtig.

»Wie viel ist es?«, fragte Brockhaus zurück, ohne ihn anzuschauen.

»Wir sind noch nicht durch, aber es ist viel.«

»Warum zählt ihr dann nicht weiter?«

»Ist das nicht Wahnsinn, was wir machen? Sollten wir nicht doch besser an Land gehen?«

Brockhaus' Kaumuskeln begannen zu arbeiten. Er hatte beide Hände am Steuer und starrte stur hinaus in die Schwärze.

»Komm her«, sagte er dann. »Komm her«, wiederholte er, als Simon sich nicht bewegte.

Simon betrat das Deck und stellte sich rechts neben Brockhaus. Der Blick von hier oben ließ ihn noch mehr an der Sinnhaftigkeit ihres Tuns zweifeln.

»Was siehst du?«, fragte Brockhaus.

»Nichts«, antwortete Simon verunsichert, weil ihm klar war, dass Brockhaus auch nicht mehr sehen konnte als er, egal wie gut er sich auskannte.

»Ganz genau. Das liegt daran, dass der gesamte Schiffsverkehr eingestellt wurde. Wir sind also die Einzigen auf dem Wasser. Niemand sieht uns, und niemand weiß, dass wir hier sind.« Blitzschnell packte Brockhaus Simons Kopf mit beiden Händen und drückte ihn gegen die Seitenscheibe. »Wenn du meinst, aussteigen zu wollen, kannst du gern jetzt sofort schwimmen gehen, mein Kleiner. Aber nur mit einem gebrochenen Schädel, das versprech ich dir.«

Simon hatte die Augen fest zusammengekniffen und hob mit unterwürfiger Geste seine Hände. »Bitte«, flehte er, und Brockhaus wusste nicht, ob er um sein Leben bettelte oder darum, dass er wieder an das herrenlose Steuer zurückkehren möge.

»Geh runter und zähl das verdammte Geld«, flüsterte Brockhaus ihm ins Ohr und ließ ihn dann los. Er trat wieder hinters Steuer, während Simon sich vom oberen Deck schlich.

Der würde nicht noch mal hochkommen und den Mund aufmachen, da war sich Brockhaus sicher. Auch Till würde sich nicht trauen. Niemand würde den Mumm haben, sich ihm in den Weg zu stellen. Und wenn doch, würde er ihm mit Vergnügen eine Kugel in den Kopf jagen – oder auch zwei oder drei. Man durfte ihn einfach nicht reizen. Dann passierte, was passieren musste. Er war ein Orkan kurz vor der Entfesselung, eine Naturgewalt, die jeden Moment losschlagen konnte. Gegen ihn war dieser Sturm hier auf See nur ein kleines, duftiges Frühlingslüftchen.

Wenn man seine Wut erst heraufbeschwor, würde er nichts als Verwüstung anrichten.

Hamburg-Wandsbek, Wandsbeker Chaussee, 20:41 Uhr

Stehlbek war auf dem Weg nach oben zu der Wohnung über der des Toten und telefonierte währenddessen mit Ullrich, der ihm die neuesten Entwicklungen im Geldtransporter-Fall durchgab.

»Gut gemacht. Aber egal, wer es nun war, die Täter sind mit einem Auto geflohen, wir müssen also die Verkehrskameras an den Autobahnen und Bundesstraßen prüfen. Und wir müssen mit Streifenwagen raus und Kontrollen durchführen. Hubschrauber werden bei dieser Wetterlage nicht starten können. Halt mich weiter auf dem Laufenden.«

Er legte auf und stand vor der Eingangstür von Brockhaus' Wohnung. Zur Absicherung klopfte er an und horchte.

Nichts. Kein Geräusch. Da war ein Gefühl in seinem Magen. Ein Kribbeln, das ausschlug wie eine Wünschelrute, die eine Wasserader gefunden hatte.

»Verfluchte Scheiße«, flüsterte er und schaute unentschieden nach links und nach rechts. Was er jetzt tun wollte, würde ihm nicht helfen, wenn es vor Gericht ging. Aber da war diese Ahnung, dass irgendwie alles zusammenhing. Dass diese drei Morde so kurz hintereinander keine Zufälle waren.

Sein Telefon klingelte, und er erschrak. Es war seine Frau. Er kniff die Lippen zusammen und nahm den Anruf entgegen.

»Hallo, Schatz.«

»Wo bleibst du?«, fragte sie nur.

»Es ist schlimmer als gedacht. Wir haben drei Morde heute Nacht, und ich …«

»Musst du dich denn um alle kümmern? Hat das nicht Zeit bis morgen?«

»Na ja, nein, hat es leider nicht.«

»Also brauchen wir heute nicht mehr mit dir zu rechnen?«, fragte sie beleidigt.

Stehlbek dachte, dass sie morgen Abend und übermorgen Abend wahrscheinlich auch nicht mit ihm würden rechnen können, doch das schluckte er lieber herunter, auch wenn es furchtbar bitter schmeckte.

»Tut mir leid, Schatz.«

Seine Frau schwieg. Er hörte die gedämpften Stimmen seiner Kinder im Hintergrund.

»Gut, ich rede mit den Kindern. Bis dann.«

Sie legte auf, und er horchte einen Moment lang der Stille in der Leitung nach. Dann steckte er wütend das Handy ein, stellte sich in Position und trat mit aller Kraft gegen die Tür. Ein Splittern und ein dumpfer Nachhall ertönten, als das Schloss fast komplett aus der Zarge brach. Ein zweiter Tritt ließ die Tür schließlich aufspringen und gegen die Wand knallen.

Er hielt inne. Es blieb ruhig im Haus. Keiner schien etwas bemerkt zu haben oder sich daran zu stören. Stehlbek zog seine Dienstwaffe, als er die Wohnung betrat. Er sagte nichts, denn er war sich sicher, dass niemand hier war.

Im Vorbeigehen warf er einen Blick in die Küche und ging durch den Flur bis in das einzige Zimmer des Apartments. Es war bis auf eine Klappmatratze samt zerknüllter Decke in der Ecke, einen Karton und einen Fernseher mit einer Spielkonsole leer. Stehlbek sah sich alles genau an, wandte sich um und stieß die Tür zum Badezimmer auf. Hier war nichts an Utensilien oder Artikeln zu finden. Nur der Spiegel war kaputt. Das getrocknete Blut auf den Trümmerresten sagte ihm, dass er wohl eingeschlagen worden war. Im Waschbecken stand Wasser. Der Mülleimer war leer, der Toilettendeckel hochgeklappt. Stehlbek zog den Stopfen aus dem Abfluss des Beckens. Ein paar Haare und kleine Scherbenreste hingen in einer klebrigen Substanz daran. Er bemerkte den stechenden Geruch, den sie verströmte, und wusste gleich, was es war. Ammoniak. Haarfärbemittel.

Das war der Hinweis, den er gebraucht hatte. Die Wohnung sah verlassen aus. Natürlich wäre es möglich, dass Brockhaus Weihnachten bei Freunden oder der Familie verbrachte. Aber Stehlbeks Intuition sagte ihm etwas anderes, nämlich dass die Kollegen ihn nicht ohne Grund verloren hatten. Er hatte sich die Haare blond gefärbt, bevor er abgehauen war. Und er hatte den Kerl von unten totgeprügelt. Stehlbek war sich dessen absolut sicher – warum, konnte er nicht sagen. Aber der Spiegel zeugte von einem Wutausbruch, und vielleicht konnte man DNA-Spuren sicherstellen.

Er nahm dennoch sofort Kontakt zu den Kollegen auf und informierte Dalay darüber, dass sie dringend Brockhaus zur Fahndung ausschreiben mussten und dass er sich höchstwahrscheinlich die Haare gefärbt und Blutspuren hinterlassen hatte. Auf die Frage, woher er das wisse, antwortete Stehlbek nur, dass er Hilferufe aus der Wohnung gehört habe, die aber lediglich vom Fernseher herrührten.

»Verstehe«, sagte sein Gesprächspartner, und Stehlbek meinte, ein leises Schmatzen zu hören, das so klang, als lächle Dalay verschmitzt.

Hamburg-Alsterdorf, Bruno-Georges-Platz, LKA-Zentrale, 21:18 Uhr

Ullrich saß mit dem Handy zwischen Ohr und Schulter an seinem Schreibtisch und tippte gleichzeitig etwas in seinen Computer.

»Ja? – Verstehe. – Und Sie sagen, dass es insgesamt drei Personen waren? – Okay. Steht das Fahrzeug jetzt immer noch dort? – Ja, bitte. Bis gleich.«

Er legte auf und tippte weiter, als es an der Tür klopfte.

»Ja!«, rief er, doch Stehlbek schob bereits die Tür auf und kam herein.

»Wie läuft's bei dir?«

»Ich habe gerade einen vielversprechenden Hinweis auf unseren Geldtransporter bekommen. Steht verlassen in Finkenwerder. Der Beamte fährt noch mal zurück und ruft mich dann wegen der Wagennummer an. Die beiden Fahrer sind telefonisch weiterhin nicht zu erreichen. Ich bekomme langsam dieselbe Ahnung wie du.«

»Wenn sie es waren, machen die so was nicht zum ersten Mal, nicht in der Größenordnung«, meinte Stehlbek.

»Ich weiß, hab ihre Akten durchforstet. Beide sind im Strafregister. Betrügereien, Körperverletzung und so weiter. Der Ältere, Till Zumrot, saß auch schon ein. Zwei Jahre in Fuhlsbüttel. Der Jüngere nur 'n paar Monate wegen Körperverletzung.«

»Dann kriegen die so einen Job?«

»Der Chef wusste wohl Bescheid. Hält Zumrot für einen verlässlichen Mitarbeiter. Hageland hat seine Unterlagen gefälscht, wie's aussieht.«

»Jeder irrt sich mal.«

Ullrich lachte müde. »Und bei dir?«

»Ich hab so eine Ahnung. Über dem Opfer wohnte ein Kerl namens Brockhaus, auch gerade aus Fuhlsbüttel entlassen und unter Beobachtung der Kollegen vom Organisierten Verbrechen. Der ist jetzt spurlos verschwunden. Bin mir ziemlich sicher, dass er Sascha Zingler umgebracht hat.«

»Klingt auch spannend. Wenigstens müssen wir auf Weihnachten nicht wegen irgendwelcher Lappalien verzichten.«

Sein Handy klingelte, und er nahm ab.

»Ullrich. – Ja, verstehe. Ist er abgeschlossen? – Können Sie eine Nummer erkennen? – Okay, lassen Sie bitte alles so, wie es ist, ich schicke die Techniker vorbei und bin selbst in etwa zwanzig Minuten bei Ihnen.« Er legte das Handy zurück auf die Tischplatte und schlug klatschend in die Hände. »Bingo. Wir haben den Wagen. Am Jachthafen in Finkenwerder.«

»Sehr gut. Das ging schnell.«

»War ein Zufall, der Beamte hat die Männer vorhin gesehen, als er dort einen Feuerwehreinsatz überwachte.«

»Die Männer gesehen? Wir haben also einen Augenzeugen?«

»Wie's aussieht, ja. Willst du mitkommen?«

»Geht leider nicht, ich bin mit den Kollegen verabredet, die meinen flüchtigen Totschläger im Auge behalten sollten. Wollte nur kurz bei dir reinschauen.«

»Nett von dir. Also, ich hab meinen Fall bald gelöst.« Ullrich grinste und zog seine Jacke über.

»Mach dich bloß vom Acker, heute versteh ich keinen Spaß«, entgegnete Stehlbek.

Während Ullrich nach unten lief, nahm Stehlbek immer zwei Stufen gleichzeitig in die andere Richtung, bis er die obere Etage erreicht hatte, und betrat die Abteilung für Organisiertes Verbrechen. Der Leiter, Siegfried Brehmer, war ein alter Haudegen und hatte einen in jeder Hinsicht kompromisslosen Ruf, den Stehlbek, seit sie vor vier Jahren einmal zusammengearbeitet hatten, nur bestätigen konnte. Die Tür zu Brehmers Büro stand offen. Die beiden Beamten Senkmann und Dalay winkten ihn herein.

»Frohe Weihnachten, Kollege«, grüßte Brehmer nüchtern, als Stehlbek eintrat.

»'n Abend.«

»Sie haben also auch Interesse an unserem Mann, wie ich höre.« Brehmer reichte Stehlbek die Hand. Sein Händedruck war kurz und fest, die Innenflächen fühlten sich trocken und muskulös an.

»Er hat etwas mit meinem Mordfall zu tun. Nur über Hergang und Motiv bin ich mir noch nicht im Klaren. Daher hätte ich von Ihnen gern alle Informationen über ihn, die ich kriegen kann.«

Brehmer bot ihm einen Stuhl an, und sie setzten sich. Senkmann und Dalay lehnten sich an das Fensterbrett und verschränkten die Arme vor der Brust. Brehmer nahm einen Bleistift zur Hand und drehte und knetete ihn, während er sprach.

»Brockhaus ist einer unserer langjährigen Weggefährten«, hob er an. »Seine Karriere begann bereits mit vierzehn Jahren. Diebstahl, Körperverletzung, bewaffnete Raubüberfälle. Nach seinem Eintritt bei den Hells Angels wurde er für unsere Abteilung interessant, war aber immer auch ein Eigenbrötler innerhalb der Gruppe. Er tat nur die Dinge, die für ihn von Vorteil waren. Es folgten weitere Stationen, auch für die russische Mafia hat er gearbeitet. Er ging äußerst brutal und skrupellos vor. Viele Anklagen gegen ihn wurden fallen gelassen, aber zweimal musste er einsitzen. Vor mehr als fünfzehn Jahren für einen Überfall auf eine Bank mit Geiselnahme und zuletzt wegen Beihilfe zum Mord; das ist die Haft, aus der er jetzt entlassen wurde. Wir sind uns sicher, dass er der Täter war, doch der andere Kerl diente wohl als Sündenbock für ihn. Er wurde kurz nach Haftantritt erdrosselt in seiner Zelle aufgefunden.«

»Saßen sie zusammen ein?«

»Nein, derselbe Knast, aber unterschiedliche Bereiche. Die Sache wurde nie aufgeklärt. Wenn Brockhaus im Gefängnis war, gab es dort immer wieder Ärger. Auch während seiner ersten Haft. Aber nachweisen konnte man ihm nichts. Wir gehen davon aus, dass er eigene Handlanger hatte. Steht aber alles in den Akten. Sie können sie gern einsehen.«

»Und warum ließen Sie ihn observieren?«, wollte Stehlbek wissen.

»Nun ja, in vielen Fällen gab es Hinweise auf Komplizen, und wir dürfen wohl davon ausgehen, dass er nicht geheilt entlassen wurde.« Er grinste breit. »Es fehlen immer noch Geldsummen, die nie gefunden wurden. Wir verdächtigen insbesondere drei Männer: Juri Serenikoff, Till Zumrot und Axel Brandstätter. Langjährige Freunde, wenn man das so nennen kann, und wohl auch Geschäftspartner.«

»Moment mal.« Stehlbek hob die Hand. Sein Gesicht begann von einem auf den anderen Moment zu glühen. »Der Zweite, wie hieß der?«

»Till Zumrot. Sie kennen sich von den Hells Angels. Zumrot ist ein langjähriges, sehr aktives Mitglied, und mit Eintritt von Brockhaus haben die beiden oft gemeinsame Sache gemacht. Er ist Brockhaus quasi als Handlanger zugeordnet worden. Hochkriminell, aber nicht von Brockhaus' Kaliber. Der schreckt vor nichts zurück. Organisierte einen Banküberfall, nahm sechs Geiseln und spazierte förmlich aus der Bank hinaus. Hätte

Zumrot nicht den Fehler gemacht, auf der Flucht mit seinem Privathandy zu telefonieren, wären sie uns wahrscheinlich entwischt. Aber so brachten wir sie hinter Gitter. Zumrot kam früher raus«, berichtete Brehmer.

»Der Kerl ist in einen Überfall auf einen Geldtransporter verwickelt, bei dem zwei Männer erschossen wurden«, sagte Stehlbek und rutschte auf dem Stuhl ganz nach vorn. »Und zwar heute Abend, vor knapp zwei Stunden.«

Brehmers kühler, souveräner Blick wurde brüchig, er sah fast vorwurfsvoll zu seinen beiden Mitarbeitern.

»Till Zumrot war der Fahrer des Transporters, in dem die Leichen gefunden wurden, der überfallene zweite Transporter war vom Tatort verschwunden, ebenso wie Zumrot und dessen Mitfahrer. Der Wagen ist eben am Jachthafen in Finkenwerder wiederaufgetaucht.«

Brehmer legte beide Unterarme auf die Tischplatte und atmete unzufrieden aus. »Genau wegen so etwas haben wir ihn observieren lassen. Ich war mir sicher, dass er nicht stillhalten kann.«

»Ich glaube nicht an einen Zufall, was diese beiden Fälle betrifft. Jetzt, da Sie den Namen erwähnt haben, noch viel weniger.«

»Aber Sie haben keine Beweise für Brockhaus' Beteiligung«, gab Brehmer zu bedenken.

»Noch nicht. Wir haben aber einen Beamten, der die Männer angeblich gesehen hat.«

»Einen Polizisten?«, fragte Brehmer ungläubig.

»Genau. Klingt doch gar nicht schlecht, oder?«

Brehmer lächelte, und sein ganzes Gesicht sah dadurch komplett verändert aus. Es war wie eine Metamorphose, die er nur einmal im Jahr mitmachte.

»Wie können wir Ihnen helfen?«, fragte er genüsslich.

Nordsee, auf der »Marlene«, 21:19 Uhr

Simon und Till saßen unter Deck, ihre Köper wankten im Takt der Wellen, über die sie fuhren. Auf dem schmalen Tisch vor ihnen stapelten sich die Geldscheinbündel. Beide waren ins Zählen vertieft. Simon griff in den inzwischen fast leeren Sack zu seinen Füßen und holte die letzten Bündel heraus. Er legte sie feierlich auf den akkurat geschichteten Berg aus Geld, den er errichtet hatte wie ein Kartenhaus, lehnte sich zurück und lächelte fasziniert.

»Fertig«, sagte er nur.

Till machte konzentriert weiter, um nicht durcheinanderzukommen. »Moment noch«, gab er zurück.

Simon wartete, bis auch sein Kompagnon die Zählung beendet hatte. »Na, was hast du?«, wollte er dann wissen.

»Wenn ich mich nicht verzählt habe, sind's sechs Millionen siebenhundertsiebzigtausend«, sagte Till. »Kann das sein?«

»Ich hab sieben Millionen einhundertdreiundzwanzigtausend«, sagte Simon.

»Shit.« Till kratzte sich über seinen Bart.

»Alter, wir haben hier über dreizehn Millionen Euro liegen!«, flüsterte Simon ergriffen.

Till grinste immer breiter und breiter. Seine Augen leuchteten, man konnte fast erahnen, wie er als Kind mal ausgesehen hatte, so sehr verjüngte ihn dieses Ergebnis.

Das Glück und die Freude übermannten nun auch Simon, so sehr, dass er laut auflachte. Es war mehr ein Juchzen, und er fuhr sich begeistert durch die Haare. »Ich fass es nicht«, quiekte er.

»Wir haben das ganz große Ding gelandet«, bestätigte Till und hielt seine Hand über den Tisch. Simon schlug lautstark ein. Dann wanderten ihrer beider Blicke zur Treppe und dem oberen Deck, wo Brockhaus wie Kapitän Ahab in schwarzdunkler Nacht am Steuer stand und den Wellen und dem Wind trotzte.

»Wer sagt's ihm?«, fragte Simon.

Till ließ seinen Blick über die Bündel schweifen. Simon, dem noch der Schock über Brockhaus' Reaktion bei seinem letzten Auftauchen in den Gliedern steckte, war sich nicht sicher, ob er gut daran täte, erneut nach oben zu gehen. Andererseits kam er mit sehr guten Nachrichten.

»Diesmal geh ich«, sagte Till, nun wieder ganz ernst und nüchtern.

»Okay.« Simon lehnte sich auf der Bank zurück. Als Till an ihm vorbeigehen wollte, hielt er ihn am Arm fest.

»Meinst du, er kriegt das hin da oben?«

Till hielt inne und sah ihn lange an.

»Ich glaub ihm, dass er sich hier auskennt.«

Simon nickte, auch wenn das nicht wirklich eine Antwort auf seine Frage gewesen war. Er sah Till hinterher und spitzte die Ohren, ob er nicht etwas von dem Gespräch aufschnappen konnte, obwohl das bei dem Donnern der Wellen und dem Brüllen des Sturms fast unmöglich war.

Plötzlich hörte das Boot auf, einfach nur zu nicken, jetzt rollte es auch von links nach rechts, und zwar so stark, dass Simon sich festhalten musste, um nicht vom Sitz zu kippen. Das Geld purzelte vom Tisch und landete auf den Holzdielen. Till kam zurück. Er klammerte sich mit beiden Händen an den Handlauf, um nicht zu stürzen.

»Was ist los?«, rief Simon.

»Wir kommen langsam auf offenes Meer. Es wird noch schlimmer«, antwortete Till und rettete sich auf die Bank.

»Was hat er gesagt?«

»Nichts, nur, dass wir alles wieder verstauen sollen.«

»War ja klar«, sagte Simon und griff nach einem der Säcke.

Amrum, Haus »Dünenglück«, 21:32 Uhr

Sie saßen alle um den Esstisch herum. Martin hatte Piet auf dem Schoß und hielt ihn fest, einen Arm um seinen kleinen Bauch gelegt, während sein Sohn immer wieder versuchte, sein Messer in die Finger zu bekommen. Die Ente stand zusammen mit den Kartoffeln, dem Rosenkohl und dem Rotkohl auf dem Tisch. Die Kerzen am Baum brannten, im Hintergrund lief Weihnachtsmusik aus dem Radio.

Alexandra blickte glücklich in die Runde. Draußen heulte und rauschte es bedrohlich. »Mit etwas Verspätung, aber nun können wir endlich Weihnachten feiern«, sagte sie und lächelte gütig.

»Mama, bitte keine Rede, ich sterbe vor Hunger«, wandte Joshua ein. Er hielt bereits Messer und Gabel in der Hand.

»Ich möchte euch nur ein frohes Fest wünschen. Und euer Papa natürlich auch. Wir freuen uns, dass ihr mit uns hier seid.«

»Wir sind ja gezwungen worden«, murmelte Joshua so leise, dass nur seine Schwester es hören konnte. Sie trat ihm unter dem Tisch gegen das Bein.

Piet patschte mit seiner Hand auf das Messer und fegte es vom Tisch. Stöhnend bückte sich Martin danach. Piet nahm das als Einladung, sich auch gleich noch den Teller zu schnappen, doch Alexandra entriss ihn ihm geistesgegenwärtig.

»Papa ist schon beim Essen überfordert.« Joshua lachte und nahm sich ein Stück Ente.

»Willst *du* ihn halten?«, fragte Martin.

»Nee, schon gut. Wir wollen ja was zu lachen haben«, entgegnete sein Sohn.

»Gott, du hältst dich auch wirklich für den Allergrößten.« Daniela verdrehte die Augen. »Aber Dings kommt ja vor dem ... Wie hieß das Sprichwort noch?«

»Hochmut kommt vor dem Fall«, half Alexandra ihr aus.

»Ja, ja, blablabla ...«, sagte Joshua.

»Man kann froh sein, wenn er überhaupt versteht, was Hochmut bedeutet«, sagte Martin und nahm sich von den Kartoffeln.

»Uuuh, starke Ansage von Papa«, kommentierte Daniela. Sie grinste hinter vorgehaltener Hand.

»Bitte, ich möchte jetzt keine Streiterei am Tisch«, ermahnte

Alexandra ihre Lieben entschieden. »Steckt eure Hybris alle wieder ein und lasst uns Weihnachten feiern.«

»Was für ’n Ding?«, fragte Joshua.

»Hybris«, wiederholte Martin. »Das heißt Hochmut.«

Nordsee, auf der »Marlene«, 21:58 Uhr

Die wasserfesten Säcke waren fertig gepackt. Das Boot wurde inzwischen heftig durchgeschüttelt und rollte weiterhin ständig von einer Seite zur anderen. Die Lampe über dem Tisch schwankte, ihr Licht warf sich bewegende Schatten auf den Tisch und den Boden. Simon fühlte sich nicht gut. Er war blass und schwächlich.

»Bist du seekrank?«, fragte Till abschätzig.

»Keine Ahnung.« Simon schluckte trocken und wischte sich über die Stirn. Ihm war kalt und heiß zugleich. »Glaubst du, er ist irgendwie verrückt?«, fragte er mit einem vorsichtigen Wink zur Decke.

»Bist du nicht auch verrückt? Du sitzt hier mit fast vierzehn Millionen Euro an den Füßen. Ist das nicht verrückt?« Till grinste amüsiert.

»Du weißt, wie ich es meine. Ist er schon immer so gewesen?«

»Er war immer sehr eigen«, bestätigte Till. »Schlecht zu durchschauen. Man kann nie wissen, ob er scherzt oder es ernst meint. Ganz schlecht zu lesen. Aber er macht todsichere Dinger.«

»Na ja, ihr wart beide im Knast, also ganz so todsicher kann’s nicht sein.« Simon lachte erschöpft.

»Er organisiert alles komplett durch. Diese ganze Scheiße hier hat er aus dem Knast heraus organisiert.«

»Na ja, wir haben alles gemacht.«

»Ja, gemacht, was er uns aufgetragen hat.«

»Mann, er wollte mich vorhin umbringen, verstehst du?« Simon beugte sich vor. Seine spröden Lippen zitterten. »Er hätte es getan, oder?«

»Sicher«, sagte Till.

»Und du glaubst nicht, dass er das auch mit dir machen würde?«

»Ich geb ihm einfach keinen Grund dazu«, entgegnete Till. Er verschränkte die Arme vor der Brust. »Wir ziehen das hier durch, und dann geht jeder seinen Weg. Für die paar Stunden muss es eben klappen. Ich mach mir da keinen Kopf, solltest du auch nicht. Du denkst zu viel.«

»Er mag mich nicht«, sagte Simon.

»Du darfst ihn halt nicht reizen.«

Simon wollte etwas erwidern, verkniff es sich aber.

Der Motor heulte plötzlich laut auf, und dann krachte der Bug des Schiffes so hart in ein Wellental, dass sie sich festhalten mussten. Oben hörten sie Brockhaus jubeln.

Wie zur Bestätigung seiner Vermutung blickte Simon zu Till. »Er wird uns noch umbringen«, flüsterte er, schluckte und sprang dann auf, um zur Toilette zu rennen.

Till lachte, als sein Kompagnon sich die Seele aus dem Leib kotzte.

Hamburg-Finkenwerder, Jachthafen, 22:16 Uhr

Stehlbek konnte kaum sehen, wohin er fuhr. Dichter Regen hämmerte in dicken Tropfen auf seine Windschutzscheibe ein, der hektisch ausschlagende Scheibenwischer konnte kaum gegen die Wassermassen ankommen. Von innen waren die Scheiben beschlagen, und in der dunklen Weite des Gewerbegebiets begrenzten nur die verwaschenen Lichter der Straßenlaternen sichtbar seinen Weg. Am Mahnmal setzte er den Blinker und fuhr im Schritttempo in die kleine Straße, die am Sportplatz vorbei auf die Autowerkstatt zuführte. Hier parkten ein Streifenwagen, Ullrichs dunkelblauer Audi und der Geldtransporter. Die Kollegen hatten sich wohl in ihre Autos geflüchtet. Niemand stand freiwillig im strömenden Regen und tosenden Sturm herum.

Stehlbek hielt neben Ullrich und gab ihm ein Zeichen, dass er zu ihm rüberkommen solle. Die Fahrertür und die hintere Tür des Audis sprangen auf, und Ullrich und ein Polizeibeamter hechteten förmlich zu Stehlbek in den Wagen. Der Motor lief, die Scheibenwischer arbeiteten, das Gebläse heulte auf höchster Stufe.

»'n Abend«, grüßte Stehlbek in Richtung des Rücksitzes.

»Frohe Weihnachten«, kam es zurück. »Leistner mein Name, 44. Polizeiwache.«

»Sie haben also die Männer aus dem Transporter gesehen?«

»Nicht nur gesehen, ich habe auch mit ihnen gesprochen. Es tut mir leid, aber ich konnte ja nicht wissen, dass ...«

»Ja, ja, schon gut. Keine Entschuldigungen bitte.« Stehlbek winkte ungeduldig ab. »Berichten Sie von Anfang an. Jede Einzelheit.«

»Gut. Ich war hier, weil oben an der Straße ein Baum umgeknickt war. Mein Kollege und ich überwachten den Feuerwehreinsatz. Ein Mann tauchte auf und gab an, zum Hafen zu wollen. Ich sagte ihm, dass er hier nicht durchkönne.«

»Ein einzelner Mann? Also keiner aus dem Transporter, oder doch?«

»Nein, der kam erst später. Der Mann war zu Fuß unterwegs und sagte, er wolle am Hafen die Boote sichern. Ich hielt ihn für einen Mitarbeiter des Jachtvereins.«

»Können Sie den Mann bitte beschreiben?«, bat Stehlbek und drehte sich noch weiter auf seinem Sitz um.

»Er war ungefähr eins fünfundachtzig groß, schlank, blond, Seitenscheitel, Brille, und machte einen sehr gebildeten Eindruck. Dunkle Kleidung ...«

»War es so ein gefärbtes Blond?«, wollte Stehlbek wissen, und Ullrich stutzte.

»Ja, das könnte sein. Irgendwie Gelbblond.« Leistner wusste nicht, ob er fortfahren sollte. Anscheinend hatte er mit der Beschreibung etwas sehr Wichtiges beigetragen.

»Was passierte dann?«

»Er sagte, er würde einfach den Weg am Restaurant vorbei nehmen, und ich ließ ihn gehen. Ein paar Minuten später sagte mir mein Kollege, ein Transporter sei in die Rüschstraße eingebogen. Da bin ich noch mal zum Hafen, um nach dem Rechten zu sehen. An einem Boot entdeckte ich Lichter und einen Mann, der über den Steg darauf zuging. Irgendwie hatte ich ein ungutes Gefühl und bin runter. An Bord des Schiffes traf ich dann zwei Männer an. Einmal den Mann, mit dem ich bereits gesprochen hatte, und einen Mann in Security-Uniform. Der, der zu Fuß gekommen war, sagte, die Sicherheitsleute würden ihm helfen. Da kam auch schon ein zweiter Uniformierter den Steg herunter. Sie machten keinen verdächtigen Eindruck, also ging ich wieder, sah auf dem Rückweg aber so komische Säcke oben am Zaun stehen. Sie sagten, es wären Bojen, verdammte Scheiße. Ich kenne mich nicht aus mit der Schifffahrt, und es war dunkel, und der Sturm …«

»Bitte, einfach nur erzählen«, erinnerte Stehlbek ihn.

»Ich ging daraufhin noch kurz bis zum Transporter, kontrollierte da die Türen und so weiter. Da nichts zu sehen war, ging ich wieder zurück, und das war's. Als ich von dem Überfall hörte, hab ich eins und eins zusammengezählt und mich gleich gemeldet, ich hab doch nicht wissen können, dass …«

»Herr Leistner, bitte. Sie haben sich nichts vorzuwerfen. Was war mit dem Boot, haben Sie es noch wegfahren sehen?«

»Nein. Ich hab ja niemals damit gerechnet, dass sie bei dem Wetter überhaupt noch irgendwohin fahren. Sonst hätte ich viel früher Meldung gemacht.«

»Haben Sie meinem Kollegen schon eine Beschreibung des Schiffes gegeben?«

»Hat er«, sagte Ullrich. »Wurde zusammen mit den Personenbeschreibungen und Fotos der beiden anderen an die Wasserpolizei weitergeleitet. Wir suchen eine Jacht namens

›Marlene‹. Es sind schon Boote draußen, die nach ihr Ausschau halten.«

»Gut«, sagte Stehlbek und drehte sich wieder nach vorn.

»Hast du einen Verdächtigen, was diesen blonden Kerl angeht?«

»Könnte der Typ sein, der in der Wandsbeker Chaussee über meinem Mordopfer gewohnt und den Mann vermutlich auch erschlagen hat. Bevor er die Wohnung verließ, hat er sich die Haare blond gefärbt. Und die Beschreibung der Lebensgefährtin des Opfers entspricht der des Kollegen Leistner.«

»Die fliehen also bei dem Sturm mit einer Nussschale auf die offene Nordsee?« Ullrich schüttelte den Kopf. »Die müssen völlig naiv oder einfach nur dumm sein.«

Stehlbek blickte auf das aufgewühlte Wasser im Hafenbecken. »Ja, sollte man meinen«, sagte er leise.

Stille füllte das Innere des Wagens, während überlaut die Geräusche von draußen zu hören waren – der auf den Wagen einprasselnde Regen und der Wind, der das Fahrzeug und seine Insassen durchschaukelte.

»Ist der Transporter offen?«

»Nein, alles dicht. Kommen wir so nicht ran. Ich lasse Zinkowskis Schlüssel von einem Streifenwagen herbringen. Kriminaltechnik müsste auch jeden Moment eintreffen.«

Stehlbek nickte, abwesend, wie es schien. »Was haben die vor?« Er blickte zu seinem Kollegen. »Wenn ich jetzt mit so einem Boot unterwegs wäre, weißt du, was ich machen würde?«, fragte er. »Ich würde den verdammten Fluss hinauffahren. Weiter ins Landesinnere. Dort ist man geschützter vor dem Sturm. Und man kann irgendwo an Land gehen und mit einem Wagen weiterfliehen.«

»Ich lasse in beide Richtungen suchen«, entgegnete Ullrich, »flussauf- und -abwärts.«

»Ist auch richtig so. Aber sicherer für sie wäre es so herum. Die Frage ist nur, ob dieser Brockhaus Wert auf Sicherheit legt oder ob er lieber etwas riskiert. Nach dem, was ich inzwischen über ihn weiß, ist er vermutlich derjenige, der die Ansagen macht. Und am Ende eines großen Risikos könnte noch größere Sicherheit stehen, wenn er es bis ins Ausland schafft.«

»Dazu kennen wir ihn nicht genug.«

»Wir vielleicht nicht, aber er ist doch gerade aus dem Knast entlassen worden«, meinte Stehlbek. »Ich will mit seinem Psychologen sprechen.«

Amrum, Haus von Nils Petersen, 22:28 Uhr

Nils, Elke und Anna saßen am weihnachtlich geschmückten Esstisch, auf dem in vielen kleinen Schalen verschiedene Sorten Fleisch, Gemüse und selbst gemachte Soßen standen. Nils regelte gerade die Flamme am Fondue herunter.

»Bin ich jetzt wirklich der Einzige, der noch isst?«, fragte er.

»Ich bin so voll, ich muss mich gleich übergeben«, erklärte Anna und ließ sich erschöpft gegen die Lehne ihres Stuhls fallen.

»So genau wollt ich's gar nicht wissen«, meinte Nils. Er sah seine Frau an.

»Tut mir leid. Ich will nicht sagen, mir geht's ähnlich, aber ich sollte besser nichts mehr zu mir nehmen.« Sie legte ihre Serviette beiseite. »Aber du kannst meinen Spieß haben.«

Sie reichte ihm ihre Fonduegabel, und Nils legte ein weiteres Fleischstück in das sprudelnde Fett. Auch er lehnte sich zurück und trank einen Schluck Weißwein, während er wartete.

Wenn er aus dem Fenster sah, blickte er auf den hell angeleuchteten Kirchturm von Nebel, der sich in den schwarzen Nachthimmel emporreckte, so als ob er dem Sturm sagen wollte: Sieh her, ich beuge mich nicht, ich stehe felsenfest und unzerstörbar für alle Zeit.

Nils lächelte bei dem Gedanken. Das war die typische Einstellung aller Insulaner. Den Elementen zu trotzen lag ihnen im Blut.

Ein Klingeln ertönte. Elke verzog sofort wenig begeistert das

Gesicht, denn es kam von seinem Diensthandy. Alle Anrufe, die in der Polizeistation eingingen, wurden auf dieses Handy weitergeleitet. Das konnte nichts Gutes bedeuten.

Nils sprang auf und lief zu dem kleinen Schränkchen im Flur, auf dem das Telefon seinen Platz hatte.

»Polizei Amrum, Petersen?«, meldete er sich.

Er lauschte einen Moment der Stimme des Anrufers.

»Ist gut, ich kümmer mich drum. Bin in zwei Minuten da.«

Er legte auf, steckte das Handy in seine Hosentasche und zog seine Jacke an.

»Was ist los?«, rief Elke.

»Das war der alte Steffen Sievers aus Wittdün«, antwortete Nils, mit seinen Schuhen in der Hand kehrte er ins Wohnzimmer zurück. »Sein Kamin ist ihm vom Dach gefallen und in den Eingang gekracht. Ich alarmier die Feuerwehr und fahr schnell hin. Wird nicht lang dauern.«

»Ja, ja, das hab ich schon öfter gehört«, entgegnete Elke.

»Nimm dein Messer mit«, rief Anna. »Dafür hab ich's doch ausgesucht.«

»Ja? Na gut.« Er nahm das Messer, das in einer ledernen Scheide steckte, befestigte sie an seinem Gürtel und gab beiden einen eiligen Kuss. »Bin gleich wieder da.«

Über Handy gab er der Feuerwehr in Wittdün Bescheid und fuhr noch schnell bei der Polizeistation vorbei, um dort in den Dienstwagen zu wechseln.

Das Haus der Eheleute Sievers lag an der oberen Wandelbahn und war eins der ältesten in dieser Reihe. Als Nils am Straßenrand hielt, sah er schon den zerbrochenen Schornstein vor den Eingangsstufen liegen. Auf dem Dach ragte nur noch eine schiefe Ruine aus den Ziegeln.

Kaum war er ausgestiegen, ging auch schon die Haustür auf, und der alte Sievers kam nur mit einem Flanellhemd und einer Cordhose bekleidet heraus und grüßte ihn. »Nils, frohe Weihnachten!«, rief er ihm durch den Sturm hindurch zu.

Hier oben pfiff und heulte es besonders stark. Direkt hinter der Kuppe ging es hinunter zum Strand, wo das Meer mit

Sicherheit schon bis an die kleine Promenade herangerückt war. Man konnte den Regen nicht mehr vom aufgewirbelten Meerwasser unterscheiden. Bereits nach wenigen Augenblicken an der Luft hatte Nils den Geschmack von Salz auf den Lippen.

Einige der roten Klinkersteine, die auf einer Seite schwarz gerußt waren, lagen zerbröselt überall auf dem Steinweg und dem Rasen. Der intakte Rest des abgestürzten Schornsteins sah jetzt, da er hier vor dem Haus lag, enorm groß aus.

»Moin«, grüßte Nils, als er den Eingang erreichte. »Da haste dir ja den richtigen Tag ausgesucht.«

Sievers winkte nur ab und lachte. Nils versuchte, den großen Brocken anzuheben, und der Alte wollte ihm helfen. Das Ding war so schwer, dass sie drei Männer dafür benötigen würden.

»Steffen, geh lieber rein. Du holst dir noch den Tod hier draußen. Das Ding kriegen wir zu zweit nicht weg. Die Feuerwehr ist gleich hier.«

Wie zum Beweis ertönte rechts von ihnen eine Sirene.

»Ich mach mal 'n Foto für die Versicherung!«, rief Nils und schob Sievers von sich weg in Richtung Eingangstür. Der Alte gehorchte und verschwand, um wenig später mit seiner Frau im Küchenfenster aufzutauchen.

Der Feuerwehrwagen kam den Berg heraufgefahren, das Geräusch der Sirene erstarb, und nur noch das Blaulicht zuckte über die Häuserfassaden. Nils begrüßte die vier Männer, die sich sogleich daranmachten, den Schutt zu beseitigen.

»Junge, Junge, da hat er Schwein gehabt, dass er das Ding nicht auf 'n Kopp bekommen hat«, sagte Ludwig Johns, der Feuerwehrhauptmann.

»Müssen wir das zumachen da oben?«, fragte Nils mit Blick auf das Dach, wo der Stumpf wie ein abgebrochener Zahn aus den Ziegeln ragte.

»Ich guck gleich mal rauf. Vielleicht müssen wir einen Dachdecker rufen.«

»Ich schau mal von innen«, sagte Nils und klingelte daraufhin bei den Eheleuten.

»Komm doch rein, Nils«, sagte Erna Sievers. »Frohe Wiehnacht.«

»Wünsch ich dir auch. Würd mir gern mal das Corpus Delicti ansehen. Habt ihr überhaupt 'n Kamin, oder war das nur für die Heizungsabluft?«

»Nee, wir haben einen Kamin. Hab ihn aber ausgemacht, das zischte so.«

»Also kommt Wasser durch?«

»Na klar.«

»Gut, dann werden wir das noch abdichten müssen.«

Nils besah sich den Kamin, ging wieder hinaus und berichtete Ludwig Johns, der meinte, dass er sich darum kümmern werde.

»Fahr du mal nach Haus zu deiner Familie. Polizei können wir hier nicht gebrauchen.« Er klopfte ihm freundschaftlich auf die Schulter.

Nils bedankte sich und setzte sich wieder in seinen Dienstwagen. Da er aber schon mal unterwegs war, wollte er noch rasch im Ort nach dem Rechten sehen. Er erinnerte sich noch gut an einen Sturm vor einigen Jahren, bei dem auf einmal die ganze Klinkerfassade eines Hauses heruntergekommen war.

Im Schritttempo fuhr er Wittdüns Hauptstraße entlang. Der Wind schleuderte Wasserwolken aus der kleinen Bucht herüber und drückte seitlich gegen sein Auto, dass er meinte, es würde jeden Moment umgeworfen werden. Doch soweit er es überblicken konnte, war hier alles in Ordnung. Zwar wackelten und zitterten die Straßenschilder bedenklich, aber es drohte keines umzuknicken oder abzufallen. Im Hafen war der Wasserstand bis über den Standort des Hafengebäudes angeschwollen. Die Flut würde erst gegen drei Uhr nachts auf dem Höchststand sein, was bedeutete, dass das Wasser noch viel weiter, womöglich bis an die ersten Geschäfte heranreichen konnte.

Mit gemischten Gefühlen im Magen drehte Nils wieder um und fuhr wie selbstverständlich nach Steenodde, zum dortigen kleinen Jachthafen. Hier floss das Wasser in gischtgekrönten

Wellen bereits unter der Schranke hindurch. Vom Steg war nichts mehr zu sehen, auch wenn der Wind eigentlich von der anderen Seite her blies.

Zuletzt steuerte er Norddorf an. Auch hier kontrollierte er vom Wagen aus die Straßen und Häuser, passierte das Kino in dem neu errichteten Gebäudekomplex im Zentrum des Ortes und nahm dann den Strandweg bis zur kleinen Kuppe am Restaurant »Strand 33«, von wo er im Kegel seiner beiden Scheinwerfer auf das grauschwarze Meer blicken konnte.

Hier war der Wind am kräftigsten und schob ihn förmlich rückwärts. Umherfliegender Sand sprühte gegen seine Scheibe und vermischte sich mit dem Regenwasser, das die Scheibenwischer mit rhythmisch knirschenden Geräuschen zur Seite drückten.

Mitten in diesem Schmelztiegel von Sturmgeräuschen erfasste Nils eine tiefe Ruhe, die alles um ihn herum ausblendete, und er musste unweigerlich an Anita denken. Seine Schwester, die vor acht Jahren genau hier verschwunden war. Gefunden hatte man sie nie, aber dass sie ertrunken war, zweifelte damals wie heute keiner an. Dennoch stand er manchmal an diesem Strandabschnitt und dachte, nein, wünschte sich, sie würde wiederauftauchen. Weil irgendein unbekannter Grund zu ihrem Verschwinden geführt hatte und sie noch am Leben war. Und dass sie, selbst wenn dieser Grund weiterhin bestand, miteinander sprechen konnten. Nur einmal. Einmal ihre Stimme hören, sie einmal lächeln sehen.

Anita war auf diese Insel gekommen, ohne dass sie beide etwas voneinander gewusst hatten. Sie waren sich nie begegnet, denn das Schicksal, das ihre Familie so unerbittlich wie tragisch heimgesucht hatte, hatte sie bereits in frühester Kindheit getrennt. Sie war ihm genommen worden, doch am Ende war sie heimgekommen auf die Insel. Für immer.

Es existierte zwar ein Grab, das jedoch leer war. An Tagen wie diesen ertappte sich Nils immer wieder dabei, dass er aufs Wasser hinausschaute und nach irgendetwas suchte, das er niemals finden würde.

Ein Klingeln riss ihn aus seinen Gedanken. Es war Elke, die ihn anrief, um zu fragen, wo er denn bleibe.

»Ich komme jetzt nach Hause«, sagte er nur und legte auf.

Nordsee, auf der »Marlene«, 22:59 Uhr

Till durchsuchte alle Schubladen und Schränke, während Simon zusammengekrümmt und leichenblass auf der Bank saß. »Lange halt ich das nicht durch«, sagte er schwach und blickte zu seinem Kollegen. Der fand, was er gesucht hatte, in einem Regalfach über den Sitzen.

»Hier«, sagte er triumphierend. Er zog die Fernbedienung für den Fernseher heraus und richtete sie auf den kleinen Bildschirm, der an der Wand links oberhalb der Sitzgruppe befestigt war.

Flackernd sprang das Bild an. Es gab keinen guten Empfang, das Bild wurde ständig für Bruchteile von Sekunden unterbrochen oder stockte. Gleiches galt für den Ton.

Till hatte das Erste Programm eingeschaltet, auf dem gerade die Tagesthemen liefen. Gebannt setzte er sich, und auch Simon schaute neugierig auf. Till regelte die Lautstärke hoch, als der Sprecher einen Beitrag über Hamburg ankündigte.

»In den frühen Abendstunden ist heute im Hamburger Ortsteil Wilhelmsburg ein Geldtransporter überfallen worden. Die beiden Fahrer wurden bei dem Überfall getötet. Der Wagen wurde laut Polizei zunächst von einem anderen Fahrzeug angefahren, ehe die Täter mit Waffengewalt gegen die Sicherheitsleute vorgingen. Bei ihrem Raubzug erbeuteten sie eine Summe von rund vierzehn Millionen Euro.«

»Ha!«, rief Till und schlug mit der Hand auf den Tisch. »Wir hätten gar nicht zu zählen brauchen.«

»Tatverdächtig«, berichtete der Sprecher weiter, »sind allem Anschein nach zwei Kollegen der Getöteten. Die Polizei

Hamburg bittet um Ihre Mithilfe. Gesucht werden Till Zumrot und Simon Hageland.« Fotos wurden eingeblendet. »Wer diese beiden Männer kennt oder gesehen hat, wende sich bitte an das LKA Hamburg oder an jede andere Polizeidienststelle.

Beide waren ein wenig erschrocken, als sie ihre Gesichter auf dem Bildschirm erblickten. Das waren sie, landesweit verbreitet in den Tagesthemen, und es machte sie zu Freiwild. Über ihre Verbindung zu Brockhaus hatte man anscheinend nichts herausgefunden.

Es folgte die nächste Meldung. Till hob die Fernbedienung, um den Fernseher auszuschalten, hielt jedoch inne und ließ den Arm überrascht wieder sinken.

»In einem Mehrfamilienhaus in Hamburg-Wandsbek ereignete sich am gestrigen Abend ein brutaler Mord«, führte der Sprecher aus. »Das Opfer war bereits seit rund zwanzig Stunden tot, als die Polizei alarmiert wurde und den Mieter der Wohnung erschlagen auffand.«

Das Mietshaus, in dem Brockhaus für eine Nacht gewohnt hatte, wurde eingeblendet, und Till erhob sich von seinem Sitz. Er hatte die Wohnung für Brockhaus ausgesucht und erkannte es sofort.

»Was ist?«, fragte Simon.

»Da hat Brockhaus gewohnt.«

»Und?«

»Kapierst du nicht? Er wohnt da für 'ne Nacht, und ausgerechnet in dieser Nacht wird einer ermordet? Ein ziemlich großer Zufall, wenn du mich fragst.«

»Du meinst …«

»Ja, meine ich.« Wieder wanderte Tills Blick zur Decke. Auf dem Fernseher erschien die Wetterkarte, er hob die Fernbedienung und schaltete den Ton stumm. »Keine Ahnung, was da los war.«

»Das ist nicht gut für uns«, meinte Simon und rieb sich über den Mund.

»Nicht für uns und nicht für ihn. Nur noch mehr Polizei, die uns am Arsch hängt.«

»Willst du ihn drauf ansprechen?«

»Willst *du* ihn drauf ansprechen?«, gab Till zurück.

Simon senkte den Blick und musste ein Würgen unterdrücken.

»Wenigstens hatte er recht, was den Sturm angeht«, sagte Till. »Es kann kein Hubschrauber mehr starten, die kommen im Moment nicht an uns ran.«

Plötzlich erklang ein lautes, schnelles Klopfen, das aus dem Motorraum zu kommen schien. Beide fuhren erschrocken herum und starrten gebannt ins Dunkel des Treppenaufgangs. Das Motorengeräusch erstarb.

»Verdammte Scheiße, was zum Henker …?«, hörten sie Brockhaus oben fluchen. Dann ertönten dumpfe Schritte. Sie hörten, wie eine Luke geöffnet wurde. Till ging vorsichtig zur Treppe und kletterte ein paar Stufen hinauf.

»Ist was kaputt?«, fragte er.

Simon atmete schwer vor Erschöpfung, Übelkeit und Aufregung.

»Kolbenfresser«, sagte Brockhaus knapp.

»Im Ernst, das Ding ist im Arsch?« Till stieg noch ein Stück höher.

Die Luke wurde wieder zugeknallt. »Geh nach unten. Es ist, wie es ist.«

Mit versteinerter Miene stakste Till zum Tisch zurück. Das Boot schlingerte und rollte nun, da sie keine Fahrt mehr machten, noch stärker, so schien es. Brockhaus kam nach unten, und Simon rutschte ein Stück zur Seite.

»So, Männer. Jetzt sind wir ganz dem Sturm und dem Meer ausgeliefert«, sagte Brockhaus.

»Können wir das nicht reparieren?«, fragte Simon, der keine Ahnung von Motoren hatte.

»Nein, leider nicht. Da hilft nur ein neuer Motor. Ist wohl zu lang auf volle Pulle gelaufen.«

»Und jetzt?«

»Wir können nichts tun. Ich kann das Ruder feststellen, aber der Wind wird uns dorthin pusten, wo er uns haben will.« Brockhaus lachte.

Simon verstand nicht, wie ihn diese Situation amüsieren konnte. Auch Till stieß Brockaus' Reaktion auf.

»Na, Simon, jetzt liegt's dir doch auf den Lippen zu sagen, dass du recht hattest, stimmt's?«, sagte Brockhaus. »Kannst dich kaum beherrschen, es auszusprechen.«

»Nein«, entgegnete Simon vorsichtig. Es klang wie eine Frage. Brockhaus ließ seine Augenbrauen tanzen und grinste.

»Wir sind ungefähr auf Höhe von …« Er blickte schätzend zur Seite. »Von Norderoogsand.«

»Was ist das?«

»'ne Sandbank, südlich von Amrum. Bis zur Grenze sind's noch 'n paar Kilometer.«

»Und jetzt warten wir einfach ab, bis wir irgendwo auflaufen, oder was?«, fragte Till.

»Sehr richtig. Gibt's noch Kaffee?«

Till stand wütend auf und lief nach oben. Er stellte sich ans Ruder und blickte hinaus, doch alles, was er erkennen konnte, waren Wellen, die sich über Deck ergossen und gegen die Scheiben prallten. Das Boot lag schief wie ein Segelschiff im Wasser. Die Wellen kamen von links, und Till spürte den Druck auf dem Ruder.

Auf einmal verfluchte er sich selbst. Er verfluchte sich dafür, bei diesem Unternehmen mitgemacht zu haben. Dass er Brockhaus blind vertraut und dessen Plan anstandslos zugestimmt hatte, war ein Fehler gewesen. Er hatte Jahre investiert, um diesen Tag so reibungslos wie möglich ablaufen zu lassen. Und jetzt trieben sie verloren auf offener See und völlig machtlos durch den größten Sturm seit Jahrzehnten. Sie würden Schiffbruch erleiden und irgendwo auflaufen oder, noch schlimmer, hier draußen einfach untergehen, mit vierzehn Millionen Euro im Gepäck. Der lächerlichste Ausgang für den größten Coup seines Lebens.

»Aaaaahhh!« Er schrie all seine Wut heraus. Seine Venen am Hals traten bläulich hervor, und Tränen stiegen ihm in die Augen. »Fuck!«

Er sah nach links, nach rechts, doch nirgendwo war auch nur ein Schimmer von Licht zu sehen.

»Willst du jetzt durchdrehen?«, fragte eine Stimme hinter ihm, und Till fuhr herum. Brockhaus stand ganz gelassen unter der Deckenlampe, die tiefe Schatten in sein Gesicht warf. Mit den Beinen glich er gekonnt die Bewegungen des Bootes aus.

»Wir sind am Arsch, Brockhaus, vollkommen am Arsch. Wir saufen entweder mitten in der Nordsee ab, oder wenn wir Glück haben, rettet uns die Polizei und buchtet uns für den Rest unseres Lebens ein. Grandioser Plan, wirklich, ganz stark. Aber du kennst dich ja aus auf dem Wasser und kennst dieses beschissene Boot. Wir werden nichts von Dänemark sehen. Stattdessen werden wir gleich noch mal in die Nachrichten kommen, als die dämlichsten Verbrecher aller Zeiten. Wegen Mordes werden wir bereits gesucht. Alles läuft wie am Schnürchen. Für die Polizei. Und du? Du hast noch dazu irgend so 'nen Kerl um die Ecke gebracht, in deinem Haus, stimmt's? War auch in den Nachrichten.«

Während Till auf dem Oberdeck langsam in Rage geriet, schlich Simon vorsichtig die Treppe hinauf. Er hielt sein Handy in der rechten Hand und drückte eine Kurzwahltaste. Dann meinte er, Till hätte ihn gesehen, und schaltete das Handy eilig wieder aus.

»Ich frage dich noch mal: Willst du jetzt durchdrehen? Dann erschieß ich dich auf der Stelle, du musst es nur sagen.« Brockhaus stand weiterhin nur mit hängenden Armen da. Eine Waffe war nicht zu sehen.

»Was ist dein Plan, und hast du tatsächlich diesen Kerl abgeknallt?«, verlangte Till zu wissen.

»Ich habe ihn nicht abgeknallt. Ich habe ihn mit seinem Baseballschläger erledigt. Und jetzt hör mir gut zu, weil ich es nur einmal sagen werde. Und du, Simon, machst auch deine Löffelchen auf.«

Simon riss ertappt die Augen auf, das Handy verschwand in seiner Hosentasche. Brockhaus legte Daumen und Zeigefinger der rechten Hand zusammen.

»Es ist etwas Unvorhergesehenes passiert, Punkt. Jetzt müssen wir mit der neuen Situation einfach klarkommen, und das bedeutet – das hab ich dir auch schon damals im Knast gesagt –, wir müssen die Situation akzeptieren. Wenn man das nicht tut, wird man handlungsunfähig und vor allem psychisch labil. Es macht einen verrückt. Verrückte können wir hier aber nicht gebrauchen. Ebenso wenig, wie wir sie im Knast gebrauchen konnten. Also: Entweder du zerbrichst daran, oder du findest dich damit ab. Wenn du dich für das Erste entscheidest, oder du, Simon«, er drehte sich kurz zu ihm um, »dann knall ich euch ab. Wählt ihr Möglichkeit Nummer zwei, werden wir eine Lösung finden.«

»Wie soll die aussehen?«

»Im Moment treibt uns der Sturm in Richtung Küste. Da es in diesen Gewässern keine Steilküsten, Riffe oder zerklüfteten Felswände gibt, werden wir einfach abwarten, wo wir an Land gespült werden. Wir werden das überleben. Die ›Marlene‹ ist nicht beschädigt. Nur der Scheißmotor läuft nicht mehr. Wenn wir anlanden, sehen wir weiter. Ich jedenfalls lasse mich nicht von der Polizei einfangen.« Er sah sie lächelnd an und bohrte mit seinen Blicken nach einer Antwort. »Wofür entscheidet ihr euch, hm?«

»Scheiß drauf«, sagte Till und entspannte sich.

Brockhaus drehte sich zu Simon um. »Und du?«

Simon schüttelte kraftlos den Kopf. »Ich dreh nicht durch, ich bin dabei.«

»Schön, dann hätten wir das ja geklärt«, konstatierte Brockhaus erfreut und stellte sich wieder ans Steuer. Till trat zur Seite.

»Bist du dir sicher wegen dieser Sandbank?«, fragte er.

Brockhaus drehte am Ruder und spähte in die Dunkelheit hinaus.

»Ziemlich.« Dann lachte er plötzlich.

Simon und Till sahen sich irritiert an.

»Dieser verfluchte Hund. *Er* ist das, *er* hat den Scheißmotor absaufen lassen.«

Till verstand nicht, von wem Brockhaus da sprach. »Wen meinst du?«

»Mein Vater«, sagte Brockhaus amüsiert. »Der alte Hund ist schuld. Hier hab ich ihn irgendwo versenkt.« Er ließ seinen Zeigefinger von links nach rechts schweifen.

Wieder trafen sich die verunsicherten Blicke von Till und Simon. Sie hatten beide das Gefühl, dass Brockhaus den Verstand verloren hatte.

»Ihr checkt es nicht, was?« Brockhaus feixte. »Wisst ihr, mein Vater und ich hatten kein sehr gutes Verhältnis, daher entschied ich mich eines Tages, ihn umzubringen. Wir fuhren hier raus, wie wir es schon hunderte Male zuvor gemacht hatten, und ich nahm ihn mir vor. Gott, wie erbärmlich er doch von dieser Welt gegangen ist. Da war nichts mehr übrig von seiner Stärke, seiner Souveränität und von seinem weltmännischen Charisma. Alles verflog unter meinen Händen. Ganz, ganz klein ist er geworden und ganz jämmerlich. Hab sein wahres Ich aus ihm rausgeprügelt. Tja, und dann organisierte ich ihm eine hübsche Seebestattung. Das war ziemlich genau hier. Und nun geht der verdammte Motor aus. An derselben Stelle. Das kann kaum ein Zufall sein, oder?« Er wandte sich mit fragendem Blick zu ihnen um.

»Weiß nicht«, meinte Simon kurzatmig.

Till zuckte kaum merklich mit den Schultern.

»Wie waren eure Väter so?«, erkundigte sich Brockhaus fröhlich und sah wieder hinaus.

Keiner der beiden wusste so recht, was er antworten sollte.

»War nur 'ne rhetorische Frage«, meinte Brockhaus. »Ich weiß, dass wir alle den gleichen Vater hatten.«

Hamburg-Fuhlsbüttel, Justizvollzugsanstalt, 23:13 Uhr

Jensen und Taubner gingen vorweg. Stehlbek folgte ihnen durch einen leeren Flur.

»Darf ich fragen, ob Sie Herrn Brockhaus auch kannten?«, fragte er, und die beiden blieben augenblicklich stehen und drehten sich zu ihm um.

»Brockhaus, natürlich«, sagte Jensen und lächelte unsicher. »Sagen Sie bloß, der hat schon wieder was ausgefressen?«

»Es deutet vieles darauf hin.«

»Der ist erst gestern hier raus. Wir haben ihn zum Tor gebracht.« Taubner war fassungslos.

»Hatten Sie nicht damit gerechnet, dass er rückfällig werden könnte?«

»Doch, aber nicht so schnell«, antwortete Jensen. »Was hat er gemacht?«

»Wie gesagt, wir ermitteln noch. Vielleicht ein Raubüberfall … und Mord.«

»Das, was gerade durch die Nachrichten geht?«

Stehlbek nickte.

»Teufel«, flüsterte Taubner vor sich hin und suchte nach dem richtigen Schlüssel. Er schloss eine Tür auf, die in einen Gang führte, in dem alle Türen offen standen. Aus einem der hinteren Räume auf der linken Seite drang Weihnachtsmusik, Stimmen waren zu hören.

»Was ist da los? Weihnachtsfeier?«

»Ja«, sagte Jensen zu Stehlbeks Überraschung. Er hatte die Frage eigentlich nicht ernst gemeint.

Sie gingen bis zur besagten Tür und blieben im Eingang stehen. Es handelte sich bei dem Raum um eine Küche. Fünf Männer und eine Frau saßen am Esstisch. Alle waren gut gelaunt. Auf dem Tisch standen Teetassen, Kekse, Spekulatius und Schokolade, auf der Fensterbank ein kleines, beleuchtetes Plastikbäumchen.

»Frau Dr. Reinhard? Kommissar Stehlbek für Sie.«

»Oh, ich komme. Macht solange ohne mich weiter, Jungs«, sagte sie und stand auf.

Jensen und Taubner traten zur Seite.

»Hallo, frohe Weihnachten.« Sie reichte Stehlbek die Hand.

»Ja, ebenso. Können wir irgendwo ungestört reden?«

»Sicher, kommen Sie.«

Sie führte ihn in den ersten Raum auf dem Gang, Jensen und Taubner blieben bei den Männern. Frau Dr. Reinhard schloss die Tür hinter Stehlbek.

»Nehmen Sie Platz.« Sie deutete auf zwei Sofas, die vor einem gut gefüllten Bücherschrank standen. An den Wänden hingen Bilder von Künstlern wie Picasso, Gauguin, Kandinsky und van Gogh, untermischt von Natur- und Porträtfotos. Stehlbek setzte sich auf das rechte Sofa, Dr. Reinhard nahm links Platz.

»Machen Sie so etwas öfter? Es ist Heiligabend, da sollten Sie zu Hause bei Ihrer Familie sein«, meinte er.

»Das ist eine Tradition für mich. Ich pflege ein sehr freundschaftliches Verhältnis zu meinen Patienten. Heiligabend komme ich immer für zwei Stunden her und feiere mit ihnen Weihnachten, unabhängig von ihrer Religion. Wir sitzen zusammen, erzählen, lachen, essen und trinken etwas.« Sie lächelte ihn offen an, während er sich vorstellte, wie sie mit Brockhaus hier gesessen und Tee getrunken hatte.

»Nun ja, tut mir leid, dass ich Sie stören muss, aber wir haben einen dringenden Fall, der uns Rätsel aufgibt, und vielleicht können Sie bei der Aufklärung helfen. Es geht um einen ehemaligen Häftling. Karl Brockhaus, ist erst seit gestern draußen.«

Er versuchte, eine Reaktion in ihrem Gesicht auszumachen, etwas, das zeigte, dass sie erschüttert, geschockt oder zumindest überrascht war. Doch sie lächelte weiterhin und nickte verstehend. Irgendwie machte Stehlbek die Art dieser Frau aggressiv. Er versuchte, sich zu kontrollieren und freundlich zu bleiben.

»Brockhaus, ja«, sagte sie nur, so als wüsste sie bereits, dass er wieder zugeschlagen hatte.

»Wundert Sie das nicht? Ich meine, noch nicht mal zwei Tage …«

»Wissen Sie, es gibt Menschen, die überraschen einen ständig. Dann gibt es Menschen, die überraschen einen eher selten, und von wieder anderen sollte man gar nicht erst erwarten, dass sie einen überraschen. Brockhaus ist so ein Typ.«

»Okay. Dann scheint Ihre Prognose nicht sonderlich positiv ausgefallen zu sein.«

»Nein, das ist sie in der Tat nicht«, entgegnete sie. »Aber seine Zeit war um. Es gab keine Bewährungsanhörung, es lag nicht an meiner Einschätzung, dass er freikam.«

»Nein, nein, darauf will ich auch nicht hinaus. Ich brauche jemanden, der mir etwas über Brockhaus' Persönlichkeit sagen kann. Wie ist er so, *wer* ist er? Wie hat er getickt, als er hier drin war, was konnte er, was nicht?«

Dr. Reinhards Gesicht erhellte sich, und sie lehnte sich zurück. »Tja, gefällt mir, dass Sie das fragen«, begann sie. »Brockhaus ist ein sehr intelligenter, gebildeter Mann aus gutem Hause, wie man so schön und missverständlich sagt. Sein Vater war ein sehr erfolgreicher Industrieller hier aus Hamburg, seine Mutter eine Schauspielerin mit russischen Wurzeln, die sich aber nach seiner Geburt zurückzog. Er ging auf gute Schulen, sollte das kleine Imperium seines Vaters übernehmen und wurde daher nach Harvard geschickt.«

»Ein Harvard-Absolvent?«, entfuhr es Stehlbek.

»Nein, dazu kam es nicht. Er geriet bereits in den USA auf die schiefe Bahn und wurde nach einigen Vergehen zurück nach Deutschland geschickt. Von da an widmete er sich konsequent seiner kriminellen Laufbahn. Er und sein Vater hassten sich, und bis zu seinem Tod stritten sie nur noch. Die Mutter zerbrach daran, sie nahm sich kurz nach dem Unfalltod ihres Mannes das Leben. Das ist mal so die Kurzform.« Sie legte ein Bein über das andere. »Wer er ist? Ich würde sagen, ein sehr wütender Mensch, jemand, der kaum Mitgefühl empfinden kann. Dabei ist er sehr clever, ein Anführer und Einzelgänger zugleich. Er denkt nur an seinen eigenen Vorteil, etwas anderes kennt er nicht. Das zelebriert er geradezu. Und er versteht es, Menschen einzuschätzen und sie zu manipulieren.«

»Hat er das auch mit Ihnen versucht?«, wollte Stehlbek wissen.

»Natürlich. Er erkennt Grenzen nur an, wenn sie ihm nützen.«

»Und Gewalt? Macht er sich auch selbst die Hände schmutzig, oder lässt er lieber andere für sich arbeiten?«

»Beides. Er kann extrem brutal sein. Wenn Sie seine Akte lesen, werden Sie sehen, was er Leuten angetan hat.«

»Was meinen Sie, ist er vom Typ her eher konservativ oder risikofreudig?«

Sie lachte auf. »Er war quasi gleichzeitig bei den Hells Angels und der russischen Mafia aktiv. Er liebt das Risiko. Aber er ist nicht dumm. Er kann seine Chancen gut einschätzen. Schließlich hat er das überlebt.«

»Ja«, sagte Stehlbek nachdenklich, da musste er ihr beipflichten. »Hat er Kontakte ins Ausland, wissen Sie etwas darüber?«

»Na ja, Russland liegt auf der Hand. Er hat nie jemanden verpfiffen, also ist das Verhältnis ungetrübt. Bei dem Menschenhandel, in den er verstrickt war, gab es auch Kontakte nach Bulgarien, Rumänien, in die Slowakei und nach Afrika.«

»Verstehe. Und noch eine letzte Frage: Kann er sich unterordnen, oder hat er lieber selbst die Zügel in der Hand?«

»Sehen Sie, wenn es noch zwei weitere Mittäter gibt, wird Brockhaus in der Hierarchie dieser Gruppe ganz sicher nicht den zweiten oder dritten Platz besetzen.«

Stehlbek nickte wenig überrascht.

Dr. Reinhard legte den Kopf leicht schief und musterte ihn interessiert. »Sie handeln nicht gerade nach der üblichen Vorgehensweise der Kriminalpolizei, oder irre ich mich?«

»Nein, Sie haben recht«, gab Stehlbek zu.

»Darf ich fragen, warum? Oder machen Sie das etwa immer so?«

»Ich will schnellstmöglich nach Hause. Es ist Heiligabend.«

Nordsee, auf der »Marlene«, 23:18 Uhr

Brockhaus drehte das Steuerrad kräftig nach rechts. Till und Simon standen hinter ihm und hielten sich fest, weil das Boot auf allen Ebenen wankte.

»Ich richte es so aus, dass wir den Wind im Rücken haben«, erklärte Brockhaus laut. »Dann surfen wir sozusagen auf den Wellen in Richtung Festland.« Er schaute Simon über seine Schulter hinweg an. »Und dir ist vielleicht nicht mehr so schlecht.«

Das Boot stabilisierte sich immer mehr, Wasser ergoss sich über das Achterdeck und schlug von hinten gegen die Kabinentür, drang ein und lief in unregelmäßigen Rinnsalen über den Boden.

»Wir werden absaufen«, flüsterte Simon, als er das registrierte.

»Da!«, rief Till auf einmal und starrte gebannt durch die Frontscheibe.

»Was hast du?«, fragte Brockhaus.

»Da hat was geblinkt.«

Brockhaus stierte nun auch hinaus, das Ruder fest umklammert.

»Was für 'ne Farbe?«

Er drehte sich zu Till, weil der nicht antwortete.

»Was für 'ne Farbe?«, schrie er.

»Äh ... es war weißes Licht. Da ist es wieder!« Till streckte den Arm aus und deutete leicht nach rechts.

Keiner sagte mehr einen Ton, alle warteten darauf, dass das Licht wieder erschien. Als es endlich aufblitzte, schrien Simon und Till gleichzeitig auf.

»Da!«

»Ja, ja, ich hab's auch gesehen«, brummte Brockhaus. »Wir sind bald da, wo immer ›da‹ auch sein wird. Das Licht war 'n Leuchtturm.« Er lachte und schlug auf das Steuer. »Bald erleidest du deinen ersten Schiffbruch, Marlenchen. Deinen ersten und letzten. Kommt her«, befahl er seinen beiden Kompagnons. »Ihr guckt mit raus. Sagt Bescheid, wenn ihr Land seht.«

Ängstlich stellten sich Simon und Till links und rechts von ihm auf.

»War Marlene der Name deiner Mutter?«, fragte Simon nach einer Weile.

Brockhaus grinste künstlich. »Nein, war er nicht. Es wird wohl ewig sein Geheimnis bleiben, warum er das Boot ›Marlene‹ getauft hat. Aber es gab da mal so ein Gerücht …«

Brockhaus' Blick wurde glasig, und er sprach nicht weiter. Simon wartete lange.

»Einige glaubten, dass er mal was mit Lale Andersen hatte, sie ihn aber fallen ließ wie 'nen faulen Apfel.«

Till und Simon erwiderten nichts, beide konnten ihren Blick nicht von Brockhaus losreißen.

»Wisst ihr überhaupt, wer Lale Andersen ist?«, fragte er wenig hoffnungsvoll.

»Nicht genau«, sagte Simon leise.

»Hat die nicht dieses Lied gesungen?« Till runzelte die Stirn.

»Ja, dieses Lied …«, sagte Brockhaus kühl.

Eine Welle erfasste sie von hinten, hob das Heck an und beschleunigte ihre Fahrt. Sie wurden schneller und schneller.

»Achtung!«, schrie Simon panisch und krallte sich an den Armaturen fest.

Ein riesiger Berg schoss auf sie zu. Brockhaus hielt es im ersten Moment für eine Welle, doch je näher das Gebilde kam, desto deutlicher wurden seine Umrisse und Konturen. Es war eine Düne, ein Sandberg, dessen in der Dunkelheit schwarz schimmerndes Dünengras vom Sturm fast weggerissen wurde. Ein Lichtkegel glitt über das flimmernde Gras und den aufbrausenden Sand, der Leuchtturm musste ganz in der Nähe sein. Dann erfolgte der Aufprall. Simon schrie erneut. Till ebenfalls. Sie duckten sich und hielten sich fest, wo es ging. Mit einem Krachen fuhren sie gegen den Berg und wurden nach vorn geschleudert.

Brockhaus schlug mit Schulter und Kopf gegen das Steuerrad. Alles wurde schwarz um ihn herum, und er fand sich auf dem Boden wieder. Als er die Augen öffnete, vernahm er ein lautes Ächzen. Es klirrte und schepperte überall um ihn herum, aber dieses Ächzen blieb und schwoll immer mehr an.

Brockhaus hievte sich hoch und sah durchs Fenster, dass sie nach links drifteten. Das Heck des Bootes wurde herumgeschleudert, und mit der Backbordseite rammten sie erneut die Düne. Das gesamte Boot wurde angehoben, ein lautes Splittern ertönte, der Wind wurde lauter, und Wasser drang in die Kabine. Es war so eisig kalt, dass Brockhaus der Atem wegblieb. Wie eiserne Krallen packten ihn die Fluten und drückten ihn zusammen. Er wurde weggeschwemmt und prallte gegen das Dach der Kabine. Seine Hände suchten etwas, an dem er sich festhalten konnte, doch sie glitten überall ab. Dann endlich ebbte die Kraft der eindringenden Wassermassen ab, und die Wogen beruhigten sich. Sie lagen auf der Backbordseite. Die Wellen krachten immer wieder dumpf gegen den Schiffsrumpf und drückten den oberen Teil der Kabine gegen die Düne. Glas splitterte. Er hörte einen Schrei irgendwo links von sich. Simon trieb auf ihn zu, und Brockhaus griff nach seinem aufgeblähten Jackenstoff.

»Hey!«, rief er. »Beruhig dich! Beruhig dich, verdammt!«

Simon schnappte nach Luft, spuckte Wasser und paddelte wild mit den Armen, bis seine Hände Halt fanden.

»Wo ist Till?«

Das Wasser lief jetzt durch die geborstenen Scheiben ab, doch mit jeder Welle wurde neues hereingespült.

»Wo ist er?«, schrie Brockhaus.

Da schoss direkt vor ihm Tills Kopf aus dem Wasser. Tief sog er die Luft ein. Neben ihm tauchten zwei der Geldsäcke auf.

»Das Geld«, blubberte Till und drückte Brockhaus die Laschen in die Hand. Er kämpfte sich wieder zurück und tauchte ab.

»Hilf ihm!«, befahl Brockhaus, und Simon folgte Till bis in die untere Kabine.

Brockhaus watete durch das Wasser auf der Brücke und musste durch die Tür nach draußen tauchen. Die Kälte fuhr in seinen Körper wie eisige Nadeln. Der Wind zerrte an ihm, als er auftauchte, und er versuchte, mit den Säcken in der Hand auf das Dach und von da aus auf die Düne zu klettern. Seine Muskeln krampften sich zusammen und wurden hart wie Stein, sein Atem brannte, seine Haut schmerzte. Aber er schaffte es bis auf den Kamm der Düne und fiel dort in ein grasbewachsenes Dünental. Hier im Windschatten war es wärmer und windstiller. Er ließ die Säcke liegen und kämpfte sich erneut über die Düne, zurück auf das Bootsdach. Als Till durch die Tür nach oben geschwommen kam, nahm er ihm die Säcke ab. Auch Simon tauchte aus dem Boot auf. Alle sechs Säcke waren geborgen. Er zog die beiden mit aller Kraft zu sich hinauf, und dann robbten sie den sandigen Anstieg empor, krallten sich ins Gras und zogen sich über die Kuppe. Völlig kraftlos rollten sie ins Dünental hinunter, überschlugen sich und blieben keuchend liegen. Ihr Atem kondensierte in kleinen, wirbelnden Wölkchen vor ihren Mündern. Sie lauschten den Geräuschen, die die »Marlene« machte, als sie von der See immer weiter gegen die Dünen geschoben wurde. Sie wurde förmlich zerrieben, so schien es.

Brockhaus blickte in den Himmel. Es hatte aufgehört zu regnen. Er konnte sogar einzelne dunkelschwarze Wolken erkennen, die wie Asteroiden über sie hinwegzufliegen schienen. Dazwischen tauchte immer mal wieder kurz der kaltblaue Mond auf. Sie waren an Land. Irgendwo unter dem Sturm, im Nichts. Er hatte keine Ahnung, wo sie sich befanden.

Amrum, Haus »Dünenglück«, 23:47 Uhr

Sie hatten das Deckenlicht ausgeschaltet, sodass nur noch der rötliche, flackernde Schimmer vom Kaminofen und der ruhige Schein der Kerzen das Wohnzimmer beleuchteten. Alexandra stand mit Piet auf ihrer Hüfte neben dem kleinen Bäumchen.

»Es ist etwas später als sonst, aber immerhin sind es ja ungewöhnliche Umstände«, erklärte sie. »Papa und ich wünschen euch frohe Weihnachten. Wenn ihr mögt, könnt ihr jetzt endlich auspacken.«

Joshua und Daniela sprangen sofort auf und suchten nach ihren Namen auf den kleinen Schildern an den Geschenken. Daniela ergriff ein längliches, kegelförmiges Päckchen, warf sich damit auf die Couch und machte vorsichtig das Papier auf. Joshua setzte sich im Schneidersitz vor den Baum und schnappte sich das größte Geschenk, das da war. Es war recht weich und füllig. Mit beiden Händen zerriss er das Papier und zog eine schwarze Jacke heraus.

»Neiiiin«, quiekte Daniela, als sie eine blaue Tasche mit Palmenmuster freigelegt hatte. »Ist das …?«

»Na, guck rein«, sagte Martin. Daniela hatte einen YouTube-Kanal und sang und spielte mit der Ukulele. Sie hatte sich eine neue gewünscht. Ehrfürchtig holte sie das Instrument aus der Tasche und bestaunte das matt glänzende, kräftig gemaserte Dunkelholz.

»Wow, das ist Koa!«

Ihre Eltern nickten.

Joshua stand auf und zog sich die Jacke an.

»Na, hallo, du siehst toll aus«, meinte Alexandra. »Magst du sie?«

»Ja«, sagte Joshua fast überrascht.

Daniela fing an, ein Lied zu spielen, und strahlte dabei übers ganze Gesicht.

»Die ist wunderbar«, schwärmte sie.

»Ist aber nicht alles«, sagte Martin und rollte mit den Augen in Richtung Baum.

Joshua zog den Reißverschluss hoch und schaute sein Spiegelbild in der Scheibe der Terrassentür an. Irgendetwas, ein Schatten, huschte dahinter vorbei. Er stutzte. Aber bei dem Wetter konnte alles Mögliche hier herumfliegen. Der Wald begann gleich hinter dem Grundstück.

Eine Glocke ertönte. Alle erschraken und hielten in der Bewegung inne.

»Was war das, die Tür?«, hauchte Daniela.

»Glaub schon«, entgegnete Martin und stand auf.

»Wer kann das sein?«, fragte Alexandra besorgt.

»Keine Ahnung, der Vermieter vielleicht. Ich schau mal nach.«

Martin ging zur Haustür. In den Nachbarhäusern waren größtenteils keine Lichter zu sehen. Also konnte es kein Nachbar sein, der nach Salz oder Milch fragte, schon gar nicht um diese Zeit. Er versuchte, durch die schmale Scheibe neben der Tür etwas zu erkennen, doch draußen war es dunkel, und er sah nur sich in dem Glas. Also öffnete er die Tür.

Teil 4

Deine Schritte kennt sie
Deinen schönen Gang
Aller Abend brennt sie
Doch mich vergaß sie lang
Und sollte mir ein Leids geschehen
Wer wird bei der Laterne stehen
Mit dir, Lili Marleen?

Lale Andersen, »Lili Marleen«

Amrum, »Haus Dünenglück«, 25.12., 00:02 Uhr

Martins erste Reaktion war ein Zurückschrecken. Natürlich wusste er, dass da draußen ein schlimmer Sturm wütete und dass es Starkregen gegeben hatte, dennoch drückte er die Tür unwillkürlich wieder ein Stück zu, als er die drei Männer vor seiner Tür sah. Sie wirkten wie aus einer anderen Welt, schmutzig, triefend nass, blutig und bleich wie der Tod. Sie froren, ihre heftig zitternden Arme waren fest an die Körper gepresst, ihre Köpfe geneigt, und Erschöpfung sprach aus ihren Gesichtern.

Nur den Bruchteil einer Sekunde später öffnete Martin die Tür jedoch wieder weit, weil ihm klar wurde, dass diese Männer in Not waren. Und es war sein nur allzu menschlicher Instinkt, der ihn dazu brachte, ihnen sofort helfen zu wollen.

»Mein Gott«, entglitt es ihm. »Was ist mit Ihnen?«

»Bitte entschuldigen Sie«, sagte der vordere Mann mit bebender Stimme. »Es tut uns leid, wenn wir Sie erschreckt haben, aber wir sind mit unserem Schiff gekentert …«

»Schatz, wer ist denn das?«, hörte Martin die ängstliche Stimme seiner Frau hinter sich fragen. Ihre Schritte und die seines Sohnes kamen näher.

»Hier sind …«, hob er an, brach aber gleich wieder ab. »Bitte, kommen Sie rein«, sagte er zu den Männern und gab den Weg in den Flur frei.

»Oh Gott«, flüsterte Alexandra erschüttert.

»Danke, vielen Dank«, stammelte der Mann. »Mein Name ist Brockhaus, wir …«

»Was ist denn nur passiert?«, wollte Alexandra wissen.

»Wir sind gekentert«, erklärte er. Sie tropften alle drei in den Flur. »Unser Schiff … Wir sind am Strand aufgelaufen. Wo sind wir hier überhaupt?«, fragte er.

»Auf Amrum«, antwortete Martin.

»Dachte ich's mir.«

»Joshi, hol Handtücher«, wies Alexandra ihren Sohn an. »Dani?«

»Ja?«, kam ein vorsichtiges Stimmchen aus dem Wohnzimmer.

»Bring Decken, so viele du findest!«

»Kommen Sie ins Warme«, bot Martin an und führte sie ins Wohnzimmer. Die Männer humpelten hinter ihm her und sahen sich überall um.

»An den Ofen, kommen Sie«, sagte Martin und winkte sie weiter. Joshua kam von oben und reichte den Männern drei große Badetücher.

»Danke dir«, sagte der, der sich mit Brockhaus vorgestellt hatte. Eilig räumte Martin Stühle herbei.

»Gekentert? Sie waren bei dem Wetter unterwegs?«

»Wir haben es nicht mehr rechtzeitig zurück in den Hafen geschafft, ein Motorschaden.« Der Mann klapperte mit den Zähnen.

»Sie sind ja halb erfroren!« Alexandra reichte Dani den kleinen Piet und nahm die Fleecedecken, die sie an die Männer verteilte.

»Soll ich einen Krankenwagen rufen?«, fragte Martin etwas überfordert. »Gibt's so was hier überhaupt?«

»Muss es doch«, entgegnete Alexandra.

»Aber kein Krankenhaus, das ist drüben auf Föhr.«

»Bitte, lassen Sie nur. Wir müssen uns bloß aufwärmen.« Der Mann schlug sich in die Decke ein und kämpfte immer noch gegen das Zittern. Alle drei mussten die Zähne zusammenbeißen.

»Sie sind verletzt, haben Sie Schmerzen?« Alexandra begutachtete die Wunden in den Gesichtern der Männer.

»Es tut nur weh, wenn es warm wird«, presste Brockhaus hervor.

»Ja, das kenne ich. Das tut höllisch weh«, sagte Martin, und Joshua sah ihn verwundert an. »Da müssen Sie jetzt durch.«

»Wollen Sie sich hinlegen?«, fragte Alexandra.

Brockhaus schüttelte den Kopf.

»Aber wir müssen jemanden anrufen, man muss doch wissen, dass Sie hier sind.« Martin holte sein Handy heraus und schaltete es an.

»Wir haben einen Funkspruch abgesetzt«, brachte Brockhaus unter Schmerzen heraus, ohne die Augen von Martins Fingern zu nehmen.

»Dann eben die Polizei, jemand muss sich ja hier um Sie kümmern.«

»Lassen Sie nur, wir möchten nur ein wenig warm werden und uns ausruhen.«

»Ich hole Verbandszeug«, sagte Alexandra und lief nach oben.

Im Hintergrund hatten sich Joshua und Daniela unsicher und angespannt auf die Couch gesetzt. Piet brabbelte als Einziger ungerührt vor sich hin und spielte mit Danielas Haaren.

Martin war mit der Situation nicht zufrieden, er glaubte, er müsse noch mehr tun.

»Sie hätten ertrinken können«, sagte er leise und zeichnete die Mustersperre auf seinem Handy ein. »Ich ruf die Polizei, die wissen sicher, was zu tun ist.«

Er hörte ein metallisches Klicken, und aus Brockhaus' Decke lugte auf einmal der Lauf einer automatischen Waffe. Er richtete sie auf Martins Kopf. Joshua und Daniela versteinerten mit weit aufgerissenen Augen. Martin glotzte in den Lauf hinein und verstand nicht, was gerade passierte.

»Legen Sie das Handy weg«, sagte Brockhaus und sprach jedes Wort betont deutlich aus. Aber Martin konnte sich nicht bewegen. Von der Treppe her waren Schritte zu hören, Alexandra kam mit dem Verbandskasten zurück. Alle drei Männer standen gleichzeitig auf. Die Decken sahen aus wie Umhänge.

»Ich hoffe, dass …« Alexandra erstarrte, als sie die Waffe sah. Brockhaus fixierte weiterhin Martin, seine beiden Begleiter blickten düster zu Alexandra. Deren Hände sanken herab, und sie ließ den Verbandskasten fallen.

»Legen Sie das Handy weg«, wiederholte Brockhaus. Martin bückte sich und legte es vorsichtig auf den Boden.

»So ist es viel besser«, lobte Brockhaus und senkte den Lauf der Waffe. »Dann würde ich sagen, dass wir uns einander vorstellen und wir Ihnen erklären, was wir von Ihnen wollen.« Er lächelte sie höflich an.

Tränen der Angst flossen über Alexandras Wangen.

»Bitte nehmen Sie doch neben Ihren Kindern Platz, dann können wir uns ganz in Ruhe unterhalten.«

Martin streckte seine Hand nach Alexandra aus und zog sie mit sich zur Couch, wo Daniela und Joshua zusammenrückten. Alexandra nahm ihrer Tochter sofort Piet ab, küsste ihn und drückte ihn ganz fest an sich.

Brockhaus, Till und Simon setzten sich auf die Couch gegenüber.

»So, zuallererst das Organisatorische. Wie in der Schule, he?« Brockhaus zwinkerte Joshua zu und grinste. »Da wir vollkommen durchnässt sind, möchte ich …« Er stockte. »Oh, nein, mein Fehler«, sagte er dann. »Zuerst lernen wir uns kennen. Zu meiner Linken sitzt Simon und zu meiner Rechten der gute Till. Mein Name ist Brockhaus, das sagte ich ja schon. Wenn Sie uns nun Ihre Namen sagen würden? Ich wäre Ihnen sehr verbunden.« Er blickte Joshua auffordernd an. Der blinzelte und schluckte.

»Joshua.«

»Ein biblischer Name, wie nett. Hallo, Joshua«, grüßte Brockhaus fröhlich und blickte dann zu Daniela.

»Dani. Daniela«, sagte sie und vermied den Augenkontakt mit ihm.

»Wie willst du genannt werden?«, fragte er.

»Dani.«

»Okay, Dani. Hallo. Und nun zu euren Eltern. Ladies first, bitte.«

Alexandra schlang ihre Arme um Piet und leckte sich eine Träne von der Lippe. »Alexandra.«

»Alexandra. Sehr schön. Und dein kleiner Sohn? Ist doch ein Junge, oder?«

»Piet.«

»Piet? Das englische Pete oder mehr das niederländische Piet?«

»P-i-e-t. Piet«, sagte sie fest.

»Okay, haben wir das auch geklärt. Und schließlich zum Herrn des Hauses. Mit wem haben wir denn das Vergnügen?«

Martin sagte nichts, er sah Brockhaus nur finster an.

»Na, ist er ein bisschen störrisch, Alexandra?«, fragte Brockhaus amüsiert. »Meine Waffe ist übrigens immer noch entsichert.«

»Martin.«

»Soso, einen Martin haben wir da. Herzlich willkommen, Martin. Oder vielleicht sollte ich eher sagen: Danke für die freundliche Aufnahme. Du bist ja schließlich der Gastgeber.«

Daniela zitterte vor Angst. Martin nahm ihre Hand.

»Natürlich müssen wir uns zunächst entschuldigen, dass wir an Heiligabend einfach unangekündigt hier bei euch reinplatzen. Wie ihr euch sicher denken könnt, war das anders geplant. Um nun auf das Organisatorische zurückzukommen ... Ich möchte den guten Martin bitten, uns aus seiner Garderobe jeweils eine Hose und ein Hemd zur Verfügung zu stellen. Wir werden dann nacheinander nach oben gehen und uns umziehen.«

»Ich habe nur zwei weitere Hosen dabei«, sagte Martin.

»Tatsächlich? In dem Fall würde ich sagen ... Joshua, wie alt bist du?«

»Vierzehn.«

»Du bist ziemlich groß für dein Alter. Ich denke, unserem Leichtgewicht Simon könnten deine Klamotten passen. Also leihst du ihm bitte Hose und T-Shirt, ja?«

»Okay«, sagte Joshua.

»Ihr beide geht bitte zuerst«, forderte Brockhaus ihn auf und gab auch Simon einen Wink. Als sie sich erhoben, griff Alexandra schützend nach ihrem Sohn. Sie wollte nicht, dass er allein mit einem dieser Männer mitging.

»Lass nur, er wird ihm nichts tun«, sagte Brockhaus und hob nur ganz leicht den Lauf seiner Pistole. Sie zuckte zurück und ließ Joshua gewähren, doch ihr Blick haftete an den beiden, bis sie hinter der Tür zum Flur verschwanden. Brockhaus nahm jetzt den Baum und die Geschenke in Augenschein und atmete einmal genussvoll ein. »Ahh, ihr wart gerade mitten in der Bescherung, nicht wahr? Hat es denn was Schönes gegeben? Dani?«

Danielas Haare rutschten nach vorn in ihr Gesicht, als sie nickte, und sie machte sich nicht die Mühe, sie zurückzustreichen, sondern schaute Brockhaus durch den schützenden Vorhang hindurch an.

»Verrätst du mir auch, was das war?«

Till warf einen Seitenblick zu Brockhaus. Er fand die Fragerei irgendwie befremdlich.

»Eine Ukulele.«

»Eine Ukulele! Nein, wie schön. Du hast sicher keine Lust, mir jetzt etwas vorzuspielen, hab ich recht?«

Sie nickte erneut.

»Das dachte ich mir. Vielleicht finden wir einen geeigneteren Zeitpunkt dafür. Ich wette, du bist richtig gut.«

Simon und Joshua kamen zurück. Simon trug eine graue Jogginghose und ein Trainingsshirt vom HSV. Brockhaus lachte lauthals los, als er das sah.

»HSV? Im Ernst? Joshua, bist du so ein eingefleischter Fan?«

»Nein, ich spiele da«, entgegnete Joshua ernst und setzte sich wieder.

»Du spielst beim HSV?« Brockhaus musterte ihn von oben bis unten. »Dann musst du echt gut sein. Die nehmen in der Akademie ja nicht jeden Vollpfosten an.«

Joshua zuckte nur mit den Schultern.

»Dann ist dein Vater sicherlich mächtig stolz auf dich, was?« Er musterte Martin, der seinen Sohn anblickte. »Ja, das sieht man, selbst wenn man euch nicht so gut kennt«, sagte Brockhaus. »Ich hab auch gespielt. Zuletzt in der Gefängnismannschaft von Fuhlsbüttel«, erklärte er und lachte. »Hast du überhaupt Ahnung von Fußball?«, fragte er Simon.

Der schüttelte wenig amüsiert den Kopf.

»Ich … hoppla …« Brockhaus bemerkte, dass ihm etwas Warmes ins Auge lief, und er wischte darüber. Es war Blut. Eine Platzwunde an seiner Stirn, die er sich während des Bootsunfalls zugezogen hatte, hatte wieder zu bluten begonnen. »Ich glaube, ich gehe mal als Nächster und verarzte mich. Martin, hättest du die Güte?« Er stand auf und warf die Decke ab. »Meine Kollegen haben auch Waffen, also keine falschen Hoffnungen, bitte. Unterhaltet euch gut«, sagte er, ging auf die Treppe zu und klaubte den Verbandskasten vom Boden auf.

Martin erhob sich nur zögerlich.

»Na, komm schon. Meine Leute tun deiner Familie schon nichts. Es ist Heiligabend. Sie sind genau wie ihr in einer ganz feierlichen Stimmung.« Er kicherte über seinen schlechten Witz und winkte Martin mit der Waffe an sich vorbei.

Martin ging, hastige Bewegungen vermeidend, voraus.

»Nette Familie hast du da, Martin«, sagte Brockhaus, als er hinter ihm die Treppe emporstieg. Sie gingen über den weichen Teppich im Flur in ein geräumiges Schlafzimmer mit einem großen Fenster hinter einer tiefen Fensterbank, auf der man bequem sitzen konnte.

»Was wollt ihr von uns?«, fragte Martin, als er seine Schrankseite öffnete.

»Asyl, mein Freund, nur ein wenig Asyl«, sagte Brockhaus. »Es tobt ein schlimmer Sturm da draußen, wir brauchen ein Dach überm Kopf. Ihr wart zufällig da, das erste Haus, in dem wir jemanden antrafen.« Er nahm eine Kompresse aus dem Verbandskasten und drückte sie sich auf die Wunde.

Martin nahm zwei Bügel mit Hemden von der Kleiderstange und zwei Hosen von einem Stapel.

»Wirf die Sachen einfach aufs Bett. Hast du noch ein T-Shirt? Ich fürchte, meinem Freund Till wird dein Slim-sized-Businesshemdchen nicht passen.«

Martin warf eins seiner weißen T-Shirts hinterher.

»Sehr gut, vielen Dank. Und jetzt dreh dich mit dem Gesicht zum Schrank und knie dich hin. Hände auf den Kopf.«

Martin tat, wie ihm geheißen. Brockhaus legte seine Waffe aufs Bett und zog sich um.

»Du kannst dir nicht vorstellen, wie kalt das Wasser war, Martin. Und dann der Wind dazu. Aber jetzt sind wir ja in Sicherheit. Dank dir.«

Er knöpfte das Hemd zu und stopfte es sich in die Jeans.

»Ist 'n großes Haus, du musst gut zurechtkommen, wenn du dir so was über Weihnachten leisten kannst. Was machst du beruflich?«

»Ich bin Medienberater.«

»Martin, der Medienberater«, wiederholte Brockhaus sinnend und schloss den Gürtel der Hose. »Ja, das kann bestimmt lukrativ sein. Was würdest du mir denn raten, wenn ich dein Kunde wäre?«

Martin drehte leicht den Kopf. »Kommt drauf an, was Ihr Ziel ist.«

»Oh, mein Ziel ist es, so viel Kohle wie möglich in so kurzer Zeit wie möglich zu machen.«

»Lotto spielen«, sagte Martin.

Brockhaus warf den Kopf in den Nacken und lachte los.

»Humor hast du auch noch. Martin, du bist ein echter Volltreffer, weißt du das? Deine Frau kann stolz sein. Na, komm wieder hoch. Wir gehen runter.« Brockhaus nahm seine Waffe wieder an sich. »Um ehrlich zu sein, brauche ich keinen Medienberater. Ich glaub, ich hab heute ganz umsonst einen Fernsehspot zur Primetime bekommen.«

Hamburg-Alsterdorf, Bruno-Georges-Platz, LKA-Zentrale, 00:42 Uhr

Stehlbek ging über einen verlassenen Flur, an dessen Ende aus der einzigen geöffneten Tür trapezförmiges Licht auf den Gang fiel. Man konnte Computertippen hören.

Stehlbek blieb im Türrahmen stehen. Ullrich saß konzentriert an seinem Schreibtisch und bemerkte ihn nicht einmal. Daher klopfte Stehlbek an die Tür.

»Ach, du bist's. Komm rein«, sagte Ullrich. »Was gibt's Neues?«

Stehlbek setzte sich auf den Stuhl vor Ullrichs Tisch. Jetzt bemerkte er, wie erschöpft er eigentlich war. Sein Körper fühlte sich bleischwer an, und eine tiefe Müdigkeit ergriff Besitz von ihm.

»Die Technik hat in Zinglers Wohnung und auf der Tatwaffe an den entscheidenden Stellen abgewischte Fingerabdrücke entdeckt. Es hat also jemand hinter sich sauber gemacht.«

»Im Transporter ist die Technik auch fertig. Die Auswertung wird aber noch ein wenig dauern«, meinte Ullrich.

»Ich hab eben mit der Staatsanwältin telefoniert und ein Meeting für morgen, zehn Uhr, mit ihr ausgemacht. Wir sollten beide anwesend sein.«

»Natürlich, wir brauchen den Durchsuchungsbeschluss für die Wohnungen von Zumrot und Hageland«, entgegnete Ullrich. »Die Fahndung hat bis jetzt noch nichts ergeben. Weder an Land noch auf dem Wasser. Und an den Verkehrskontrollpunkten haben sie sich auch nicht blicken lassen.«

»Was ist mit Zeugen? Hat sich nach dem Medienaufruf jemand bei euch gemeldet?«

»Merkwürdigerweise nicht. Sonst kriegen wir nach Nachrichtensendungen im Fernsehen eine Vielzahl an Meldungen rein. Aber diesmal Fehlanzeige. Immerhin: Die beiden haben noch Familie in Hamburg, die wir befragen können. Hageland seine verwitwete Mutter, wohnhaft in Altona. Zumrot seinen Vater in Reinbek. Der Termin steht morgen ebenfalls an.«

»Gut«, sagte Stehlbek. »Ich nehme mir jetzt die Akten der drei mit nach Hause. Wir sehen uns morgen.« Er drückte sich aus dem Stuhl hoch.

»Frohe Weihnachten, Kollege«, wünschte Ullrich.

»Ja, dir auch.«

Stehlbek schloss mit den Akten unter seinem Arm die Tür seines Wagens auf und ließ sich auf den Sitz fallen. Endlich ging es für ihn nach Hause.

Er bemühte sich, leise zu sein, als er wenig später das Haus betrat. Die Kinder waren mit Sicherheit schon im Bett, und wahrscheinlich schlief seine Frau mittlerweile ebenfalls. Er hängte seine Jacke an die Garderobe und schlich ins Wohnzimmer, wo noch gedimmtes Licht brannte.

Der Weihnachtstisch war bereits abgeräumt, nur sein Teller stand noch da. Er legte die Akten daneben und ging in die Küche. Der Duft von Gänsebraten lag noch in der Luft. Rasch suchte er sich aus den Töpfen und dem Ofen etwas zusammen und nahm sich ein Bier aus dem Kühlschrank. Am Esstisch trank er einen ersten kühlen Schluck aus der Flasche.

»Ich hab's in den Nachrichten gesehen«, sagte eine Stimme in die Stille hinein, und Stehlbek verschluckte sich vor Schreck.

»Steffi?« Er stand auf. Sie lag in eine Decke gehüllt auf der Couch, weshalb er sie nicht hatte sehen können.

»Ich wollte auf dich warten«, sagte sie müde. Aber es schwang noch etwas anderes in ihrer Stimme mit. Stehlbek hielt es für Enttäuschung. Er beugte sich über die Couchlehne und gab ihr einen Kuss auf die Wange.

»Hallo, Schatz.«

Er nahm seinen Teller und setzte sich damit auf den Sessel neben der Couch. Steffi schob ihre Hände unter ihre Wange und sah ihn ausdruckslos an.

»Mmh, schmeckt großartig«, sagte er nach dem ersten Bissen.

»Habt ihr schon eine Spur?«, fragte seine Frau.

»Nur ein paar Indizien und eine ungute Ahnung. Die beiden Fälle könnten zusammengehören.«

Sie antwortete nicht, sah ihn nur weiter an.

»Ullrich und ich sind an den Fällen dran. Die sind wahrscheinlich mit einem Boot geflüchtet.«

»Ein Boot?«, wiederholte sie ungläubig.

»Ja, ziemlich verrückt. Da draußen ist es nicht lustig. Wir kriegen die größte Sturmflut seit Jahren.«

Er nahm einen weiteren Bissen. Sein Blick fiel auf den Baum und die Geschenke darunter. Die Kindersachen waren alle schon ausgepackt, nur seine und Steffis Geschenke lagen noch unangetastet da.

»Wollen wir noch bescheren, nur für uns?«, fragte er leise.

»Die Kinder wollten gern dabei sein. Ich hab gesagt, dass du auf sie wartest.«

»Na klar. Mach ich gern«, sagte er, obwohl er nicht wusste, wann das sein würde. Er musste morgen wieder sehr früh aufstehen und aus dem Haus gehen.

»Ich bin furchtbar traurig«, sagte seine Frau.

Stehlbek sank in sich zusammen. Er hatte so etwas geahnt.

»Und ehrlich gesagt weiß ich nicht, wie das weitergehen soll. Ich weiß nur, dass es mich so, wie es jetzt ist, unglücklich macht«, erzählte sie weiter. »Die Kinder, ich ... Wir warten nur noch auf dich. Und selbst dann kommst du nicht immer. Und jetzt ist Weihnachten, und wir können nicht mal zusammen feiern. Ich mache alles allein mit den Kindern.«

»Ich weiß«, sagte Stehlbek niedergeschlagen. »Glaubst du, ich bin glücklich dabei? Aber es ist eine Arbeit, die oftmals keinen Aufschub zulässt. Und ich tue Gutes dabei. Das Gefühl war schon immer ganz entscheidend für mich. Ich tue da was Gutes.«

»Du hilfst anderen mehr als deiner eigenen Familie«, sagte sie. Das traf ihn. Er ließ den Kopf hängen und drückte sich die Finger in die Augen.

»Weißt du«, begann er. »Es gibt Berufe, die sind einfach wichtig für das Gemeinwohl. Ärzte, Krankenschwestern, Feuerwehrleute, sie alle müssen immer bereit sein. Wir können nicht so wie andere.«

»Ich weiß. Aber ich bin nicht glücklich.«

»Steffi, was willst du denn? Dass ich meinen Job einfach an den Nagel hänge? Dass ich umschule? Auf was denn? Ich hab nichts anderes gelernt. Ich habe mich für diesen Beruf entschieden. Ich wollte das ...«

»Du wolltest auch eine Familie gründen.«

»Ja. Und ich bin der Meinung, dass beides geht. Alle anderen machen das auch, und sie kommen irgendwie zurecht.«

Seine Frau schloss die Augen. Es beunruhigte Stehlbek, dass sie nicht weinte, dass sie so schrecklich ernst war. Er ahnte, dass sie bereits eine Entscheidung getroffen hatte.

»Es gibt Menschen, die mehr Opfer bringen müssen als andere. Mein Berufsstand gehört dazu. Und wenn ich Opfer bringen muss, müsst ihr es leider auch. Das Gute ist: Ich sorge dafür, dass wirklich böse Menschen keinem mehr etwas tun können. Ich will euch beschützen, aber ich muss es auch für andere tun. Heute sind drei Menschen getötet worden. Erschossen und totgeprügelt. Ich kann da nicht zusehen. Und ich will es auch nicht.«

Stehlbek dachte kurz über das nach, was er gesagt hatte, und darüber, wie er es gesagt hatte. Es stimmte, er wollte es so.

Steffi öffnete langsam ihre Augen und starrte auf den Weihnachtbaum. Sie sagte nichts mehr, starrte nur den Baum an, der still und unbeleuchtet in der Ecke stand.

Amrum, Haus »Dünenglück«, 01:06 Uhr

Simon, Brockhaus und Till saßen umgezogen auf der Couch. Piet quengelte und wand sich in den Armen seiner Mutter.

»Wir haben nun folgende Situation«, führte Brockhaus aus, die Waffe locker in der Hand haltend. »Wir werden ab jetzt das heilige Fest zusammen feiern. Ich bin ganz angetan, Weihnachten mit eurer phantastischen, liebevollen Familie zu feiern. Es ist eine große Ehre für uns, wirklich.«

Piet weinte nun und warf seinen Kopf immer wieder gegen Alexandras Brust.

»Was hat er denn, der arme Kerl? Können wir ihm irgendwie helfen?«

»Er hat Hunger«, sagte Alexandra atemlos.

»Gut, dann soll er ruhig was bekommen. Wir wollen euch in keiner Weise einschränken.«

Alexandra unterdrückte Tränen der Scham und konnte kaum sagen, was sie sagen wollte.

»Ah, verstehe.« Brockhaus ging ein Licht auf. »Du stillst ihn noch?«

Sie nickte und senkte den Kopf.

»Tja, bitte, lass dich nicht von uns stören. Der gute Piet, was für ein Glückspilz.« Brockhaus grinste lüstern, und Simons und Tills Augen hingen in Alexandras Ausschnitt, sodass sie sich schützend die Arme davorhielt.

»Bitte!«, stieß Martin mit unterdrückter Wut hervor.

»Schon gut, schon gut, Martin. Wofür hältst du mich?« Brockhaus starrte Alexandra auf die Brust, winkte dann aber ab. »Selbstverständlich kannst du dich zum Stillen zurückziehen. Oder noch besser: Wir gehen an den Esstisch, und du bleibst hier. Es sind doch sicherlich noch ein paar gute Reste für uns übrig, oder, Martin?«

Martin nickte und stand schnell auf, damit Alexandra endlich allein und ungestört war.

»Kommt«, sagte er zu seinen Kindern.

»Was gab es denn Leckeres?«, fragte Brockhaus.

»Ente.«

»Das klingt phantastisch. Kannst du uns was warm machen, ginge das?«

»Ja. Setzen Sie sich.« Martin blieb stehen, während Simon, Till und Brockhaus sich hinter ihre Stühle stellten.

»Die Kinder bleiben bei uns und leisten uns Gesellschaft«, entschied Brockhaus und nahm Platz. »Ach, und was zu trinken wäre nicht schlecht. Was wurde denn gereicht zur Ente?«

»Rotwein.«

»Das ist passend für Weihnachten und Ente. Danke sehr.«

Still schluchzend saß Alexandra von der Gesellschaft am Esstisch abgewandt da und stillte ihren Sohn.

»Eure Mutter nimmt das sehr mit«, flüsterte Brockhaus Joshua und Daniela zu. »Aber ihr braucht keine Angst zu haben, wir sind vollkommen harmlos. Ach, Simon, wärst du so nett und holst die Säcke herein?«

Simon stand auf und ging zur Haustür. In dem Moment kam Martin mit dem Rotwein und den Gläsern und verfolgte ihn mit den Augen.

»Unsere Beute. Wir hatten sie im Carport gelagert, aber bei

dem Wetter weiß man ja nicht. Simon ist so nett und holt sie herein.«

Martin stellte die Gläser vor die Männer und goss ihnen ein.

»Darf ich mal die Flasche sehen?«, bat Brockhaus. »Boschendal, Shiraz, 2017. Wir trinken also Wein von guten alten Apartheid-Weingütern, was? Wenn das nicht schmeckt, dann weiß ich auch nicht.«

Er legte seine Waffe neben das Glas, nahm es in die Hand und hielt es gegen das Licht.

»Tiefes Rot, sehr schön.« Mit spitzen Lippen nahm er einen Schluck und schmatzte prüfend. »Sehr gut. Ein wenig zu viel Eichenfass für meinen Geschmack, aber für heute wird's reichen.«

Martin ging wieder zurück in die Küche, während Simon mit vier Säcken in den Händen und unter dem Arm zurückkam. Zugluft fegte durch das Haus, und irgendwo schlug ein Fenster oder eine Tür zu.

Brockhaus lehnte sich mit einer Hand am Glas genüsslich zurück und lächelte Daniela und Joshua an. »Joshua, du bist doch bestimmt der Kerl in der Familie, der die ganze Technik aufm Schirm hat. Kannst du uns mal Fernsehen anmachen?«

Etwas irritiert stand Joshua auf und ging zur Sitzgruppe, wo die Fernbedienung neben seiner Mutter auf dem kleinen Glastisch lag.

»Mach mal 'nen Nachrichtensender rein. N-TV oder N-24 oder so 'nen Quatsch«, rief Brockhaus.

Joshua zappte sich durch das Weihnachtsprogramm, bis er schließlich eine Nachrichtensendung gefunden hatte.

»In Hamburg nutzten noch unbekannte Täter den Heiligabend für einen äußerst brutalen und leider auch tödlichen Raubüberfall auf einen Geldtransporter im Stadtteil Wilhelmsburg«, verlas die Sprecherin. Aller Augen waren nun auf den Bildschirm gerichtet, keiner bewegte sich mehr. Martin, der in der Küche hantierte, schien auch zuzuhören, denn die Geräusche erstarben ganz plötzlich.

In dem Bericht wurden nun Bilder vom Tatort gezeigt.

Darauf war zu sehen, wie die Kriminaltechniker Spuren sicherten.

»Der Überfall ereignete sich am frühen Abend in einem verlassenen Gewerbegebiet. Zwei Sicherheitsmitarbeiter kamen dabei ums Leben. Die Polizei sucht in diesem Zusammenhang nach zwei tatverdächtigen Personen, die sich noch immer im Großraum Hamburg aufhalten könnten: Till Zumrot und Simon Hageland. Beide sind ebenfalls Mitarbeiter der Sicherheitsfirma. Sollten Sie sachdienliche Hinweise über den Verbleib der Männer haben, wenden Sie sich bitte an das LKA Hamburg oder jede andere Polizeidienststelle.«

»Tolle Fotos von euch, Jungs«, sagte Brockhaus ohne jeden Anflug von Besorgnis.

»Bereits in der Nacht zuvor war es in einem anderen Stadtteil Hamburgs zu einem brutalen Mord gekommen. Das männliche Opfer wurde in seiner Wohnung überfallen und getötet. Über Motive oder erste Spuren wollte sich die zuständige Polizei noch nicht äußern.«

»Na also. Das war dann mein Auftritt. Leider ohne Foto.« Zufrieden nahm Brockhaus einen großen Schluck aus dem Rotweinglas.

Joshua und Daniela starrten geschockt auf den Bildschirm. Alexandra berührte ihren Sohn tröstend am Arm, sagte aber nichts und drehte sich auch nicht um.

»Nun seid doch nicht alle so ernst. Komm wieder rüber, Joshua, und lass das Fernsehen laufen.«

Joshua legte die Fernbedienung auf den Tisch und kam zurück. Martin betrat mit drei Tellern in der Hand das Wohnzimmer.

»Ah, das Essen kommt. Großartig«, freute sich Brockhaus.

Martin stellte jedem der Männer einen Teller hin und ging zur Anrichte, aus der er Messer und Gabeln nahm.

Joshua schüttelte darüber nur den Kopf. »Gott«, flüsterte er.

»Joshua, hast du was zu sagen?«, fragte Brockhaus.

»Nein.«

»Gefällt dir nicht, was dein Vater tut?«

»Jetzt bedient er Sie auch noch«, rutschte es Joshua heraus.

»Was denkst du, bleibt ihm anderes übrig? Ich habe die Waffe direkt neben dem Teller liegen. Was sollte er also machen, hm? Kämpfen? Wäre das eine gute Idee? Wir sind zu dritt. Und du hast gerade im Fernsehen gesehen, dass wir nicht nur Kaugummis geklaut haben.«

Joshua verbiss sich eine Replik und ließ den Kopf hängen.

Brockhaus beließ es dabei, schnitt sich ein Stück Ente ab und probierte es.

»Sehr gut. Ihr könnt mir glauben, dass ich seit langer, langer Zeit nichts Besseres mehr gegessen habe.«

Alexandra legte Piet ganz vorsichtig auf die Couch und platzierte ein Kissen an der Kante, damit er nicht runterfallen konnte.

»Schläft er?«, fragte Brockhaus, während sie ihr T-Shirt wieder in die Hose steckte.

»Ja, kann ich ihn raufbringen?«

Brockhaus kaute nachdenklich auf seiner Ente herum.

»Ist gut. Ich wollte eh mit euch über die Zimmerverteilung sprechen. Wie ihr euch sicher denken könnt, kann ich euch nicht in den üblichen Konstellationen schlafen lassen. Wir werden also ein bisschen näher zusammenrücken müssen.« Er lächelte alle freudig an. Seine Augen leuchteten förmlich, als er sich den Mund mit einer Serviette abwischte. »Martin und ich werden die Nacht hier im Wohnzimmer verbringen. Alexandra wird mit Piet in ihrem Schlafzimmer übernachten, und der gute Till wird auf die beiden aufpassen.«

Alexandra blickte entsetzt zu Till, der mit versteinertem Gesicht dasaß und auf seinem Essen herumkaute, einen dunklen Glanz in seinen Augen. Sie wirkte hilflos und verzweifelt, als sie Piet auf den Arm nahm und aufstand. Martin überlegte, ob er etwas sagen sollte. Joshua schien genau das von ihm zu erwarten, doch Martin wollte keine Probleme heraufbeschwören.

Alexandra ging an ihren Kindern vorbei und berührte beide an der Schulter, wie sie auch Martin zum Abschied berührte.

»Papa?«, fragte Joshua auffordernd, doch Martin gab ihm ein Zeichen, still zu sein.

»Ach, Alexandra.« Brockhaus hielt sie auf. »Eins noch: Jeder von euch gibt bitte sein Handy bei mir ab, bevor er schlafen geht.«

Alexandra griff in ihre Jeanstasche und zog ihr Handy heraus, das sie krachend vor ihn auf den Tisch warf. Till erhob sich, und sie gingen als Erste hinauf ins Schlafzimmer.

»Joshua«, sagte Brockhaus laut und hatte sofort Joshuas Aufmerksamkeit. Der Junge konnte vor Wut kaum noch an sich halten. Die geballten Fäuste auf der Tischplatte, saß er da und wartete ab, was Brockhaus ihm zu sagen hatte. »Dich trifft es besonders hart. Ich weiß, dass du mir jetzt schon gern an die Gurgel gehen würdest, aber es kommt noch schlimmer. Du wirst heute bei deiner Schwester im Zimmer übernachten. Und Simon wird auf euch aufpassen.«

Wie ein lauerndes Tier schaute Joshua Brockhaus an. Seine schnaubenden Atemzüge waren deutlich zu hören.

»Hast du noch etwas auf dem Herzen?«, fragte Brockhaus.

Als Joshua etwas erwidern wollte, fuhr Martin ihm über den Mund.

»Joshi!«

»Nenn mich nicht so! Tu lieber was!«, herrschte Joshua seinen Vater an und sprang von seinem Stuhl auf.

»Alles, was wir jetzt tun können, ist, ruhig zu bleiben«, versuchte Martin in einem moderaten Ton zu erklären.

»Du bist so ein Feigling«, sagte Joshua verächtlich und kramte sein Handy heraus. »Hier!« Er knallte es auf den Tisch. »Das Scheißding können Sie behalten.«

Er ging, ohne auf Simon oder Daniela zu warten. Brockhaus gab Simon nur mit den Augen ein Zeichen.

»Dani, würdest du bitte deinem Bruder folgen?«, bat er.

Daniela erhob sich und legte stumm ihr Handy auf den Tisch. Simon wartete auf sie an der Treppe, zusammen gingen sie nach oben. Nun saß Brockhaus mit Martin allein am Tisch.

Brockhaus trank noch einen Schluck Rotwein.

»So, Martin, da wären wir also. Beide Köpfe der Familie. Natürlich musst auch du dein Handy abgeben.«

Er deutete mit einem Finger auf den Tisch, und Martin folgte seiner Anweisung.

»Sind das alle, oder hast du noch ein Diensthandy oder Notebook irgendwo?«

»Mein Diensthandy ist zu Hause.«

»Gut, dann würde ich sagen, du deckst den Tisch ab, während ich mich um die Handys kümmere. Den Wein kannst du stehen lassen, wir trinken gleich noch einen.«

Brockhaus nahm die Handys an sich und brachte sie in die Küche, wo er die Spüle volllaufen ließ. Martin kam mit den Tellern hinterher und stellte sie in die Spülmaschine.

»Ein guter Hausmann bist du auch noch.« Brockhaus stand lässig an die Spüle gelehnt da und ließ die Mobiltelefone ins Wasser gleiten.

Martin richtete sich auf. Reglos sah er zu, wie die letzte Möglichkeit, mit der Außenwelt zu kommunizieren, Hilfe zu rufen, im Wasser versank. Nun waren sie auf Gedeih und Verderb diesen Männern ausgeliefert. Sie saßen in der Falle. Oder gab es noch eine Möglichkeit? Im Moment war er allein mit dem Mann. Er könnte es auf einen Kampf ankommen lassen, Brockhaus war sicher geschwächt und auch verletzt von dem Crash auf See. Aber wo war seine Pistole? Martin wusste nicht, ob er sie wieder an sich genommen hatte. Auf dem Esstisch lag sie nicht mehr.

»Jetzt fragst du dich bestimmt, wo die Knarre ist«, sagte Brockhaus mit einem schiefen Lächeln. »Versuch's erst gar nicht, Martin. Ich halte dich für einen klugen Mann, der weiß, wann er was zu tun hat.«

Martin sah zu, wie die Luftblasen an der Wasseroberfläche in der Spüle zerplatzten.

»Na, komm, wir setzen uns vor den Fernseher.« Brockhaus ging vor, und Martin sah, dass die Pistole hinten in seiner Hose steckte.

Sie nahmen auf den Sofas Platz. Brockhaus hatte beide Weingläser und die Flasche mitgenommen. Im Fernsehen lief noch immer der Nachrichtensender mit Neuigkeiten vom Sturm. Man sah umgestürzte Bäume, abgedeckte Häuser und Reporter, die von verschiedenen Orten in Deutschland berichteten.

»Prost, Martin«, toastete Brockhaus und hob sein Glas.

Martin überlegte, bevor er zum Weinglas griff und kurz daran nippte.

»Na also. Jetzt können wir uns ein bisschen näherkommen«, sagte Brockhaus. »Macht ihr das immer? Ist das eine Weihnachtstradition von euch, hierherzukommen?«

»Nein, ist das erste Mal«, entgegnete Martin.

»Oh, macht es das noch tragischer für dich, dass du ausgerechnet in deinem ersten Weihnachtsurlaub auf uns treffen musstest?«

»Es macht keinen Unterschied.«

»Wenn man es nüchtern betrachtet, nicht, aber wenn man Pessimist oder gar Fatalist ist, sieht man es anders. Du bist also ein Realist, ja? Du analysierst viel in deinem Beruf, stützt dich auf Statistiken und Umfragewerte und so weiter?«

»Kann man so sagen, ja.« Martin stellte das Glas ab und verschränkte die Arme vor der Brust.

»Liebst du deinen Job?«

»Lieben?« Martin dachte über die Frage nach. »Schon, ja. Als Liebe hätte ich es vielleicht nicht bezeichnet, aber es ist eine Leidenschaft.«

»Leidenschaft? Kann statistische Analyse eine Leidenschaft sein? Hast du nicht ein höheres Ziel, einen ganz großen Traum, hm? Was ist dein Traum? Was ist Martins Traum?«

Auf diese Frage zu antworten war sehr intim. Und in Martin sträubte sich alles dagegen, ausgerechnet mit Brockhaus diese Intimität zu teilen. So etwas besprach man unter Freunden oder mit seiner Frau in einer gänzlich anderen Atmosphäre.

Brockhaus wartete geduldig, er sah Martin seine Gedanken an. »Ich lebe gerade meinen Traum«, sagte er schließlich, als Martin weiterhin schwieg.

Martin musste lachen. Es war ein bitteres, zynisches Lachen.

»Das ist Ihr Traum? Menschen zu töten, Familien zu überfallen, Kinder als Geiseln zu nehmen?«

»Das ist nur der Weg dorthin. Mein Traum liegt in sechs Säcken vorn im Flur. Damit kann ich mir für den Rest meines Lebens jeden Wunsch erfüllen.«

»Und dann leben Sie friedlich als guter Mensch irgendwo im Exil? Halten Sie das für realistisch?«

Brockhaus musste über dieses Argument nachdenken.

»Eigentlich hab ich es mir genau so gedacht. Aber es könnte etwas an deinem Einwand dran sein. Du glaubst also nicht, dass ich mich bessern könnte?«

»Dann hätten Sie es bereits getan.«

»Aber dann hätte ich meinen Traum noch nicht erfüllt.«

»Nein? Hatten Sie nie genug Geld, dass es ausgereicht hätte, um dieser Mensch zu sein?«

»Ich denke, ich hatte bisher Schwierigkeiten, eine genaue Summe festzulegen, die mich glücklich und zufrieden genug macht.«

»Mit Verlaub, das ist Unsinn.«

Brockhaus machte große Augen. »Martin, wie redest du denn? Wenn dein Sohn dich jetzt doch nur hören könnte …«

Martin wandte sich ab und blickte zum Fernseher.

»Aber du hast mir noch nicht geantwortet. Was ist *dein* Traum?«

Martin reagierte nicht sofort.

»Mein Traum ist, dass meiner Familie nichts geschieht.« Er wandte sich um. »Können Sie mir dabei helfen?«

Brockhaus' Augenbrauen hüpften einmal auf und ab. »Ich fürchte, das kann ich nicht versprechen«, sagte er bedauernd.

»Nicht mal, wenn *ich* Ihnen verspreche, nichts über Sie zu erzählen? Wir könnten so tun, als hätten Sie uns die Augen verbunden, als hätten wir Sie nie gesehen. Wir würden nichts sagen. Ich … ich könnte auch falsche Informationen weitergeben.«

»Moment mal, bietest du mir gerade an, eine Falschaussage bei der Polizei zu machen, um mir einen Vorteil zu verschaffen? Sie würden dich anklagen, wenn das rauskäme.«

»Ja, aber meine Familie würde leben.«

Brockhaus schürzte staunend die Lippen. »Über das Angebot kann man nachdenken. Aber nein, ich denke, dass ich dir da nicht genug vertraue.«

Martin lehnte sich erschöpft und entmutigt zurück.

»Es war einfach nur ein dummer Zufall, dass wir bei euch geklingelt haben, also nimm's nicht so schwer«, sagte Brockhaus. »Oder bist du einer von denen, die an Schicksal glauben?«

»Eigentlich nicht. Aber es gab Momente, in denen ich gezweifelt habe ...«

»Welche zum Beispiel?«

»Na ja ... nein.« Er wollte es nicht preisgeben.

»Doch, Martin, sag schon«, forderte Brockhaus ihn auf.

»Alex und ich ...«

»Ah, verstehe, du hast eine ganz romantische Vorstellung von Schicksal, ja? Wie lange kennt ihr euch, wie habt ihr euch kennengelernt?«

Auch das war etwas, das Martin nicht mit Brockhaus teilen wollte. Er hielt es in dieser Situation jedoch für besser, zu antworten.

»In der fünften Klasse.«

»Ach, komm, hör auf. Im Ernst?« Brockhaus rutschte auf dem Sofa nach vorn.

»Ja. Wir sind beim Sprinten im Sportunterricht nebeneinander gestartet und exakt die gleiche Zeit gelaufen.«

»Sie war so schnell wie du?«

»Sie ist ziemlich gut.«

»Oder du bist ... na, du weißt schon.«

»Keine Ahnung, ob das Schicksal war. Aber es war ein Anfang für etwas sehr ...« Martin suchte das richtige Wort. Er wollte gegenüber einem Fremden, der sie als Geiseln hielt, nicht zu sentimental klingen. »Etwas sehr lang Anhaltendes.«

»Und jetzt könnte ich das zerstören. Martin, du machst mir ganz geschickt ein schlechtes Gewissen.«

Das Grinsen in seinem Gesicht zeigte Martin genau, wie wenig Mitgefühl Brockhaus tatsächlich hatte. Es lag Zynismus in all seinen Aussagen und Bemerkungen. Er machte sich lustig über ihn und verachtete ihn wahrscheinlich sogar.

»Jetzt aber mal ganz im Ernst«, meinte Brockhaus und blickte nachdenklich an die Decke. »Hast du dich nicht ein Mal in deinem Leben gefragt, ob das alles ist? Ich meine, dein Leben war seit der verdammten fünften Klasse vorbestimmt, oder nicht? Eine einzige Frau, bis dass der Tod euch scheidet? Erst Schule, dann Studium, dann zieht man zusammen, macht Kinder, dann kommen die Großeltern an Weihnachten und Ostern zu Besuch, und man trifft sich ein-, zweimal im Jahr mit seinen alten Freunden aus der Schulzeit, trinkt und denkt an die gute alte Zeit. Und das soll's gewesen sein? Ich meine, du hast sicher ab und an mal ein Erfolgserlebnis im Beruf gehabt, aber etwas, das deine Welt aus den Angeln hebt, von dem du denkst, wow, ich bin vom Himmel beschenkt worden, der geilste Kerl, der auf Erden wandelt? So was kann's doch gar nicht geben in diesem kleinbürgerlichen Scheißleben. Du bist in eine billige Form gepresst worden, ein günstiges Allerweltsprodukt bist du. Eine Dose im Regal in einem riesigen Supermarkt. Es gibt Millionen andere genau wie dich. Ihr seht alle gleich aus, habt alle genau den gleichen Inhalt. Ihr werdet gepresst, befüllt, ins Regal gestellt, dann schlitzt euch einer auf und frisst alles, was in euch ist. Und dann schmeißt er den Rest von dir in den Müll, und das war dein Leben. Mir wird schon übel, wenn ich nur drüber nachdenke. Echt, ich bin kurz vorm Kotzen«, sagte Brockhaus.

»Du hast keine Ahnung, wie das Leben ist«, sagte Martin nur. Zum ersten Mal duzte er Brockhaus, und vielleicht nahm der es deshalb so persönlich, denn seine gelassene Haltung brach an dieser Stelle.

Doch bevor Brockhaus etwas entgegnen konnte, gellte ein Schrei durchs Haus.

Hamburg, Haus von Hauptkommissar Stehlbek, 01:59 Uhr

Stehlbek saß allein am Esstisch und las in Brockhaus' Akte. Tatortfotos lagen in Bögen aufgefächert neben den schriftlichen Berichten. Stehlbek las eben die Zeugenaussage eines Freundes des Opfers aus einem Erpressungsfall, der Brockhaus als jemanden beschrieb, der Spaß daran hatte, andere zu quälen. Alle Ideen seien von Brockhaus ausgegangen. Manchmal ließ er Dinge von seinen Gefolgsleuten ausführen, aber in den entscheidenden Momenten legte er selbst Hand an. Und immer habe er dabei ein Lächeln auf den Lippen gehabt.

In den Akten gab es allein drei Mordfälle, in denen Brockhaus zwar angeklagt, aber aus Mangel an Beweisen wieder freigesprochen worden war. Auch in den Protokollen der Gerichtsverhandlungen kam zum Ausdruck, wie geradezu höhnisch er auf die Anschuldigungen reagierte. Psychologen, Zeugen und Ermittler beschrieben ihn als sadistisch und skrupellos, aber er spielte sich vor Gericht als Opfer auf, ohne auch nur ein einziges Mal Sorge gezeigt zu haben, nicht wieder auf freien Fuß zu kommen.

Ein Knacken im Hausflur ließ Stehlbek von seiner Lektüre hochschrecken. Er meinte gehört zu haben, wie sich eine Tür öffnete. Seine Frau war vor einer halben Stunde oder mehr ins Bett gegangen. Er wusste, dass es eigentlich nur der Sturm gewesen sein konnte, der irgendwo am Haus ein Geräusch verursacht hatte. Dennoch, und weil er diese Lektüre vor sich hatte, die ihm ständig bewusst machte, dass dieser Irre auf freiem Fuß war, zog er seine Dienstwaffe und legte seinen Arm auf den Tisch. Mit der anderen Hand schob er die Mappe über die Waffe, damit sie nicht sichtbar war. Er drehte den Kopf leicht zum Flur hin und horchte. Wieder ein Knarzen. Jetzt entsicherte er seine Waffe und spannte seinen Körper an.

Jemand schlich durch den Flur, und gleich würde er im Türrahmen erscheinen. Er hatte das Bild von Brockhaus ganz deutlich vor Augen. Die blond gefärbten Haare. Die Brille.

Das schmierige Lächeln. Als tatsächlich jemand um die Ecke schaute, blieb Stehlbek fast das Herz stehen.

»Oh Gott«, stöhnte er förmlich, als er seine fünfjährige Tochter erkannte. Er sicherte die Waffe und zog seine Hand unter der Mappe hervor. »Schatz, was machst du denn so spät noch hier unten?«

»Ich hab Durst«, sagte sie mit nasaler Stimme.

»Ach so. Na, komm, ich geb dir was zu trinken.« Er nahm sie auf den Arm, küsste sie und trug sie in die Küche.

»Bist du jetzt zu Hause?«, fragte sie.

»Ja, das siehst du doch. Ich bin hier.«

»Es ist Weihnachten, Papa. Wir haben Geschenke bekommen.«

»Ich weiß, ich weiß.«

»Du hast auch was gekriegt.«

»Ehrlich?« Er holte ein Glas aus dem Schrank und drehte mit einer Hand die Wasserflasche auf.

»Kannst du morgen auspacken«, sagte sie und schlang ihre Arme ganz fest um seinen Hals.

»Das mache ich.« Ihm standen die Tränen in den Augen, als er ihr etwas Wasser eingoss. »Hier, bitte.«

Sie trank mit lauten Schlucken das ganze Glas leer.

»Du hattest aber Durst.«

»Ja, ich bin davon wach geworden.«

»Dann bringen wir dich jetzt mal schnell wieder ins Bett. Ihr wart sicher lange auf.«

»Ja.« Sie strahlte. »Soooo lange war ich noch nie auf. Bis zweiunddreißig Uhr.«

»Wow, das ist lang. Aber morgen kannst du ja ausschlafen.«

Er trug sie nach oben in das Kinderzimmer, das sie sich mit ihrer jüngeren Schwester teilte. Die lag freigestrampelt im Tiefschlaf. Stehlbek deckte seine Tochter zu, gab ihr einen Kuss und legte auch über seine zweite Tochter die Bettdecke und küsste sie.

»Gute Nacht«, flüsterte er an der Tür.

»Nacht, Papa«, flüsterte sie zurück und winkte.

Er lehnte die Tür nur an und ging leise wieder nach unten. Vor dem Esstisch blieb er stehen und griff nach der Mappe. Da lag seine Waffe. Lange starrte er sie an, bevor er sie an sich nahm und auf sich selbst fluchte.

Amrum, Haus von Nils Petersen, 02:04 Uhr

Nils öffnete sich in der Küche ein Bier, naschte von den kalten Resten des Fondues und ging zurück ins Wohnzimmer. Dort lief der Fernseher, Elke und Anna waren auf der Couch und dem Sessel eingeschlafen. Nils ließ sich in den freien Sessel plumpsen und stellte sein Bier auf dem Tisch ab. Beim Zurücklehnen schmerzte ihn das neue Messer hinten am Gürtel, und er löste es, um es sich noch mal in Ruhe anzuschauen. Er ließ die kleine Lederschnalle aufschnappen und zog die Klinge langsam aus der Scheide. Sie glänzte und blitzte im Licht der Lampe und warf Reflexionen an die Wand. Auch wenn er kein Waffennarr war, dieses Geschenk war eines der schönsten, die er je bekommen hatte. Er mochte die Form, den blanken Stahl, das Holz und natürlich die Gravur. Er prüfte vorsichtig an seinem Fingernagel, wie scharf die Klinge war, und staunte.

»Nicht schlecht«, flüsterte er vor sich hin. Sein Blick glitt über die Klinge hinweg auf den Bildschirm, wo über den Überfall auf einen Geldtransporter am frühen Abend in Hamburg berichtet wurde. Die Lautstärke war zu gering, als dass er bei dem Heulen des Sturms etwas hätte verstehen können. Er konnte nur anhand der Einblendungen ein paar Informationen aufschnappen und sah die Fotos vom Tatort und die Konterfeis der beiden Männer, die zur Fahndung ausgeschrieben waren. Sofort begann er, sich die Gesichter einzuprägen. Der typische Reflex eines Polizisten. Auch wenn sie hier auf der Insel weit weg von dem Geschehen auf dem Festland und insbesondere den Großstädten waren. Hier war man sicher wie in Abrahams Schoß.

Doch nein, da musste er sich leider selbst korrigieren. Der Serienmörder, den er vor fünf Jahren zur Strecke gebracht hatte, war hier gewesen. Hier und drüben auf Föhr, und er war ihnen sehr nah gekommen. Aber das war zum Glück eine sehr seltene Ausnahme und nun Vergangenheit, ebenso wie die Geschichte um seine Schwester. Er hatte Dinge erlebt, die man nicht für möglich halten würde, und er zweifelte manchmal selbst an der Wahrheit, die ihm so übel mitgespielt hatte. Es war ein wenig so, wie einen Film im Fernsehen zu schauen, ohne Ton, genau wie jetzt gerade. Alles war weit weg nach den Jahren, die dazwischenlagen. Und es war gut, dass er sich mittlerweile nur noch als Zuschauer sah, aus der Distanz beobachtete. Nie wieder wollte er in die Handlung hineingerissen werden und selbst zum Darsteller werden.

Er blickte zu seinen beiden Frauen, die friedlich schliefen. Ihnen durfte um keinen Preis in der Welt etwas geschehen. Dann steckte er das Messer zurück in das Etui.

Amrum, Haus »Dünenglück«, 02:06 Uhr

Martin sprang die Treppe nach oben. Es war Alexandras Stimme gewesen. Hinter ihm polterten die Schritte von Brockhaus auf den Stufen, und oben angekommen platzten sie beide in das Elternschlafzimmer.

Piet weinte und schrie. Alexandra stand mit ihm auf dem Arm auf der linken Seite des Bettes, verzweifelt in die Ecke gedrückt. Till kniete auf der anderen Seite und hielt sich das Gesicht. Blut quoll zwischen seinen Fingern hervor. Die Nachttischlampe aus Messing lag mit zerschlagenem Schirm vor ihm.

»Alex, was ist?«, hauchte Martin aufgelöst.

Ihre Brust hob und senkte sich, als hätte sie gerade einen Zweihundert-Meter-Sprint absolviert. Sie fixierte Till, der mit einer Hand nach dem Fenstersims tastete, um sich hochzuziehen.

Brockhaus ging an Martin vorbei auf Till zu, während Martin sich auf seine Frau zubewegte und sie in den Arm nehmen wollte. Piet schrie weiterhin mit rotem Kopf und nassen Wangen.

»Was hast du gemacht?«, fragte Brockhaus von oben herab. Till rappelte sich auf und schwankte ein wenig.

»Sie hat mir die verdammte Lampe übern Schädel gezogen«, zischte er und blickte auf seine blutigen Hände.

»Was hast du gemacht?«, wiederholte Brockhaus mit mehr Nachdruck in der Stimme.

»Nichts«, sagte er dumpf.

»Er ist zu mir ins Bett gekommen«, entgegnete Alexandra mit bebender Stimme. »Er wollte mich …« Sie konnte nicht weitersprechen.

Kaum hatte sie geendet, schlug Brockhaus zu. Es war ein harter, erbarmungsloser Schlag mitten in Tills Gesicht. Sein Kopf flog nach hinten, das Blut spritzte in einer Fontäne auf wie der Schweiß bei Boxern, und Till ruderte mit den Armen, um seinen Sturz aufzufangen. Sein riesiger Körper krachte rücklings gegen den Wandschrank, dessen Schiebetür aus dem Scharnier brach. Er fiel in den Schrank hinein und landete unsanft zwischen Regalbrettern.

Simon und die Kinder erschienen im Flur, aufgeschreckt von den lauten Geräuschen.

Till bewegte sich nicht mehr. Sein Oberkörper lag im Schrank, seine Beine waren draußen auf dem Teppich. Brockhaus packte beide Hosenbeine und zog Till heraus, als wäre er nur eine Puppe. Tills Hinterkopf schlug dumpf auf dem Boden auf, und er stöhnte benommen. Jetzt sah Brockhaus, dass Tills Gürtel und sein Reißverschluss geöffnet waren. Er griff zu seiner Waffe, entsicherte sie und drückte sie direkt auf Tills Genitalien. Dessen Kopf fuhr nach oben, und er sah panisch nach unten auf das, was Brockhaus da tat.

»Niemand«, sagte Brockhaus. *»Niemand«*, wiederholte er lauter, »vergeht sich hier an einer Frau, verstehst du das?«

»Ja, ja«, gab Till nickend zu verstehen.

»Gut, denn beim nächsten Mal schieße ich dir gleich deine Eier ab, kapiert?«

Till nickte wieder und hob die Hände.

»Gut.« Brockhaus sicherte die Waffe und stand auf. Er drehte sich zu den anderen um. »Tut mir leid«, sagte er an Alexandra gewandt. »Das wird nicht wieder vorkommen.«

Sie bewegte nur leicht den Kopf.

»Es sei denn ... ich ordne es an.« Er löste seinen Blick von ihr und lenkte ihn zu Simon. »Du schläfst hier«, sagte er.

Ohne ihn anzusehen, befahl er: »Till, du bleibst bei den Kindern.« Dann ging er hinaus.

Amrum, Haus »Dünenglück«, 03:47 Uhr

Die Lichter im Wohnzimmer waren gelöscht. Die einzigen verbliebenen Lichtquellen waren die inzwischen schwache Glut im Ofen und das bläuliche Licht des Fernsehers. Martin saß stocksteif auf der Couch und blickte zu Brockhaus, der seit ein paar Minuten eingeschlafen war. Seine Hand ruhte noch auf der Pistole, sein Kopf war zur Seite gerutscht und lag halb auf seiner rechten Schulter. Martin sah zu den Geschenken unter dem Tannenbaum. Einige waren noch verpackt, darunter auch das neue Handy für Joshua. Es könnte unsere Rettung sein, dachte Martin immer wieder. Wenn er doch nur einen Notruf absetzen könnte! Aber durfte er dieses Risiko eingehen? Falls Brockhaus erwachte und ihn erwischte, was würde er mit ihm tun? Andererseits musste Brockhaus vollkommen erschöpft und im Tiefschlaf sein.

Martins Mund war so trocken wie Asche. Vorsichtig setzte er sich auf, drückte seine Hände in die Polster des Sofas und erhob sich langsam. Brockhaus ließ er dabei nicht aus den Augen. Dessen Atmung war flach und regelmäßig, er hatte die Lider fest geschlossen. Das Flackern des Fernsehers beunruhigte Martin.

Doch er wollte ihn laufen lassen und streckte die Hand vorsichtig zur Fernbedienung auf dem Tisch aus. Sie könnte ihm ein Alibi verschaffen, falls Brockhaus erwachen sollte. Dann konnte er immer noch vorgeben, das Fernsehen ausmachen zu wollen. Er bekam sie zu fassen und legte behutsam seine Hand darum.

Als er sich vollends aufrichtete und einen Schritt in Richtung Baum machen wollte, knackten seine Sprunggelenke laut. Er blieb stehen, lauerte auf Brockhaus, der jedoch ungestört weiterschlief.

Als tastete er sich durch ein Minenfeld, arbeitete sich Martin Stück für Stück an die Geschenke heran, bis er mit seiner Fußspitze fast dagegenstieß. Um sich herunterzubeugen und die rechteckige Schachtel aufzunehmen, musste er Brockhaus nun allerdings den Rücken zuwenden. Er ging leicht in die Knie, warf noch einen letzten prüfenden Blick über die Schulter und streckte dann seine freie Hand nach der Schachtel aus. Er spürte das Geschenkpapier unter seinen Fingern und wollte sich wieder aufrichten, doch in dem Moment rutschte die Schachtel aus seinen Fingern, und er griff mit der zweiten Hand nach, in der er immer noch die Fernbedienung hielt, sodass er beide Gegenstände zu verlieren drohte. Mit zappeligen Fingern hielt er sie in der Luft, bekam sie wieder zu fassen und riss sie schließlich an seine Brust, wo er sie fest an sich drückte.

Brockhaus schlief weiterhin. Martin atmete erleichtert aus. Dann steckte er sich das Päckchen in seine Hose und ließ seinen Pullover darüber fallen.

Hier konnte er das Geschenk nicht auspacken, das wäre zu laut und offensichtlich. Er musste sich also in einen anderen Raum zurückziehen und schlich sich dafür in die Küche.

Mit einem Messer versuchte er, die Geschenkverpackung so schnell und leise wie möglich zu öffnen und an das Handy zu gelangen. Er schaffte es, das mittels einer Plastikfolientasche geschützte Gerät herauszuholen. Er musste sich beeilen. Das aufgeschnittene Geschenkpapier verstaute er in der Speisekammer. Hinter einer schmalen weißen Holztür im rückwärtigen Bereich der Küche befanden sich Regale mit Töpfen, Pfannen und allen möglichen Utensilien für den Haushalt. Er ließ Papier und Verpackung in einem Kochtopf verschwinden und schaltete das Handy ein. Bevor er es in Benutzung nehmen konnte, musste er die langwierige Prozedur des Einstellens durchführen. Mit zitternden Fingern tippte er alles ein, während ihm der Schweiß auf der Stirn stand.

»Martin?«, hörte er da Brockhaus fragen und zuckte zusammen vor Schreck. Er horchte, sein Herz hämmerte, und seine Knie wurden weich wie Pudding.

»Ja?«, rief er atemlos.

»Was tust du da?«

Martin sah sich suchend um und ließ das Handy schließlich in eine Packung Cornflakes fallen.

»Ich hatte Durst!«, rief Martin und hoffte, dass man ihm die Angst nicht anhörte. Eilig griff er sich zwei Wasserflaschen und schob mit dem Fuß die Tür zur Speisekammer zu. Kaum war das Schloss eingerastet, tauchte Brockhaus mit der Waffe im Anschlag in der Küchentür auf.

»Wollen Sie auch?« Martin hob eine der Flaschen an.

Brockhaus' Blick ging prüfend im Raum umher.

»Ist gut. Komm bitte wieder rüber, ja?«

Martin ging an Brockhaus vorbei ins Wohnzimmer.

»Nächstes Mal fragst du mich, ob du dir Wasser holen kannst.«

Sie nahmen wieder auf den Sofas Platz und tranken direkt aus den Wasserflaschen.

»Wo waren wir vorhin stehen geblieben?« Brockhaus richtete seinen Blick an die Decke. »Ach ja, bei deinem erbärmlichen, traumlosen Leben.« Er lachte gehässig und schaute durch die bauchige Wasserflasche auf den verzerrten Martin und das Wohnzimmer. »Kennst du dieses Foto von Herbert List? Es zeigt in Schwarz-Weiß einen Goldfisch im Glas auf einer Balustrade mit Ausblick auf die Caldera von Santorin. Du bist der Goldfisch in dem Glas mit der schönen Aussicht. Und ich bin ein Fisch unten im Wasser. Das ist der Unterschied zwischen uns.« Er trank und schmatzte zufrieden.

Martin sah ihm nur zu, antwortete aber nicht, auch wenn er meinte, das Foto schon mal in einem Magazin oder Buch gesehen zu haben. Er war heilfroh, der brenzligen Situation in der Küche entkommen zu sein, und sein Herz pochte immer noch wie wild.

»Hast du schon mal darüber nachgedacht, dass Dinge wie ›Gut und Böse‹ oder ›Gerechtigkeit‹ eigentlich gar nicht existieren? Ich meine, es sind fiktive Größen, die wir Menschen erfunden haben. Es hat rein gar nichts damit zu tun, dass es ein Naturgesetz gibt oder ein Gesetz irgendeines Gottes, denn den gibt es ja ebenso wenig. Wir erfinden einfach beliebige Wirklichkeiten und setzen sie absolut. Aber das ist kein Gefallen für die Menschheit und die Welt an sich, es ist anmaßend.«

»Einem anderen Menschen das Leben zu nehmen … ist das nicht auch anmaßend?«, setzte Martin dagegen.

»Ist ein Leopard anmaßend, wenn er eine Antilope reißt? Nein, es ist einfach der Lauf der Natur. Der eine muss sterben, um dem anderen das Leben zu ermöglichen. Man muss das als Gleichgewichtsrechnung ansehen und weniger mit Gefühlen wie Wut und Mitleid beurteilen. Es ist, wie es ist. Wir sind Tiere. Wir unterliegen so wie sie unseren Instinkten und Bedürfnissen, denken aber, weil unser Gehirn so weit entwickelt ist, dass wir was Besseres sind. Wir wollen gern viel mehr sein, weil wir so schrecklich von uns überzeugt sind.«

»Trotzdem haben Sie Ihren Partner bestraft für das, was er meiner Frau antun wollte. Sie hätten ihn gewähren lassen können.«

»Nur weil ich einen Plan habe, der zu befolgen ist. Alles, was nicht zu diesem Plan gehört, schadet meinem Vorhaben. Daher musste ich reagieren.«

»Ihr Prinzip ist Egoismus«, konstatierte Martin.

»Wir sind alle Egoisten«, entgegnete Brockhaus. »Du, ich, deine Frau, Till und Simon, deine Kinder, all die Leute da im Fernsehen. Jeder denkt am Ende immer nur an sich. Jeder will seine Schäfchen ins Trockene bringen. Wenn es hart auf hart kommt, rettet jeder sein eigenes Leben. Egal, wie klein es auch ist.«

»Es gibt Beispiele, die das widerlegen.«

»Ach ja? Weißt du was? Ich habe andere Erfahrungen gemacht. Ich habe Menschen gezwungen, solche Entscheidungen zu treffen, und immer wählten sie den vermeintlich sicheren Weg für sich selbst. Natürlich kann man immer groß rumquatschen, was man doch für ein toller Held wäre in dieser und jener Situation, aber wenn ich dir jetzt …«, er sprang plötzlich auf und drückte Martin seine Waffe fest auf die Stirn, »… die Knarre direkt ins Gesicht halte, wo ist dann der Heldenmut? Hm? Wir können nicht anders, das ist unsere Natur.«

Martin schloss die Augen und versuchte, sich nicht von der Angst übermannen zu lassen. Brockhaus wollte nur seine verqueren Ansichten unterstreichen, das hier war keine Attacke auf sein Leben.

Brockhaus nahm die Waffe wieder weg. Ein Abdruck prangte nun auf Martins Stirn.

»In dieser Hinsicht hab ich dir einiges voraus«, sagte Brockhaus und beugte sich dabei eindringlich zu Martin herunter, um seinen Blick aufzufangen.

Martin sah ihn nicht an. Er sah nur das Handy vor seinem inneren Auge, das in der Cornflakes-Packung in der Speisekammer steckte.

Amrum, Haus »Dünenglück«, 09:07 Uhr

Brockhaus, Simon und Till saßen am Esstisch und schauten zu, wie Joshua und Daniela den Frühstückstisch deckten. Tills Gesicht sah schlimm aus. Neben der Platzwunde an der Stirn, die Bernd ihm bei dem Überfall zugefügt hatte, hatte er nun ein blutunterlaufenes rechtes Auge und einen deutlichen Knick in der Nase. Beide Nasenlöcher waren blutverkrustet.

Alexandra saß mit Piet auf dem Boden vor der Couch und spielte mit ihm.

»Martin, ist es möglich, Rühreier und Speck zu bekommen? Habt ihr so was im Haus? Es ist immerhin Weihnachten. Ich will ein richtig opulentes Frühstück.«

Martin, der in der Küche gerade den Kaffee in eine Thermoskanne goss, war wenig begeistert von Brockhaus' Vorstellung eines gemeinsamen Frühstücks. »Ja, wir haben alles«, gab er knapp zurück.

»Und Cornflakes will ich auch«, rief Brockhaus.

Martin erschrak. Joshua kam in die Küche und ging an ihm vorbei zur Speisekammer, wo er nach der Cornflakes-Packung griff.

»Hey, nein, warte …«, flüsterte Martin.

Doch Joshua glitt an ihm vorbei. »Du hast doch gehört, er will welche.«

»Ja, aber …«

Sein Sohn war schon wieder draußen, sodass Martin ihn nicht mehr aufhalten konnte.

Daniela betrat die Küche.

»Der Kaffee?«, fragte sie. Ihre Augen waren geschwollen vom Weinen und hatten tiefe, dunkle Ränder.

»Hier.« Martin drückte ihr die Kanne in die Hand und streichelte ihr dabei über den Handrücken. »Es wird alles gut«, raunte er ihr zu und versuchte zu lächeln.

Er griff zur Pfanne und beeilte sich mit den Rühreiern, denn er wollte keine Sekunde verstreichen lassen, in der er nicht mit am Tisch saß und kontrollieren konnte, was mit der Cornflakes-Packung geschah.

Im Wohnzimmer war nun alles fertig gedeckt. Simon wollte sogleich zugreifen, doch Brockhaus hob die Hand.

»Mmh-mmh«, wehrte er ab, »wir warten, bis alle am Tisch sind. Das ist ein Familienessen, kapiert?«

Simon zog seine Hand zurück.

»Alexandra, kommt ihr beide auch dazu? Till wird mit großem Abstand zu dir sitzen.«

Alexandra fühlte sich mehr als unwohl, jetzt den Tisch mit diesem Mann zu teilen, doch sie wollte nicht zurückstecken. Sie wollte zeigen, dass sie stark war. Mit Piet auf dem Arm setzte sie sich neben Daniela.

»Die Nase wird schon wieder«, tröstete Brockhaus Till wie ein kleines Kind. »In Dänemark wird sich ein Arzt finden, der sie dir wieder richtet.«

Es war nur ein flapsig dahingesagter Satz, aber er war von immenser Bedeutung für Alexandra und ihre Familie. Darum schauten sie Brockhaus nun auch mit großen Augen an. Er hatte soeben ihr Ziel verraten.

Dass er kein Problem darin sah, sie davon zu unterrichten, konnte nur bedeuten, dass er sie am Ende ihrer Gefangennahme töten würde, damit sie diese Information nicht mehr weitergeben konnten.

Martin unterbrach diesen stillen Moment des Entsetzens und brachte die Pfanne mit den Rühreiern an den Tisch.

»Oh, das duftet hervorragend, Martin«, sagte Brockhaus und rieb sich die Hände. »Frohe Weihnachten für alle und guten Appetit!«

Niemand schickte sich an, zuerst etwas zu nehmen.

»Na, nun seid mal nicht so schüchtern und greift zu. Wir wollen ja auch nicht den Koch beleidigen, hm?«

Brockhaus tat sich zwei Löffel Rührei auf seinen Teller und nahm sich ein Stück Speck.

Martin saß nur stocksteif da und beobachtete die Packung Cornflakes. Er wusste, was passieren würde. Joshua aß zum Frühstück kaum etwas anderes. Sein Sohn griff zu und versuchte, die Flakes direkt aus der Packung in seine Schale zu gießen.

»Joshua, halt! Könntest du bitte die Tüte herausnehmen, sonst geht alles daneben.«

»Ich schaff das schon, danke«, gab Joshua kratzbürstig zurück und neigte die Packung über seine Schale. Martin hörte, wie innen das Handy nach vorn rutschte. Die Flakes rieselten in die Schüssel, doch Joshua drückte offenbar so fest, dass das Gerät nicht herausrutschen konnte. Er setzte die Packung wieder ab und strafte seinen Vater mit einem Blick.

Nun beugte sich Till, der sichtlich Schmerzen hatte, über den Tisch und nahm sich die Cornflakes. Auch er wollte sie in der Packung ausgießen, doch Brockhaus legte eine Hand auf seinen Arm.

»Wir wollen doch auf den Hausherrn hören und keine Krümel auf dem Tisch riskieren«, sagte er und zwinkerte dabei Joshua zu. Der verkniff sich ein Lächeln.

Unzufrieden schnaubend nahm Till die Tüte aus der Packung und schüttete die Cornflakes auf seinen Teller. Als er fertig war, streckte Brockhaus fordernd die Hand nach der Packung aus. Er sah zu Martin, als er begann, sie zu schütteln. Es raschelte. Martin schluckte. Brockhaus wurde misstrauisch.

»Was soll das? Da ist ja kaum noch was drin«, sagte er, und ein spöttisches Lächeln umspielte seinen Mundwinkel. »Ist das deine Vorstellung von Gastfreundschaft, Joshua, he? Die ganzen Cornflakes selbst zu essen?« Er lachte den Jungen an und stellte die Packung wieder hin. »Ich mach nur Spaß. Ich ess die Dinger auch ganz gern. In deinem Alter hab ich das Zeug verschlungen, mit 'ner Unmenge Zucker obendrauf.«

Er nahm sich einen Nachschlag vom Rührei und von dem Speck.

Unter dem Tisch entspannte Martin seine zu Fäusten geballten Hände.

»Was ist mit euch beiden, wollt ihr gar nichts essen?« Brockhaus zeigte mit seiner Gabel auf Alexandra und Martin. »Kann der kleine Piet nicht auch schon auf einem Brötchen rumkauen?«, fragte er und hielt Alexandra eine Hälfte hin.

Sie sah ihn abweisend an und reagierte nicht.

»Okay. Ich zwinge keinen. Nur wenn es sein muss«, murmelte er und trank schlürfend seinen Kaffee.

In diesem Moment klingelte es an der Tür, und alle fuhren herum.

Hamburg, Gorch-Fock-Wall, 09:42 Uhr

Stehlbek war an diesem Morgen früh aufgestanden und hatte zusammen mit seinen beiden Töchtern Geschenke ausgepackt. Dann war er ins »Rädchen«, wie sie das Polizeipräsidium wegen seiner runden Form mit den Zähnen nannten, und von da zusammen mit Ullrich weiter zur Staatsanwaltschaft gefahren. Ihr Weg hatte sie an der Spielbank Esplanade vorbeigeführt, deren gestrigen Tageseinnahmen sie nun auf der Spur waren. Beiden ging es jedoch nicht um das Geld, die gestohlene Summe war sekundär. Sie hatten drei Tote zu beklagen und wollten die Männer finden, die sie auf dem Gewissen hatten.

»Mir graut vor dem Tag«, sagte Ullrich matt gegen die Scheibe des Seitenfensters. Stehlbek wusste, worauf er anspielte. Nach dem Termin mit der Staatsanwältin wurde es Zeit, die Angehörigen der drei Todesopfer aufzusuchen, um sie zu befragen.

»Ja, das ist immer der schlimmste Teil. Und dann ist zu Hause auch noch dicke Luft ...«

»Meine Frau möchte mich am liebsten mit der Lichterkette erwürgen«, meinte Ullrich. »Würde mich nicht wundern, wenn heute Abend die Scheidungspapiere unterm Baum liegen.«

»Wir haben dieselbe Frau«, sagte Stehlbek, und beide lachten traurig.

Die Staatsanwältin Dr. Verena Koerner war eine noch junge, jedoch extrem hartnäckige Frau, die scheinbar niemals lachte und deren stahlblaue Augen einen hinter den schmal geschnittenen Brillengläsern immer scharf fixierten. Stehlbek musste zugeben, dass er ihrem Blick nicht lange standhalten konnte und dass er sich, wenn er sich abwandte, immer unwohl fühlte. So etwas hatte er in seiner Laufbahn selten erlebt, und er war froh, dass sie auf seiner Seite war.

»Frohe Weihnachten wünsche ich Ihnen beiden«, sagte sie zur Begrüßung und bat sie in ihr geräumiges Büro. Stehlbek wusste, dass auch sie zwei Kinder hatte und am heutigen Tag sicher etwas anderes vorgehabt hätte.

»Ihnen auch.« Er nahm mit Ullrich auf den beiden Stühlen vor ihrem riesigen Schreibtisch Platz.

»Sie können sich sicher denken, dass mich die Nachricht von gleich zwei Fällen am Heiligen Abend ebenso wenig erfreut hat wie Sie beide«, begann sie und ordnete dabei ein paar Unterlagen auf ihrem Tisch, ehe sie aufblickte und ihre Besucher musterte. »Wir haben die ganze mediale Aufmerksamkeit. Die Reporter stehen Schlange und mein Telefon nicht still. Also bitte, geben Sie mir wenigstens etwas Hoffnung, dass wir diese Fälle bald erfolgreich zum Abschluss bringen können.« Sie faltete die Hände und erwartete nun die Ausführungen der beiden Beamten.

»Wissen Sie, es ist so«, erklärte Stehlbek. »Wir haben da zum einen diese beiden erschossenen Sicherheitsmänner bei dem Überfall auf den Geldtransporter. Zwei weitere Mitarbeiter der Firma sind hochgradig tatverdächtig und wurden von Kommissar Ullrich bereits zur Fahndung ausgeschrieben.«

»So weit bin ich im Bilde.«

»Ja, der andere Fall scheint nun aber mit diesem in Zusammenhang zu stehen. Die Kollegen vom Organisierten Verbrechen hatten einen kürzlich entlassenen Sträfling unter Beobachtung, der zufällig genau über dem Opfer wohnte und seit gestern verschwunden ist. Er saß zusammen mit einem der Tatverdächtigen in dem anderen Fall in Fuhlsbüttel ein. Sie kennen sich also. Und sie sind am Tatabend von einem Beamten zusammen gesehen worden, als sie mit der Beute aus dem Überfall ein Boot zur gemeinsamen Flucht bestiegen, wie wir jetzt wissen. Ich halte diesen Mann, Karl Brockhaus heißt er, für den Kopf des Ganzen. Wir benötigen daher Haftbefehle für die drei Männer und Durchsuchungsbeschlüsse für ihre Wohnungen.«

Die Staatsanwältin fixierte ihn mit ihren eisblauen Augen. Dann las sie von einem Blatt Papier etwas ab.

»Mir ist zu Ohren gekommen, dass Sie bereits in die Wohnung des Herrn Brockhaus eingebrochen sind. Wie kam das?«

Stehlbek hatte diese Frage erwartet, er war sich bis zu diesem Zeitpunkt jedoch nicht sicher gewesen, ob er sie ganz ernsthaft oder vielleicht mit etwas augenzwinkerndem Humor beantworten sollte. Er entschied sich für die ernsthafte Variante. Jemand, der nie lachte, würde heute, in dieser Situation, wahrscheinlich nicht damit anfangen.

»Ich klingelte an der Tür, um die Person zu befragen, und hörte von drinnen Hilferufe. Da musste ich handeln und verschaffte mir Zutritt zu der Wohnung.«

»Und wer rief denn da nun um Hilfe?« Sie legte den Kopf leicht schief und blinzelte ihn an.

»Die Wohnung war verlassen, aber der Fernseher lief. Das konnte man vom Flur aus nicht unterscheiden.« Stehlbek presste die Lippen aufeinander und räusperte sich.

»Hauptkommissar Stehlbek, ich bemühe mich redlich, Verbrechern wie diesem Brockhaus das Handwerk zu legen. Ich erinnere mich sogar an diesen Mann. Sein letzter Prozess war einer meiner ersten, und ich kann sagen, dass ich ihn für sehr gefährlich halte. Aber um als Rechtsstaat gegen solche Personen vorzugehen, brauchen wir gesetzeskonforme Mittel. Ansonsten … ansonsten flutschen uns die Verbrecher durch die Finger wie Fische. Das können wir uns nicht erlauben.«

»Ja, ich verstehe«, sagte Stehlbek beflissen.

Sie sah ihn lange abschätzend an.

»Sie kriegen die Durchsuchungsbeschlüsse und auch die Haftbefehle«, entschied sie dann. »Ab jetzt behandeln wir diese beiden Fälle als einen. Das heißt: Sie beide sind ab sofort ein Team.« Sie deutete mit dem Zeigefinger von Stehlbek zu Ullrich und wieder zurück. »Für übermorgen beraume ich eine Pressekonferenz an, bei der Sie und Sie und ich und der Polizeipräsident anwesend sein werden, um uns den Fragen der Journalisten zu stellen. Dazu müssen wir uns vorher ganz präzise abstimmen.«

Die beiden Beamten nickten.

»Und ich möchte wissen, was es mit diesem anderen Opfer auf sich hat. Warum wurde der Mann ermordet? Was hatte er mit dem Überfall zu tun? Hat er etwas gehört oder gesehen, oder war er vielleicht ein alter Bekannter von Brockhaus? Denn davon hatte er vor dem Knast viele. Alle Ermittlungsfortschritte geben Sie bitte umgehend an mich weiter.«

»Etwas haben wir noch erfahren«, meldete sich Ullrich zu Wort. »Das Boot, mit dem sie getürmt sind, ist nicht geklaut. Es gehört Brockhaus selbst.«

Amrum, Haus »Dünenglück«, 09:45 Uhr

»Wer ist das?«, fragte Brockhaus.

»Keine Ahnung, vielleicht der Vermieter«, schätzte Martin und stand zögerlich auf, weil er nicht wusste, ob er durfte oder nicht. »Was soll ich machen?«

Brockhaus, der nach seiner Waffe gegriffen hatte und sie unter dem Tisch hielt, nickte in Richtung der Tür. »Mach auf, frag, was er will. Sei freundlich und höflich. Und wimmle ihn ab. Wenn du ihm irgendein Zeichen gibst, erschieße ich deine Tochter.«

Martin ging gebückt vor Sorge zur Haustür.

»Ihr anderen verhaltet euch völlig normal. Na, los, esst schon weiter!«, befahl Brockhaus.

Kurz bevor Martin die Tür erreicht hatte, sah er den Vermieter durch die schmale Scheibe am Eingang spähen. Martin nickte grüßend und öffnete ihm.

»Moin und frohe Wiehnacht!«, grüßte Herr Dirks. Er war ein großer, hagerer Mann in den Siebzigern mit weißem Haar und wettergegerbtem Gesicht. »Ich wollt nur mal schaun, ob Sie alles gut angetroffen haben.« Er musste laut sprechen, weil der Wind, der immer noch nicht nachgelassen hatte, so laut rauschte. Seine Haare umwehten seinen Kopf.

»Alles ganz wunderbar«, antwortete Martin. »Und vielen Dank für den Baum, Sie haben unser Fest perfekt gemacht.«

»Gern geschehen, gern geschehen. Hätten Sie vielleicht die Gastkarten schon da? Ich möchte bei dem Wetter nicht so oft rausfahren, wissen Sie.«

»Die Gastkarten? Ach so, ja … äh … ausgefüllt hab ich sie noch nicht.« Martin blickte über seine Schulter zu Brockhaus, der von seinem Platz am Esstisch den Flur einsehen konnte und freudig in Richtung Eingang winkte.

»Morgen«, grüßte er.

»Ah, Sie haben Besuch. Wie nett«, sagte Herr Dirks.

»Kommen Sie doch einen Moment rein«, bot Martin an, »dann fülle ich die Karten rasch für Sie aus. Bei dem Wind kann man ja kaum die Tür öffnen.«

Herr Dirks humpelte mit seinen O-Beinen herein und lächelte die Gesellschaft am Tisch freundlich an.

»Tja, wir haben Freunde von uns getroffen«, erklärte Martin. »Sie wohnen ganz in der Nähe. Wo sind denn die Karten hin?«, fragte er seine Frau.

»In der Küche gleich links«, antwortete Alexandra und traute sich nur, den Finger zu heben.

»Ich hole sie«, sagte Martin und ging in die Küche.

»Da haben Sie aber Glück gehabt, dass Sie gestern überhaupt noch auf die Insel gekommen sind«, sagte Herr Dirks zu Alexandra und sah erfreut dem kleinen Piet zu, der wieder mal nach dem Besteck greifen wollte.

»Ja, es war die letzte Fähre, und wir hatten einen der letzten Plätze«, erzählte Alexandra.

»Glückspilze seid ihr«, sagte Herr Dirks und sprach dabei mehr Piet als sie an.

Alexandra warf einen verbitterten Blick zu Brockhaus.

In der Küche stand Martin über die Gastkarten gebeugt. Er drehte eine davon um und überlegte, ob er auf die Rückseite eine Nachricht schreiben sollte. Würde Brockhaus aufstehen und ihn kontrollieren? Was konnte er schreiben? Herr Dirks durfte auf keinen Fall nachfragen und noch mal hier auftauchen.

»Simon, hol uns doch bitte noch ein paar Brötchen aus der Küche«, hörte er Brockhaus sagen und wusste sofort, dass es ihm nicht um die Brötchen ging. Schnell drehte er das Blatt wieder um und begann, seine Daten einzutragen. Simon ging an ihm vorbei und schaute ihm über die Schulter.

Im Wohnzimmer wurde Herr Dirks auf Till und seine Gesichtsverletzungen aufmerksam.

»Du meine Güte, was ist Ihnen denn widerfahren?«, fragte er.

Till stockte und wusste nicht recht, was er sagen sollte.

»Sieht schlimm aus, nicht?«, sprang Brockhaus für ihn ein. »Ein Sturmschaden«, erklärte er. »Der Wind hat die Räder vom Dach gefegt und ihm direkt ins Gesicht. Nase gebrochen.« Er zeigte auf seine Platzwunde über dem Auge. »Ich hab einen Lenker abgekriegt.«

»Ach du je. Brauchen Sie einen Arzt? Der ist drüben in Norddorf. Ich kann ihn anrufen.«

»Nein danke. Es geht schon«, sagte Till. »Das hat sich schon jemand angeschaut. Ich kühle es. Mehr kann man im Moment nicht machen.«

»Und das zu Weihnachten«, sagte Herr Dirks und schüttelte den Kopf. »Je oh je ...«

Martin schrieb indes die Daten von Alexandra auf. Simon kam näher und schaute ihm auf die Finger.

»Schön deutlich schreiben, Martin«, flüsterte er und zog sein T-Shirt hoch. Auch in seinem Gürtel steckte eine Waffe. Dann ließ er ihn allein.

Martins Hände zitterten, als er die Namen seiner Kinder eintrug. Bei der Wohnortangabe hielt er inne. Der Stift schwebte wackelnd über dem Papier, während Martin überlegte, ob er es riskieren sollte.

»Wenn ich das gewusst hätte, hätte ich Ihnen ein Fläschchen mitgebracht. Meine Frau macht einen Rumtopf, der lässt Sie jegliche Schmerzen vergessen«, sagte Herr Dirks im Wohnzimmer, und die Männer lachten.

Martin nahm all seinen Mut zusammen und schrieb anstelle der Postleitzahlen »505« für »SOS«. Er hoffte, dass Dirks das verstehen würde.

»Martin, dein Kaffee wird kalt!«, rief Brockhaus. Martin marschierte energisch ins Wohnzimmer.

»So, alles fertig.« Er reichte Dirks den Bogen.

»Prima, ich kümmere mich darum, zu zahlen brauchen Sie nichts mehr. Ist ja mit der Miete schon erledigt«, sagte Dirks.

»Dürfen wir Ihnen noch einen Kaffee anbieten?«, fragte Martin sehr zur Verwunderung von Alexandra und auch Brockhaus.

»Nein danke. Ich will gleich wieder los. Frühstücken Sie noch schön, und feiern Sie ordentlich. Sollten Sie noch was brauchen, rufen Sie mich einfach an.«

»Vielen Dank, aber das wird bestimmt nicht nötig sein«, entgegnete Martin.

Dirks hob zum Abschied grüßend die Hand und drehte sich um. Martin begleitete ihn bis zur Tür.

»Alles Gute für Sie«, sagte Dirks, und Martin hielt ihm die Tür auf.

»Fahren Sie vorsichtig.«

Der Alte humpelte davon, und Martin drückte die Tür wieder ins Schloss. Er atmete einmal tief durch.

»Gut gemacht, Martin«, lobte Brockhaus von hinten. »Du bist wirklich ein Gast, wie man ihn sich wünscht.«

Martin kehrte zum Tisch zurück.

»Mir ist das zu gefährlich, ich hätte den Kerl lieber umgelegt«, sagte Till. »Er hat uns gesehen, kann uns beschreiben.«

»Aber wenn wir ihn jetzt umbringen, wird sich jemand wundern, warum er nicht nach Hause kommt, und dann haben wir die Bullen schneller vorm Haus, als uns lieb sein kann. Da ist es doch besser, wenn wir ihn einfach in dem Glauben lassen, es sei alles in bester Ordnung«, erwiderte Brockhaus und legte behutsam seine Waffe auf den Tisch. »So hat er keinen Grund wiederzukommen, und niemand schöpft Verdacht.«

Daniela legte eine Hand über ihre Augen und senkte den Kopf, sodass ihre Haare vor ihr Gesicht fielen. An ihren bebenden Schultern erkannte man, dass sie weinte. Alexandra legte tröstend eine Hand auf ihren Rücken und streichelte sie.

»Man sollte verpassten Chancen nicht zu lange nachweinen, Dani«, erklärte Brockhaus scheinbar mitfühlend. »Ich sag euch, was wir jetzt machen. Wir haben euch gestern unterbrochen, weshalb einige Geschenke noch nicht ausgepackt sind.

Ich brenne geradezu darauf zu erfahren, was ihr bekommt. Ich schlage also vor, dass wir alle rüber zum Weihnachtsbaum gehen und ein zweites Mal bescheren. Was haltet ihr davon, hm?«

Hamburg-Reinbek, Oher Straße, 11:23 Uhr

Stehlbek und Ullrich saßen gemeinsam im Dienstwagen, sie fuhren über eine schmale, verlassene Landstraße.

»Wir sind doch hier schon wieder komplett raus aus dem Wohngebiet«, meinte Stehlbek zweifelnd.

Ullrich schaute prüfend auf das Navi. »Ist aber richtig. Da vorn vor der Kiesgrube müssen wir rechts ab.«

Stehlbek setzte den Blinker und bog in einen einsamen Wirtschaftsweg ein. Sie passierten die Kiesgrube.

»Das ist ja echt am Arsch der Heide«, sagte Ullrich.

»In einhundert Metern links abbiegen«, sagte das Navi. »Dann links halten.«

Stehlbek fuhr auch in diesen Weg hinein und beugte sich vor, um besser sehen zu können.

»Wer wohnt denn hier?«, fragte er.

Sie bogen noch zweimal rechts ab und fanden sich schließlich auf einer Schotterstraße wieder, die an vertrockneten Bäumen vorbei bis zu einer Art Hofeinfahrt führte. Im Schritttempo rollten sie auf eine sandige Fläche zwischen einem baufälligen Schuppen mit kaputtem Dach und einem ebenso baufälligen wie schlecht ausgebesserten Haus. Auf einer Art Gartenfläche, die übersät war mit Schrott, von alten Möbeln bis hin zu Motorrädern und Werkzeugen, standen selbst gezimmerte Hütten aus Holz, bedeckt mit Wellblech- und Plastikdächern, die dem Wind kaum noch standhalten konnten, so schien es. Hühner liefen hinter einem Maschendrahtzaun in einem dreckigen Stall umher, und neben dem Haus lag ein grauer, staubiger Hund, der mit einer Kette, die sich kreisrund durch die Rinde gefressen hatte, am Stamm einer Birke angebunden war. Das Tier hatte sich mit eingeklemmtem Schwanz so weit in die Ecke zwischen dem Haus und den Eingangsstufen zurückgezogen, dass der Wind es nicht mehr so heftig traf.

Die beiden Beamten schluckten, als sie anhielten und Stehlbek den Motor abschaltete.

»Na, herzlich willkommen«, kommentierte Ullrich das trostlose Bild.

»Das kleine Paradies des Herrn Zumrot senior«, sagte Stehlbek. »Na, dann wollen wir mal.«

Sie stiegen aus und näherten sich mit gesenkten Köpfen dem Haus, ohne dabei den Hund aus den Augen zu lassen.

»Was ist das für einer? Ein Stafford?«, fragte Ullrich.

»Mich interessiert mehr, wie lang die Kette ist«, entgegnete Stehlbek und legte seine Hand an die Waffe.

Das Tier hob zwar den Kopf, machte aber keine Anstalten, sich aus seiner Position zu erheben. Sie gingen weiter bis zur Haustür, und Stehlbek drückte die Klingel.

Nichts tat sich. Stehlbek versuchte es erneut und klopfte obendrein. Aber niemand öffnete.

Ullrich blickte über den Hof.

»Vielleicht in dem Schuppen da. Brennt da Licht?«

An der Front waren nur schwere Schiebetüren aus Holz, aber keine Fenster zu sehen. Jedoch fiel seitlich ein matter Schein auf mannshohe Unkrautbüsche.

Sie klopften also am Holztor und vernahmen metallische Geräusche von drinnen.

»Hallo, Herr Zumrot?«, rief Stehlbek.

Innen wurde anscheinend eine Kette gelöst, dann schob jemand das Tor zur Seite. Ein Mann mit ungepflegtem Schnäuzer und struppigen grauen Haaren stand vor ihnen. Er trug einen mächtigen Bauch vor sich her und war nur mit einem Baumwolltrainingsanzug bekleidet, der gut und gern dreißig Jahre auf dem Buckel hatte und sicher seit mehr als zwei Wochen ohne Wäsche getragen wurde. Eine starke Bierfahne wuchs ihnen entgegen.

»Was wollen Sie?«, fragte der Mann abweisend.

»Herr Zumrot?«

»Ja, wer will das wissen?«

Stehlbek und Ullrich hoben ihre Ausweise.

»Kripo Hamburg. Das ist Oberkommissar Ullrich, mein Name ist Stehlbek.«

»Und?«

»Dürften wir einen Augenblick mit Ihnen sprechen?«

»Warum?«, fragte er misstrauisch.

»Es geht um Ihren Sohn.«

Er schmatzte unter seinem dichten Bart und grummelte unzufrieden vor sich hin. »Aber nur kurz, ich muss arbeiten«, sagte er dann. Er zog das Tor weiter auf.

Stehlbek und Ullrich traten ein. Es war schummrig dunkel hier drin. Die verstaubten Neonröhren an der Decke gaben kaum noch Licht ab. Es roch erstickend nach Öl, Benzin und Schweiß.

»Sagen Sie, Ihr Hund ist noch draußen bei dem Wetter«, merkte Ullrich an.

»Ja, ja, der ist das gewohnt.« Zumrot warf einen öligen Lappen, mit dem er sich notdürftig die Hände sauber gemacht hatte, auf die Motorhaube eines aufgebockten Audi 80 aus den frühen achtziger Jahren. Die Werkstatt, oder was es war, war vollgestopft mit Fahrzeugen aller Art. Motorroller, Mopeds, Rasenmäher, ein kleiner Traktor, drei alte Oldtimer in schlechtem Zustand und bestimmt dreißig, vierzig Fahrräder. Altmetall-, Blech- und Holzteile lagen oder standen an die dunkelbraun gestrichenen Wände gelehnt. Der betonierte Boden war mit einer Mischung aus Sand, Sägespänen, Öl und Roststaub bedeckt. Von draußen drückte der Wind bedenklich gegen die einfach verglasten Fenster an der Seite des Gebäudes. »Was wollen Sie wissen?«

»Haben Sie von dem Raubüberfall auf den Geldtransporter gehört?«, fragte Stehlbek.

»Nein. War er das?«

»Nun, wir gehen davon aus, dass er einer der Mittäter war. Wann haben Sie Ihren Sohn zuletzt gesehen?«

Er kratzte sich über die strohigen Haare. »Keine Ahnung, vor sechs oder sieben Wochen. Manchmal kommt er einfach hierher, auch wenn ich nicht da bin.«

»Und hat er bei seinem letzten Treffen mit Ihnen irgendwas Besonderes erwähnt?«

»Besonderes? Nein, er kommt nur, wenn er was braucht. Geld, 'nen Wagen, Werkzeug oder so was.«

»Und … brauchte er was?«

»Ja, 'nen Wagen. Hab ihm einen besorgt und wieder flott gemacht. Er hat sogar mal bezahlt dafür.«

»Was war das für ein Wagen?«, fragte Ullrich.

»Ford Fiesta.«

»Rot?«, fragte Ullrich weiter, auch wenn er die Antwort schon wusste.

»Ja. Was ist damit?«

»Der Wagen wurde bei dem Überfall benutzt.«

»Scheiße«, fluchte Zumrot. »Gott, mir wär's am liebsten, Sie würden den Jungen für lange Zeit einbuchten. Damit er endlich mal kapiert, was läuft.«

»Wenn wir ihn erwischen, können wir Ihren Wunsch erfüllen«, meinte Stehlbek. »Herr Zumrot, bei dem Überfall wurden zwei Männer erschossen. Wir wissen nicht, wer geschossen hat, aber Ihr Sohn könnte damit auch wegen Mordes angeklagt werden.«

Zumrot stützte sich an der Motorhaube ab und legte das Kinn auf die Brust. »Mord«, wiederholte er und schüttelte den Kopf.

»Sie wissen, dass Ihr Sohn bei den Hells Angels aktiv ist?«

Er nickte.

»Hat er jemals einen Mann namens Brockhaus erwähnt? Karl Brockhaus?«

Zumrot dachte einen Moment lang nach, ehe er antwortete. »Dieser Kerl hat ihn völlig kaputtgemacht. Er war vorher schon ein faules, dämliches Arschloch. Aber dieser Brockhaus … der hat ihm den Rest gegeben. Jede dumme Idee kam von ihm, und Till ist einfach gesprungen, weil er dem Scheißkerl irgendwie vertraut hat oder seinen leeren Versprechungen geglaubt hat. Na ja, man sieht ja, was dabei rausgekommen ist.«

»Brockhaus könnte auch bei dem Überfall eine Rolle gespielt haben. Wissen Sie, ob Ihr Sohn in letzter Zeit Kontakt zu ihm hatte?«

»Ich sag Ihnen was: Kontakt hin oder her, davon weiß ich nichts, das erzählt er mir auch nicht. Aber wenn Sie diesen Brockhaus erwischen, tun Sie sich und uns allen einen Gefallen und knallen Sie den Kerl ab.«

»Wie sieht's mit einer Lebensgefährtin aus, hatte Ihr Sohn eine Beziehung, wissen Sie das?«

»Lebensgefährtin«, wiederholte Zumrot, als hätte er das Wort noch nie gehört. »Hören Sie, da, wo er sich rumtreibt, hat man keine Lebensgefährtin. Die Frauen sind alle gekauft, oder man hat sie irgendwo eingesackt und vor, sie zu verkaufen. Mich geht das aber alles nichts mehr an. Ich will nichts damit zu tun haben, das weiß Till auch.«

»Wie sieht's mit Waffen aus?«, wollte Ullrich wissen. »Besitzt Ihr Sohn welche?«

Zumrot lachte. »Die Frage ist eher, welche er nicht besitzt. Er hatte sogar mal welche hier gelagert, auf meinem Grundstück. Hab nichts davon gewusst, bis er eines Tages mit vier Leuten ankam und hinten aus dem Feld eine ganze Kiste ausgegraben hat. Ich sag's Ihnen ja, ich bin froh, wenn Sie ihn einbuchten. Ist das Beste.«

»Hat er Ihnen jemals von seiner Arbeit erzählt?« Stehlbek kramte eine Visitenkarte aus seinem Portemonnaie.

»Arbeit? Der und Arbeit? Nein, kann ich mir nicht vorstellen.«

»Doch, er hatte seit Langem einen Job bei einer Security-Firma.«

»Hör ich zum ersten Mal.«

»Herr Zumrot, das war's schon, vielen Dank für Ihre Auskünfte. Sollte Ihnen noch etwas einfallen, können Sie mich hier erreichen.« Er händigte ihm die Karte aus.

Zumrot blickte misstrauisch auf das Stück Karton.

»Wäre mir lieber, Sie rufen an und sagen, dass Sie ihn haben.«

Amrum, Haus »Dünenglück«, 11:31 Uhr

Der Fernseher lief. Martin und seine Familie hatten auf der einen Couch Platz genommen, Brockhaus saß ihnen mit Simon gegenüber. Till war am Esstisch geblieben.

»Till, was ist? Willst du nicht mitfeiern?«, rief Brockhaus.

»Nein«, antwortete Till leise.

»Hat wohl noch Schmerzen. Habt ihr Aspirin oder so was im Haus?«, fragte Brockhaus in Richtung Martin.

»Ja, ich kann's holen.« Martin stand auf.

»Ja, bitte, wir wollen ihn doch nicht unnötig lange leiden lassen. Auch wenn es selbst verschuldet ist, nicht wahr, Alexandra? Wir denken christlich zur Weihnachtszeit. Liebe deinen Nächsten, Vergebung und so weiter. Simon, Till bekommt Aspirin zu Weihnachten. Hast du denn auch schon was Hübsches bekommen außer ein paar Millionen Euro?« Brockhaus lachte munter und schlug Simon aufs Knie.

Der griff unentschlossen in seine Hosentasche und zog das Feuerzeug heraus. Brockhaus machte große Augen.

»Ein Sturmfeuerzeug? Im größten Sturm seit Jahren? Simon, was für ein tolles Geschenk. Von wem hast du's?«

»Von meiner Mutter«, gab er kleinlaut zu.

»Weißt du was? Deine Mutter muss reich beschenkt werden, wenn wir erst über alle Berge sind. Stimmt's nicht?«

»Doch.«

»Genau. Und wie machen wir nun weiter? Wer hat denn gestern Abend noch gar nichts bekommen?« Brockhaus blickte fragend zu Alexandra, während Martin wieder ins Wohnzimmer kam und die Packung Aspirin vor Till auf den Tisch legte.

»Piet hatte noch nichts«, antwortete sie.

»Piet!«, sagte Brockhaus erfreut. »Mein Freund Piet ist jetzt an der Reihe. Martin, du stehst schon, gib deinem Sohn sein erstes Geschenk.«

Unschlüssig beugte sich Martin über die Geschenke.

»Gott, das ist so erbärmlich ...«, murmelte Joshua und wandte sich ab.

»Was ist? Hast du was an der Bescherung auszusetzen, Joshua?«, wollte Brockhaus wissen.

»Nichts, nur mein Vater, der da rumkriecht wie ein ... keine Ahnung.«

»Sei lieber still«, raunte Martin ihm über die Schulter zu.

»Er hat mich doch gefragt«, gab Joshua zurück und deutete auf Brockhaus.

»Joshua«, ermahnte ihn seine Mutter.

»Du bist also der Meinung, dein Vater ist ein Kriecher, ja?«, mischte Brockhaus sich wieder ein.

»Was macht er denn da sonst, Alter? Er gibt hier den Scheißsklaven für euch!«

»Und das würdest du nie tun, nicht wahr?« Brockhaus hob neugierig sein Kinn.

»Keine Ahnung, aber jedenfalls nicht so.«

Martin stand mit dem Geschenk im Arm hilflos zwischen den beiden Sofas.

»Na, los. Gib's ihm«, forderte Brockhaus ihn auf. »Dein Vater gibt euch jetzt eure Geschenke, Joshua. Dir auch. Er hat bestimmt hart dafür gearbeitet.«

»Ja, sicher«, stieß Joshua abfällig hervor.

Martin legte Piet das Geschenk auf die kleinen Beinchen. Mit den Händen trommelte der sofort wie wild auf der Packung herum.

»Na, was kann denn da drin sein?«, fragte Brockhaus. »Mach auf, zerreiß das Ding!«

Alexandra half ihm, und der Kleine zerfetzte das Papier, unter dem sich eine Packung mit einem Spielzeughandy verbarg.

»Piet, dein erstes Handy.« Brockhaus klatschte in die Hände. »Pädagogisch wertvolle Früherziehung.«

Alexandra öffnete den Karton und gab Piet das Handy, das dieser sich sofort ans Ohr hielt. Es war eine so spontane Geste, dass alle im Raum, auch Till und Simon, lachen mussten.

»Du bist mir ja einer, Piet. Und jetzt ein Geschenk für Daniela«, bat Brockhaus. »Eine Ukulele hast du ja schon. Eine wirkliche Schönheit.«

Martin hob ein weiteres Paket auf, überreichte es seiner Tochter und nickte ihr liebevoll zu, um ihr Mut zu machen.

Daniela schlitzte das Papier an der Seite mit einem Finger auf und entnahm ihm ein Mikrofon. Sie war sichtlich überrascht.

»Oh, das ist aber kein Billigmikro, Dani. Damit machst du professionelle Aufnahmen«, ließ Brockhaus beeindruckt hören.

»Danke schön«, sagte sie leise und sah dabei Martin und Alexandra an.

»Na, und nun fehlt noch der gute, rebellische Joshua.« Brockhaus blickte suchend auf den Geschenkestapel unter dem Baum.

Martin warf einen alarmierten Blick zu Alexandra. Er sah die Angst in ihren Augen, als sie das Geschenk nicht mehr unter den anderen finden konnte. Auch Daniela suchte nun, denn sie wusste ja, dass ihr Bruder noch sein Hauptgeschenk bekommen musste.

»Also, Joshua hat gestern schon alles ausgepackt«, sagte Martin mit brüchiger Stimme und traute sich kaum, seinen Sohn dabei anzuschauen.

»Ach, was gab's denn?«

»Die Jacke dort.« Martin deutete mit dem Finger darauf. Joshua hielt das zunächst für einen Scherz, doch als er ins Gesicht seines Vaters sah, konnte er keine Spur von Humor erkennen. Er versuchte, seine Enttäuschung zu überspielen, indem er sich betont lässig zurücklehnte und mit Piet Kontakt aufnahm.

»Eine Jacke«, wiederholte Brockhaus, und eine unangenehme Pause entstand.

Alexandra verstand nicht, was passiert war, und es tat ihr so leid für ihren Sohn, der nun glauben musste, dass er nur dieses eine Geschenk bekommen hatte. Eine Träne rann ihr über die Wange, als sie Piet auf den Kopf küsste.

»So, und jetzt zum peinlichen Teil der Show. Sehen wir mal, was sich das Paar geschenkt hat. Socken und Krawatte für Martin und Bügeleisen und Schürze für Alexandra?« Brockhaus feixte, doch keiner der Anwesenden konnte auch nur darüber schmunzeln. »Und bitte gleichzeitig öffnen.«

Brockhaus hatte sichtlich Spaß an diesem kleinen Spießrutenlauf für Martin und Alexandra. Martin nahm beide Geschenke hoch. Ein kleines, würfelförmiges und ein größeres, rechteckiges, recht flaches Päckchen. Er reichte es seiner Frau.

»Und los!«, dirigierte Brockhaus.

Martin und Alexandra fühlten sich nicht wohl in ihrer Haut und unter den Augen ihrer Belagerer. Beide wussten, dass dies eine Bloßstellung für sie und ihre Beziehung werden würde. Darum traute sich keiner zu beginnen.

»Na, wird's bald?«, drängte Brockhaus.

Daniela und Joshua sahen angespannt zu, wie ihre Eltern die Geschenkverpackungen entfernten.

Dann hielt Martin ein Schmucketui aus dunkelblauem Samt in den Händen und konnte gar nicht glauben, dass es für ihn bestimmt war. Alexandra packte ein Fotobuch aus. Auf der Titelseite war ein Bild von ihnen beiden aus der Schulzeit zu sehen. Sie hielten sich in den Armen und lachten in die Kamera. Im Hintergrund sah man Strand und Dünen und andere Schulfreunde.

Alexandra vergaß für einen Moment, wo sie war, sie lachte überrascht auf und legte ungläubig eine Hand über ihren Mund. »Oh, mein Gott, Martin …«

Er lächelte unsicher und klappte das kleine Etui auf. Es war ein Siegelring aus Gold mit einem grünlich schimmernden Stein. Ihm fielen die Gesichtszüge herab, und er blickte fast erschrocken zu seiner Frau.

»Ich hoffe, er gefällt dir. Er trägt deine Initialen.«

Martin nahm den Ring heraus und bestaunte ihn von Nahem.

»Der ist wunderschön«, sagte er schüchtern.

»Steck ihn an«, sagte seine Frau erfreut.

»Seid ihr das?«, fragte Daniela flüsternd, und Alexandra wandte sich wieder ihrem Geschenk zu.

»Ja, in der zwölften Klasse. Das ist hier auf Amrum im Schullandheim«, antwortete sie und schlug das Buch auf. Es folgten mehrere Aufnahmen von ihnen beiden. Als sie noch Kinder waren, am Ende ihrer Schulzeit, zu Beginn des Studiums und dann in ihrer ersten gemeinsamen Wohnung. Martin setzte sich dazu.

»Ein Ring für den Herrn?« Brockhaus verfolgte Martins Bewegungen aufmerksam. »Der ist bestimmt einiges wert. Den könnten wir auch noch zu unserer Beute nehmen, was meinst du, Simon?« Er stieß seinen Komplizen mit dem Ellbogen an. Der zuckte nur mit den Schultern.

Martin und Alexandra versuchten, die Bemerkung zu überhören.

»Und das Buch ist euer Werdegang in Bildern, ja? Sehr hübsch, Martin. Wirklich. Hast dir sichtlich Mühe gegeben.«

Alexandra blätterte die Seiten um und freute sich über jedes Bild. Von Aufnahme zu Aufnahme wurden sie immer älter, und ihre Kinder kamen dazu. Inzwischen schaute auch Joshua neugierig mit hinein. Dann hatten sie die Mitte des Buches erreicht, und als Alexandra erneut umblätterte, waren die Seiten leer. Nur ein kurzer Text stand dort zu lesen.

»›Lass uns sehen, wie unser Weg weitergeht‹«, las Alexandra vor. »›Auf jeden Fall erst einmal hiermit‹.«

Sie runzelte verwundert die Stirn. »Das verstehe ich nicht ganz …«, sagte sie gerührt.

»Blätter weiter«, bat Martin.

Auf der nächsten Seite fand sie ein Bild von New York im Sonnenuntergang. Sie drehte sich zu ihm um und sah ihm in die Augen.

»Wir fahren nach New York«, sagte er lächelnd und traurig zugleich und sah erst Alexandra, dann seine Kinder an. Daniela und Joshua verstanden, dass sie auch gemeint waren. Der ersten Freude wich aber sogleich die bittere Ernüchterung, und alle sahen hinüber zu Brockhaus und seinen Komplizen. Der Ausblick auf ihre nahe Zukunft, auf einen Urlaub in New York und ihre Zukunft überhaupt war abhängig von diesen drei Männern.

Keiner von ihnen glaubte mehr daran, dass sie diese Zukunft erleben würden.

»Wir fahren nach New York«, wiederholte Martin dennoch leise wie ein kleines Gebet.

Brockhaus grinste immer breiter.

»Ich war auch mal in den USA. Hab eine tolle Zeit da gehabt.« Er lachte heiser. »Ich glaube, so frei bin ich nie wieder gewesen. Vielleicht sollte ich einfach mit euch kommen.«

Amrum, Haus von Nils Petersen, 12:14 Uhr

»Soll ich dich begleiten?«, fragte Elke, die Nils zusah, wie er sich sturmfest anzog.

»Würde dir das gefallen? Wir beide als altes Polizeipärchen, das gemeinsam Streife fährt?«, fragte er lachend.

»So wie die Trucker, die haben auch manchmal ihre Frauen dabei, und dann steht auf den Schildern ›Holger und Anneliese‹ oder so«, sagte Elke und schlang die Arme um ihren dick eingepackten Mann.

»Okay, dann vereidige ich dich nachher als meinen Deputy im Sheriffbüro«, raunte er ihr zu und küsste sie.

»Was macht ihr denn da?«, fragte Anna, die von oben herunterkam.

»Wir führen ein Einsatzgespräch«, antwortete Nils, »Mama und ich sind jetzt auch beruflich Partner.«

»Soso. Und was habt ihr für einen Einsatz?«

»Ich geh raus, und Mama sieht gut aus.« Er gab Elke einen Klaps auf den Hintern, und sie schlug zurück.

»Was ist los mit euch?« Anna schüttelte den Kopf und ging in die Küche, um zu frühstücken.

Elke und Nils sahen sich verliebt an und küssten sich noch einmal.

»Wie lange wird's dauern?«

»Kann ich nicht sagen. Wenn ich das Schwimmbad in Trümmern vorfinde, zwei Minuten länger.«

Sie schlug ihm auf die Schulter, und Nils ging hinaus in den noch immer wütenden Sturm.

Er hatte abgewartet, bis zumindest der Regen etwas nachgelassen hatte. In den Nachrichten hieß es, dass sie bald ins Auge des Sturms kommen würden und dass man sich nicht vom Abflachen der Windstärke täuschen lassen sollte. Heute Nacht und spätestens morgen früh würde der Wind wieder an Stärke gewinnen und neuen Regen mit sich bringen.

Nils fuhr los, um die Strandstreifen zu kontrollieren. In den letzten Jahren hatten die Stürme und Sturmfluten sehr viel Schaden an den Dünen angerichtet. Mit alten Bäumen und Zweigen hatte man versucht, Schutzwälle davor zu errichten, denn das Wasser biss Zähnen gleich in das Land und riss einfach große Stücke aus den stattlichen Dünen heraus.

Er erreichte Norddorf, ohne einem einzigen Auto zu begegnen. Auf Höhe des Waldes auf der linken Seite hielt er nach umgestürzten Bäumen Ausschau, die er später der Feuerwehr melden würde. Auch der Wald hatte mächtig gelitten in den letzten Jahren, viele lichte Stellen waren hinzugekommen. Am Ortseingang von Norddorf blieb er auf der Landstraße, die am Minigolfplatz vorbeiführte. Im Waldstück vor der Anlage waren drei Bäume umgeknickt, behinderten aber niemandes Weg. Auch im Ort waren noch keine Schäden zu sehen. Dem Miadwai folgend, erreichte er schließlich den kleinen Parkplatz am ehemaligen Schwimmbad. Hier standen zwei Jungs mit ihren Fahrrädern, die sie sicherlich hierher hatten schieben müssen, und konnten sich im Wind kaum gerade halten. Sie blickten hinaus aufs Meer, als wollten sie gleich mit einem Surfbrett hinausgehen.

Die beiden hörten Nils gar nicht kommen, so laut war es hier am Wasser. Nils parkte, zog den Reißverschluss seinen Anoraks ganz hoch und setzte seine enge Wollmütze auf. Eine Dienstmütze wäre ihm schon beim Aussteigen vom Kopf geflogen.

Er näherte sich den beiden von hinten und stemmte sich dabei gegen den Wind. »Hey!«, rief er, und die beiden Jungs fuhren erschrocken herum.

Er kannte sie, es waren die Söhne eines der beiden Strandkorbvermieter und an diesem Strandabgang quasi aufgewachsen.

»Mann, Nils!«, rief Gunnar, der ältere der beiden Brüder. Seine langen blonden Haare flatterten ihm wild ins Gesicht, sodass man es kaum erkennen konnte. »Was schleichst du dich so an?«

»Ich suche nach so Typen, wie ihr es seid, und schicke sie wieder nach Hause!«, schrie Nils ihnen entgegen.

Beide zeigten ein breites Lächeln.

»Wir wollten nur Fahrradsurfen«, rief Sören und drehte sein Mountainbike um. Der Wind riss ihn dabei fast zu Boden. »Von hier aus braucht man nicht einmal zu treten, um nach Hause zu kommen.« Er setzte sich auf den Sattel, und der Wind pustete ihn davon. Jubelnd hob er den Arm.

»Mach's gut, Nils«, sagte Gunnar und folgte seinem Bruder.

»Ja, schöne Weihnachten!« Nils sah den beiden nach, bis sie hinter der Kurve verschwunden waren. Dann marschierte er den kleinen Sandweg hinter den Dünen entlang, wo es wenigstens etwas Windschatten gab.

Am ersten Aufgang zum Strand ging es zwischen zwei Dünen entlang, und Nils kämpfte sich durch den nassen Sand bis hinauf auf den Sattel. Hier konnte er sich kaum mehr aufrichten, sonst wäre er nach hinten umgeweht worden. Ganz tief gebückt ging er weiter und musste schon früh wieder anhalten, denn das Wasser war bereits recht weit vorgedrungen. Die Wellen prallten ungehindert gegen die Dünenbasis, sie hatten die Schutzwälle längst weggerissen und aufgelöst. Dort, wo er normalerweise noch an die fünf, sechs Höhenmeter hinunterlaufen musste, stand der Pegel jetzt schon knapp zwei Meter unter ihm.

Dasselbe Bild, nur noch etwas dramatischer, bot sich ihm in seinem Heimatort, wo der Strandabgang flacher war als in Norddorf. Hier in Nebel war das Wasser viel weiter vorgedrungen und hatte bereits Teile des Parkplatzes geflutet.

Nils kletterte die rechts gelegene Düne hinauf und sah auf den Knien hockend über die Kuppe. Vom Strand war nichts mehr übrig. Das Wasser hatte alles überspült, den Bohlenweg, den Spielplatz. Nur die Stelzen des DLRG-Häuschens konnte man gerade so noch erkennen. Das Wasser war grau und weiß, und die Wellen rollten ohne Pause immer und immer wieder auf das Land zu.

Dann entdeckte Nils etwas Merkwürdiges. Direkt unter ihm, dort, wo die Wellen auf die Düne trafen und wieder zurückgeworfen wurden, schimmerte es lila und gelb und rot. Er dachte zunächst an Seifenblasen, denn der Schaum, der an der Stelle entstand, türmte sich zu regelrechten Bergen auf und wurde vom Wind weggetragen. Aber es war etwas anderes. Es sah aus wie ein schmaler Ölfilm, der an die Dünen gedrückt wurde.

Nils kletterte vorsichtig die Düne hinunter, bis er mit den Stiefeln im Wasser stand und die Kraft spürte, die an seinen Beinen schob und zog. Er tauchte eine Hand ins Wasser, fühlte die Konsistenz zwischen seinen Fingern und roch daran. Öl. Er brachte sich wieder in Sicherheit und versuchte, von der Kuppe der Düne aus irgendetwas zu erkennen, das auf ein Ölleck schließen ließ. Natürlich konnte es auch von weit draußen auf See kommen, einem Tanker zum Beispiel. Er nahm sein kleines Fernglas zu Hilfe, doch als er sich kniend aufrichten wollte, warf ihn eine Bö einfach um. Er rappelte sich auf, lehnte sich gegen den Wind, der heftig an ihm zerrte, und hob das Glas an die Augen. Er wackelte und wankte so sehr, dass er kaum etwas erkennen konnte. Die Umrisse der Dünenlandschaft ruckelten unscharf vor seinen Augen. Ächzend und schwer atmend kämpfte er darum, das Gleichgewicht nicht zu verlieren. Und dann kam für einen kurzen Moment tatsächlich etwas in Sicht. Ein Gebilde. Eins, das nicht hierhergehörte. Er versuchte, es wieder in den Fokus zu bekommen, doch er sah nur Wasser und Gras.

Da war ein Fleck von weißer und auch brauner Farbe gewesen, wenn er sich nicht täuschte.

»Verdammt!«, schrie er in den Wind. Seine Stimme wurde weggewischt und löste sich augenblicklich auf.

Nils legte sich auf den Bauch, stützte sich auf den Ellbogen ab und legte das Fernglas wieder an. Nun hatte er etwas mehr Halt.

Wieder suchte er den Küstensaum nach etwas Ungewöhnlichem ab, nach dem Farbfleck, den er meinte, gesehen zu haben.

»Wo bist du? Wo bist du?«, murmelte er stumm vor sich hin.

Und dann sah er es. Hinter einer Biegung schaute eine weiße, spitze Form hervor. Der obere Rand war bräunlich und schien aus Holz zu bestehen. Eine Reling? Das musste ein Boot sein. Ein gekentertes Boot. Nils konnte nicht erkennen oder auch nur erahnen, ob sich Menschen an Bord befanden. Er musste nachsehen.

Das Wrack war gut und gern dreihundert Meter entfernt. Es würde etwas dauern, bis er zu Fuß dort war. Der sicherste und windärmste Weg war direkt hinter den Dünen, die allerdings so viel Fläche einnahmen, dass er einen erheblichen Umweg in Kauf nehmen musste. Er keuchte und schwitzte unter seiner dicken Jacke und der Mütze, doch sein Gesicht war eiskalt. Als er glaubte, ungefähr auf Höhe des Objekts zu sein, nahm er den Weg quer durch die Dünen hindurch und musste dabei ständig bergauf klettern, was eine noch größere Anstrengung darstellte. Seine Lunge brannte, seine Oberschenkelmuskulatur übersäuerte, und der Schweiß lief ihm hinunter.

Endlich hatte er die letzte Hürde erklommen und stieß auf das Wasser. Er musste sich zunächst orientieren und bemerkte, dass er sogar etwas zu weit gegangen war. Das Wrack befand sich drei Dünenberge weiter links. Es war von der Flut in eine Mulde gedrückt worden und mit Wasser vollgelaufen, weshalb es tief in den Sand gesunken war. Dumpf schlugen die Wellen gegen den Kiel und den Rumpf.

Nils kletterte hinunter und versuchte, ob er auf dem der Landseite zugewandten Dach würde stehen können. Jetzt konnte er auch den auf dem Kopf stehenden Namen des Bootes erkennen.

»Hallo?«, schrie er in den Innenraum und schlug mit der Hand auf das Holz. Aber dort war nichts und niemand, der ihm hätte antworten können. Wenn sich noch Menschen an Bord befanden, dann nur im Unterdeck, und zwar ertrunken.

Dennoch hatte er das Gefühl, dass er jemanden retten müsste. Jetzt und hier und gleich. In das Wrack hineinzutauchen könnte ihn unter diesen Bedingungen allerdings das Leben kosten. Er war ganz allein hier draußen, und der Himmel war bei diesem Wetter nicht nur zugezogen und grau, es wurde auch allmählich wieder dunkel. Er musste vernünftig sein.

Nachdem er vom Boot auf die Düne gesprungen und bis zur Kuppe hinaufgeklettert war, blickte er ein letztes Mal zurück auf das Wrack. Ob die »Marlene« noch zu retten war, konnte er nicht sagen. Wahrscheinlich war dies ihre letzte Fahrt gewesen. Er hoffte inständig, dass bei dem Schiffbruch keine Menschen zu Schaden gekommen waren, sondern sich das Boot irgendwo losgerissen hatte und weggetrieben war.

Ein Blick auf die Uhr sagte ihm, dass es bereits kurz nach vier war. Er registrierte überrascht, wie viel Zeit er hier draußen verbracht hatte.

Amrum, Haus »Dünenglück«, 16:12 Uhr

»Aber was machen wir, wenn sich der Sturm legt?«, fragte Simon leise. Er, Till und Brockhaus hatten wieder am Esstisch Platz genommen und berieten sich. Die Familie saß weiterhin auf der Couch, Daniela hockte mit Piet davor auf dem Boden und spielte mit ihm.

»Wir werden uns wohl ein neues Boot aneignen müssen«, sagte Brockhaus laut und blickte dabei zu Martin. »Du und ich werden losfahren und eins suchen.«

»Aber wo? Ich kenn mich hier nicht aus«, entgegnete Simon.

»Nein, aber Martin, nicht wahr? Martin wird uns begleiten.«

»Sie können uns doch hier nicht mit diesem Kerl allein lassen«, beschwerte sich Alexandra augenblicklich und meinte natürlich Till damit.

»Ich hatte dir versprochen, dass er dir nichts mehr tun wird. Daran hat sich nichts geändert.«

»Kann ich mit Piet nach oben gehen? Er ist müde.«

Brockhaus überlegte. »In Ordnung. Aber Till schließt dich ein. Deine Kinder ebenso. Es darf leider keiner von euch unbeaufsichtigt herumlaufen. Geht nach oben.« Er bedeutete Till, mitzugehen und sich darum zu kümmern.

Daniela hob Piet vom Boden auf und reichte ihn ihrer Mutter. Alexandra griff in der Vorwärtsbewegung kurz nach Martins Arm und zog ihn zu sich.

»Was ist mit dem Handy?«, flüsterte sie.

Auch Daniela hatte sie verstanden und wollte wissen, wo es abgeblieben war. Sie stand langsam auf und lauschte auf die Antwort ihres Vaters.

»Versteckt«, sagte Martin leise und tat so, als ob er sich von Piet verabschiedete.

»Was redetet ihr da?«, fragte Brockhaus vom Tisch aus.

»Ich versuche, meinen Kindern die Angst zu nehmen«, sagte Martin entschlossen.

»Was? Vor mir?« Brockhaus deutete mit unschuldiger Miene auf seine Brust. »Ich bin ein gutmütiger Kerl, deine Kinder brauchen vor niemandem weniger Angst zu haben als vor mir.«

»Geht nach oben, alles wird gut«, sagte Martin zu Daniela und Joshua und schob sie liebevoll an sich vorbei. Alexandra und Piet gab er einen Kuss.

»Die Kinder müssen hier weg«, hauchte sie ihm ins Ohr und blickte ihm danach eindringlich in die Augen.

Martin nickte nur.

»Ihr redet schon wieder«, fuhr Brockhaus dazwischen.

»Sie glaubt nicht, dass Till sich an das hält, was du sagst«, sagte Martin.

Brockhaus erhob sich und kam zu ihnen.

»Wer sich nicht an das hält, was ich sage ... den erschieße ich«, sagte er mit einem bedrohlichen Funkeln in seinen schwarzen Augen.

Piet patschte ihm ins Gesicht, und Brockhaus setzte umgehend eine freundliche Miene auf.

»Du verstehst mich, Piet, stimmt's? Der Einzige hier«, setzte er in Richtung Martin düster nach und wandte sich ab. Bei Till blieb er kurz stehen und belegte auch ihn mit einem drohenden Blick. »Komm«, sagte er dann zu Martin. »Du fährst.«

Amrum, Strandabgang Nebel, 16:27 Uhr

Nils war nass, verschwitzt und sandig im Gesicht. Er saß in seinem Wagen auf dem Strandparkplatz, hatte seine Mütze abgenommen, sodass seine Haare in alle Richtungen abstanden, und telefonierte mit der zuständigen Polizeidienststelle in Niebüll.

»Ja, eine Motorjacht. Ich schätze, an die neun oder zehn Meter lang, mit dem Namen ›Marlene‹«, gab er durch. »Personen konnte ich keine sehen. Es liegt seitlich im Wasser. Bei dem Sturm kann ich nicht hineintauchen oder so. – Gut, ich weiß. Ihnen auch. Bis dann.«

Er legte auf und atmete erschöpft aus. Die Scheiben seines Wagens waren vollkommen beschlagen. Er drehte die Lüftung auf volle Stärke, und es bildeten sich langsam wachsende Gucklöcher im milchigen Belag. Im Schritttempo fuhr er an und rollte über die Strandstraße zurück in den Ort. Kurz vor dem einzigen Haus an der Straße, das über Weihnachten nicht vermietet war, lag ein größerer Ast auf der Fahrbahn. Nils hielt an und schleppte ihn an den Straßenrand. Dann setzte er seine Fahrt fort und freute sich darauf, endlich wieder zu Hause zu sein, eine Dusche zu nehmen und einen Tee zu trinken. Elke würde mit ihm schimpfen, weil er zwischendurch nicht angerufen hatte.

Inzwischen hatte die Lüftung halbkreisförmig die Hälfte der Scheibe freigepustet, sodass Nils die Rücklichter, die weiter vorn aus einer Ausfahrt auf die Strandstraße einbogen, deutlich sehen konnte. Er beschleunigte ein wenig und blendete einmal kurz auf.

Amrum, Wagen von Martin, 16:29 Uhr

Die Scheiben des Passats waren salzverkrustet, sodass Martin vor dem Losfahren eine Zeit lang die Scheibenwaschanlage bedienen musste, um sehen zu können. Es war schon fast dunkel, und auf der Straße, in der sie wohnten, lagen überall abgebrochene Äste. Es knackte unter den Rädern, als er rückwärts von der Auffahrt fuhr. Das Erste, was er sah, waren die beiden Lichter im Rückspiegel.

Brockhaus, der neben ihm auf dem Beifahrersitz saß, hatte sie ebenfalls bemerkt, und er drehte sich um. Sofort hörte Martin das Klicken, mit dem Brockhaus seine Waffe entsicherte. Jetzt verstand auch Simon, was los war, und zog nervös seine Pistole.

»Ganz ruhig«, sagte Brockhaus, lehnte sich näher zu Martin und sprach ihm ins Ohr. »Ich knall dich ab und alle, die in dem Wagen sitzen, wenn du jetzt Scheiße baust. Also bleib ruhig, kapiert?« Er drückte ihm den Lauf der Pistole unsanft in die Seite.

Der Wagen hinter ihnen blendete einmal auf.

»Scheiße«, fluchte Simon auf dem Rücksitz.

»Hey, du bist still, Simon. Und du, Martin, setz den Warnblinker und lass ihn passieren.«

Martin befolgte die Anweisung und wartete mit laufendem Motor. Der Wagen kam näher, scherte aus und hielt direkt neben ihnen.

»Fuck, Polizei!«, zischte Simon.

»Simon!«, fuhr Brockhaus ihn gedämpft an.

Martin blickte auf die nicht einsehbare Scheibe des anderen Wagens, die jetzt herunterfuhr. Der Polizist hinter dem Steuer hob die Hand und deutete an, dass auch Martin die Scheibe runterfahren sollte.

»Es kostet mich nur einen Anruf, und Till wird mit Vergnügen erst deine Frau und anschließend deine Tochter vergewaltigen. Also lass dir was einfallen, um ihn loszuwerden!«, flüsterte Brockhaus.

Martin betätigte den elektronischen Fensterheber. Wind drückte herein.

»Moin und frohe Weihnachten!«, rief der Polizist zu ihnen herüber.

»Hallo, Ihnen auch, ja«, sagte Martin laut.

»Sie sollten bei dem Wetter nicht unterwegs sein. Wenn es geht, bleiben Sie bitte zu Hause«, meinte der Beamte.

»Wir ... Ich bringe nur meine Freunde nach Hause«, antwortete Martin. »Wir müssen nach Steenodde. Leider haben wir nicht genug Schlafplätze für alle.« Er überlegte, was er noch sagen konnte, um dem Polizisten irgendwie einen Hinweis oder ein Zeichen zu geben. Er ließ kurzerhand seinen Arm aus dem Fenster baumeln. Weder Simon noch Brockhaus konnten sehen, was er für Zeichen gab. Aber was konnte er schon anzeigen? Was würde der Polizist verstehen? Martin formte mit seinen Fingern eine schießende Pistole.

»Das ist in Ordnung, aber machen Sie bitte keine Abstecher mehr. Es ist wirklich zu gefährlich«, erklärte der Beamte.

»Alles klar, kein Problem. Schönen Abend noch«, wünschte Martin und fuhr seine Scheibe wieder hoch. Der Streifenwagen fuhr weiter. Martin drehte sich zu Brockhaus um, der den Wagen nicht aus den Augen ließ. Den Lauf seiner Pistole drückte er weiter gegen Martins Rippen.

»Was haben wir doch für ein Glück, dass wir gleich bei dem ersten Auto, das uns begegnet, auf einen Scheißbullen treffen, was?« Brockhaus lächelte amüsiert und sah Simon über seine Schultern hinweg an. »Alles klar da hinten?«

Simon nickte.

»Und du, hast du ihm auch keinen Hinweis gegeben, he?« Er hob die Waffe und drückte sie Martin gegen die Schläfe. »Steenodde, ist das auch wirklich hier, fahren wir da jetzt hin?«

»Nein«, sagte Martin und traute sich nicht, sich zu bewegen. »Also, doch, es gibt Steenodde, aber wir müssen zum Jachthafen.«

»Na schön«, sagte Brockhaus, zog seine Waffe zurück und drückte mit ihr den Warnblinkschalter. »Los geht's.«

Martin merkte, wie seine Beine schwächer wurden. So fühlte es sich manchmal an, wenn man krank war und kurz davor, sich zu übergeben. Er begann zu zittern. Aber er legte den ersten Gang ein und fuhr los.

Die Straßen waren verwaist. Warm und gemütlich schien das Licht in den Häusern. Überall wurde Weihnachten gefeiert, nur sie waren unterwegs und suchten nach einer Fluchtmöglichkeit für diese drei Männer. Martin versank in Gedanken darüber, wie sie es schaffen konnten, zumindest ihre Kinder aus dem Haus und in Sicherheit zu bringen. Es musste in der Nacht geschehen, wenn Brockhaus und die anderen schliefen. Aber wie sollten sie das anstellen? Sie waren niemals allein, konnten sich nicht absprechen. Vielleicht gelänge zumindest einem von ihnen die Flucht, um Hilfe zu holen. Doch wer sollte gehen und vor allem wie? Martin musste etwas tun. Diese Männer würden sie nicht am Leben lassen.

Beinahe hätte er die Einfahrt zum Hafen verpasst. Er setzte schnell den Blinker und bog in die unbeleuchtete Straße ein. Der Wind ließ den Baum am Spielplatz wild mit den Ästen um sich schlagen, ein paar Zweige fielen auf das Autodach. Rechts tauchte die Rückseite des Restaurants auf und weiter hinten links die Umrisse des Bootshauses. Der Hafen duckte sich hinter der Kaimauer, an der immer wieder gewaltige Brecher zerschellten und Wasserfontänen über den Kai warfen.

Martin hielt in sicherer Distanz zum Wasser. Von hier aus konnten sie die wenigen Boote sehen, die noch im Wasser lagen. Die Laternen im Hafen zitterten und warfen ihr schmutzigorangefarbenes Licht auf die wankenden Schiffskörper.

»Da haben wir doch was Brauchbares«, sagte Brockhaus mit zusammengekniffenen Augen. Simon beugte sich von hinten weiter vor und spähte in die Ferne.

»Alter, bei dem Seegang können wir nicht losfahren.«

»Habe ich das gesagt?« Brockhaus verlor ein wenig die Geduld. Seine Stimme war lauter geworden. »Mit dem Kahn da können wir's schaffen. Wir müssen nur die Zeit gut abpassen. Das Gute ist, dass die Flut uns entgegenkommt.«

»Entgegen?«

»Ja, die Fahrrinne kann uns egal sein. Das Wasser steht so

hoch, dass wir unseren Kurs ziemlich direkt nehmen können. Leider müssen wir einmal um das verdammte Sylt herum.«

»Und was tun wir jetzt?«, fragte Simon.

»Wir werden den Wetterbericht verfolgen«, entschied Brockhaus und pochte auf das Armaturenbrett als Zeichen zum Aufbruch.

Amrum, Haus von Nils Petersen, 16:36 Uhr

»Wie siehst du denn aus? Du bist ja klitschnass.« Elke befühlte Nils' T-Shirt, als er sich im Flur auszog.

»Ich war am Wasser und hab was gefunden.«

»Deshalb warst du so lange weg. Wir haben uns schon gefragt, was bei dir los ist.«

Nun kam auch Anna aus dem Wohnzimmer.

»Was hast du denn gemacht?«, fragte sie und verzog das Gesicht.

»Ich hab ein Boot gefunden«, antwortete Nils.

»Ein Boot?«

»Ja, ein gekentertes Boot. Hier in Nebel am Strand.«

»Und?«

»Na ja, ich musste sehen, was es damit auf sich hat. Dauerte 'ne Weile, bis ich da war. Keine Ahnung, ob noch jemand drin war.«

»Du meinst, da können noch Leute drin sein?«, fragte Anna.

»Ja, aber ertrunken natürlich.«

»Kann es sich nicht einfach irgendwo losgerissen haben?«

»Das war eine Zehn-Meter-Jacht. Ich fürchte nicht, die sind wahrscheinlich im Sturm gekentert. Gott weiß, warum die bei dem Wetter draußen waren.«

»Und jetzt?«

»Ich hab schon Bescheid gegeben. Aber im Moment kann eh keiner etwas unternehmen. Wir müssen abwarten.«

»Wie schrecklich«, sagte Elke.

»Und das an Weihnachten. Wenn sie's wenigstens bis hierher auf die Insel geschafft hätten«, meinte Nils. »In einem der Häuser hätten sie sicher Hilfe gefunden. Aber dann hätte sich schon jemand bei mir gemeldet.«

»Heißt das, die könnten auch tot in den Dünen liegen?«, wollte Anna wissen.

»Theoretisch schon. Wenn wir im Wrack keinen finden, werden wir mit Hubschraubern in den Dünen suchen müssen.«

Elke schlang fröstelnd die Arme um ihren Körper. »Das gefällt mir nicht.«

»Mir auch nicht«, entgegnete Nils.

»Nein, ich meine, ich hab ein ganz ungutes Gefühl.«

Hamburg, Wohnung von Simon Hageland, 17:08 Uhr

Im Flur standen fünf Männer vom SEK in schwarzen Einsatzuniformen. Zwei von ihnen trugen die eiserne Ramme, mit der sie die Tür aufbrechen wollten. Stehlbek und Ullrich warteten mit ihren Waffen im Anschlag auf den Stufen darunter.

Stehlbek sah nach unten zum Fuß der Treppe, wo zwei Beamte die Eingangstür bewachten. Mit hochgestrecktem Daumen signalisierte er Bereitschaft. Dann nickte er dem Einsatzleiter zu. Der wiederum gab den beiden Beamten mit der Ramme das Zeichen zu beginnen, und sie holten aus. Mit voller Kraft schlugen sie den schwarzen Zylinder gegen die Tür. Das Schloss gab sofort nach, und die Tür schwang nach innen auf. Kommandos wurden geschrien, und die Männer liefen in die Wohnung.

Stehlbek und Ullrich warteten. Sie hörten die »Gesichert«-Rufe aus der Wohnung dringen. Dann winkte der Einsatzleiter sie hinein.

»Die Wohnung ist leer.«

Stehlbek und Ullrich steckten ihre Waffen weg.

»Danke. Geben Sie unten bitte den anderen Beamten Bescheid.«

Der Einsatzleiter nickte und zog seine Männer ab, ihre Schritte hallten dröhnend durch das Treppenhaus.

In der Wohnung war es dunkel, und obwohl sie insgesamt schmuddelig wirkte, sahen Stehlbek und Ullrich ein sehr ordentlich aufgeräumtes Wohn- und ein ebensolches Schlafzimmer. Die Einrichtung war in Schwarz-Weiß gehalten. Schwarzes Sofa, schwarzer Tisch, weiße Schrankwand. Auf dem weißen Bett lagen schwarze Bezüge. Auch in der Küche war alles sauber und aufgeräumt.

»So hat's in meinen Wohnungen nie ausgesehen«, meinte Ullrich und blickte in einen Hängeschrank. Stehlbek öffnete eine Schublade und ließ seinen Blick über den Inhalt gleiten.

»Hallo?«, hörten sie da eine Stimme fragen.

»Kommen Sie rein!«, rief Stehlbek im Glauben, es seien die Kollegen von der Kriminaltechnik. Umso überraschter war er, als zwei Männer in dunklen Anzügen und Mänteln die Küche betraten.

»Wer sind Sie?«, fragte er und richtete sich auf.

»Mein Name ist Verhöfen, das ist mein Kollege Koppler.«

Sie zeigten beide ihre Ausweise.

»Bundesamt für Verfassungsschutz«, sagte Verhöfen.

»Ullrich!«, rief Stehlbek, und die beiden machten Platz für seinen Kollegen. »Der Verfassungsschutz besucht uns.«

Die beiden nickten ihm zu.

»Das ist mein Kollege Ullrich, mein Name ist Stehlbek.«

»Das wissen wir«, sagte Koppler.

»Wie schön.« Stehlbek war verunsichert, er ahnte nichts Gutes.

»Man sagte uns, dass wir Sie hier finden. Können wir uns einen Augenblick unterhalten?«

»Das ist die Wohnung eines Verdächtigen«, erklärte Stehlbek. »Wir haben gerade den Durchsuchungsbeschluss durchgesetzt.«

»Das wissen wir«, sagte Verhöfen.

»Was wissen Sie denn nicht?«, fragte Stehlbek.

»Wir sind hier, um *Sie* zu informieren.«

»Tja, aber im Moment ist es schlecht, noch dazu hier …«

»Der Ort ist gar nicht verkehrt«, gab Koppler zurück.

»Ach?«

»Sie ermitteln gegen den Mieter dieser Wohnung wegen des Überfalls auf einen Geldtransporter«, begann Koppler.

»Simon Hageland ist kein Unbekannter für uns«, übernahm Verhöfen. »Genauer gesagt, hat er für uns als Informant gearbeitet.«

»Oh, Scheiße«, entglitt es Stehlbek.

Amrum, Wagen von Martin, 17:25 Uhr

»Mir gefällt das nicht«, sagte Simon, als sie den Ortseingang von Nebel erreichten. Mit kaum zwanzig Stundenkilometern fuhr Martin um die enge Kurve.

Brockhaus drehte sich zu Simon um und blickte ihn fragend an.

»Na, dass wir uns wieder auf ein Boot verlassen müssen«, erklärte Simon.

»Hast du einen besseren Vorschlag? Dein Gesicht geht gerade durch die Fernsehnachrichten, zusammen mit dem von Till. Es wird nicht mehr lange dauern, bis sie auch eine Verbindung zu mir gefunden haben, dann können wir nicht einfach lustig die erste Fähre nehmen. Die werden jeden Fahrgast kontrollieren. Und einen Flugplatz wie auf Sylt gibt es hier nicht. Zumal keiner von uns einen Pilotenschein hat, meiner Kenntnis nach.«

Das leuchtete ein, doch richtig überzeugt war Simon immer noch nicht, das sah man ihm sogar in dem dunklen Wagen an. Das fahle Licht der Straßenlaternen wanderte durch den Innenraum und warf durch die Tropfen auf der Scheibe Schatten auf Simons Gesicht, die aussahen wie sich ausbreitende Brandmale.

»Außerdem haben wir fünf Geiseln, mein Lieber. Die sind Gold wert. Vertrau mir, ich weiß, was ich tue. Diese Familie ist unser Ticket hier raus.«

Martin ließ seinen Blick vorsichtig zu Brockhaus gleiten. Der hatte sich bereits abgeschnallt, Simon war gar nicht angeschnallt gewesen. Wenn er jetzt auf der geraden Straße einfach beschleunigte und sie gegen einen Baum fuhr, würden die beiden vielleicht hinausgeschleudert werden und sich so schwer verletzen, dass sie ausgeschaltet wären. Aber es gab keine Garantie dafür, dass das tatsächlich geschehen würde. Und die Waffen machten Martin Angst. Brockhaus hatte seine zwar wieder gesichert, doch hielt er sie noch in den Händen. Simon hatte seine wieder weggesteckt.

Martin spürte, wie sein Bein ungeduldig zuckte. Brockhaus lehnte sich immer noch über die Mittelkonsole nach hinten und sprach mit Simon. Sie fuhren von der Hauptstraße in den Strandweg. Gleich waren sie zu Hause. Er musste sich jetzt entscheiden, ob er es riskieren wollte. Wenn es klappte, schaltete er zwei der drei Männer auf einmal aus. Wenn nicht, dann …

Martin konnte nicht sagen, ob es eine bewusste Entscheidung war, aber plötzlich drückte sein Fuß das Gaspedal nach unten, und der Motor heulte auf. Simon wurde nach hinten in den Sitz geworfen, Brockhaus fiel förmlich in den Zwischenraum von Fahrer- und Beifahrersitz. Martin streckte die Arme durch, umklammerte das Lenkrad, so fest es ging, und stemmte sich mit dem Fuß aufs Pedal. Das Haus rauschte an ihnen vorbei, sie schossen auf die kleine Kreuzung zu, und der nachtschwarze Wald kam näher und näher.

»Was tust du!«, brüllte Brockhaus und stützte sich mit den Händen ab, immer noch die Pistole haltend. »Was tust duuu!« Er warf sich zurück und schlug Martin ins Gesicht. Mit der linken Hand versuchte er, den Schlüssel zu ziehen, doch Martin drängte ihn weg. Ein wildes Handgemenge entstand, in dem Brockhaus vor Wut anfing zu schreien. Dann krachte plötzlich ein Schuss. Er war ohrenbetäubend laut, und Martin schreckte derart zusammen, dass er die Augen schloss und sich duckte.

Als er sie wieder öffnete, war sein Seitenfenster geborsten, und sie rasten in das noch dünne Unterholz hinein. Sie wurden auf dem unebenen Untergrund durchgeschüttelt, alles wackelte, und Simon und Brockhaus wurden gegen die Türen und die Decke geworfen. Sie hatten die ersten großen Bäume fast erreicht. Dann schaffte Brockhaus es irgendwie, an die Handbremse zu greifen, und riss sie nach oben. Martins Fuß rutschte vom Gaspedal, sein Kopf flog nach vorn, der Motor verschluckte sich, ging aus, und dann standen sie. Er hörte nur noch das laute, schrille Pfeifen nach dem Knall in seinen Ohren. Ganz entfernt drang die Stimme von Brockhaus zu ihm durch.

»Du verdammtes Scheißarschloch!«, schrie er, fummelte an Martins Gurt herum und packte ihn dann am Kragen. Wie eine Puppe zog Brockhaus Martin über den Beifahrersitz aus dem Auto. »Mieses, dreckiges Schwein, jetzt werde ich dir dein verdammtes Gehirn rausschießen!«, brüllte er und warf Martin zu Boden.

Simon öffnete seine Tür, Brockhaus zielte mit seiner Waffe auf Martins Kopf. Alarmiert trat Simon mit ausgestreckten Händen auf Brockhaus zu. »Nicht!«, rief er. »Nicht! Lass ihn! Wir brauchen ihn noch. Tu's nicht!«

Brockhaus war in Rage. So sehr, dass er auf Simon anlegte, der sofort die Arme hob.

»Scheiße!«, fluchte Brockhaus und packte Martin erneut am Kragen. »Dreh dich um! Sieh mich an!«

Martin kauerte auf allen vieren im nassen Laub und blickte zu Brockhaus hoch. Der holte aus, schlug mit der Kante des Pistolengriffs zu und streckte Martin dadurch nieder. Breitbeinig und keuchend stand er über ihm.

»So ein verfluchter Wichser. Das hätt ich ihm nicht zugetraut.«

Martins Arm über seine Schulter gelegt, schleppte Simon den wieder zu Bewusstsein Gekommenen bis vor die Eingangstür.

Brockhaus blickte durch das schmale Fenster und pochte gegen die Tür. Till kam herbeigeeilt und öffnete ihnen.

»Scheiße, was ist passiert?«, fragte er entsetzt.

»Martin, dieser Wichser, hat versucht, uns gegen einen Baum zu fahren«, sagte Brockhaus und wischte sich über sein nasses Gesicht. Simon warf Martin auf die Couch. Dessen linkes Auge war übel zugeschwollen und hatte sich blau-grün verfärbt. Er stöhnte vor Schmerz.

»Hätt ihn fast abgeknallt, den dreckigen Hund. Ihr müsst noch das Auto aus dem Wald holen.« Brockhaus ließ sich auf einen Stuhl am Esstisch fallen.

»Aus dem Wald?«, fragte Till.

»Ja, macht schon. Lasst mich mit ihm allein.« Brockhaus drängte Till mit einem unnachgiebigen Blick hinaus. Die beiden verschwanden nach draußen.

Es wurde still. Von oben waren keine Geräusche zu hören. Martin lag seitlich auf dem Sofa und hatte die Augen geschlossen. Nur sein Brustkorb hob und senkte sich.

»So einen Scheiß wirst du nicht wieder veranstalten, Martin«, warnte Brockhaus. Sein Kinn war leicht angehoben, er sah aus wie ein kleiner, schwer beleidigter Junge. Einer, der einen großen Vertrauensbruch erfahren hatte. »Ich schwöre dir, ich mache meine Drohung wahr, was Alexandra und Daniela betrifft.«

Ruckartig stand er auf und machte zwei große Schritte auf Martin zu, um sich lauernd über ihn zu beugen und mit dem Finger auf ihn zu zeigen. »Und ich lasse dich dabei zusehen. Du wirst nichts dagegen unternehmen können. Kein Gaspedal, kein Lenkrad mehr für dich. Du wirst nur noch gefesselter Zuschauer sein, mein Freund. Und die Vorstellung wird dir gar nicht gefallen. Aber soll ich dir sagen, was dir noch weniger gefallen wird?« Er beugte sich weiter vor, bis seine Nase nur noch eine Handbreit von Martins Gesicht entfernt war. »Die Tatsache, dass es *deine* Schuld ist. *Du* hast die Unschuld deiner Tochter und deiner Frau auf dem Gewissen. Denn für deine Frau wird diese Erfahrung auch eine Premiere sein, glaub mir.«

Er verharrte einen Moment in dieser Position und starrte

Martin ins verletzte Auge. Dann, in der Auffahrt war der Motor des Passats zu hören, richtete Brockhaus sich auf und sah zum Fernseher. Sein Foto wurde gerade eingeblendet.

Simon und Till kamen zur Tür herein.

»Nun seht euch das an«, sagte er und stemmte die Hände in die Hüften. »Endlich bin ich mit von der Partie.«

Hamburg, Wohnung von Simon Hageland, 17:46 Uhr

Die Männer hatten sich in die Küche zurückgezogen, während weitere Beamte zur Durchsuchung in die Wohnung strömten und sich verteilten. Stehlbek und Ullrich standen nebeneinander und hörten mit vor der Brust verschränkten Armen den Ausführungen der Männer vom Verfassungsschutz zu. Verhöfen gestikulierte beim Sprechen mit seinen großen Händen, und Stehlbek konnte die Augen nicht von dem Siegelring lösen, der an Verhöfens kleinem Finger funkelte.

»Wir sind auf ihn aufmerksam geworden, weil er wirklich clever war und sich als Neuling selbstbewusst in einem Umfeld bewegte, zu dem er gar nicht gehörte. Die rechte Szene ist ja breit gefächert, und wenn man die NPD oder andere politische Gruppierungen beobachtet, gibt es Schnittmengen mit Studentenverbindungen, der Hooliganszene und der Bikerszene. Hageland konnte mit all diesen Gruppierungen gleichermaßen gut, weil er nicht politisch, sondern rein kriminell und profitorientiert war. Während einer kurzen Haftstrafe sprachen wir ihn an und konnten ihn für uns gewinnen. Er wurde danach Mitglied in der NPD und informierte uns über diverse Straftaten, Vorhaben, Aktionen und personelle Entscheidungen innerhalb der organisierten rechten Szene. Allerdings entwickelte er mit der Zeit eine Eigendynamik …« Verhöfen blickte prüfend zu seinem Kollegen, ob der mit der Wortwahl zufrieden war.

Koppler strich über seinen grau melierten Oberlippenbart und brummte zustimmend.

»Hageland driftete ein wenig ab, und wir hatten immer weniger Kontrolle über ihn. In dieser Zeit lernte er auch den von Ihnen gesuchten Till Zumrot kennen. Allerdings konnten wir bis dato keine Verbindung zu Karl Brockhaus feststellen.« Er endete und ließ seine Hände sinken.

Stehlbek wartete, ob noch eine Ergänzung von Koppler folgte, aber der blieb stumm. »Und wie soll uns das jetzt weiterhelfen?«, fragte er. »Ihr Mann ist abtrünnig geworden und auf der Flucht. Sie werden ihn so bald nicht wiedersehen.«

»Ja, schon. Aber wir denken …« Wieder ein prüfender Blick zu Koppler. »Wir denken, dass wir … dass er vielleicht noch zu erreichen ist, falls bei ihm etwas schiefgehen sollte. Er weiß, dass er theoretisch noch umkehren und seine Komplizen an uns verraten kann. Aber das würde er eben nur dann tun, wenn diese Flucht eine, sagen wir, für ihn unvorteilhafte Entwicklung nimmt.«

»Ach so, Sie wollen sagen, dass er Sie, um seinen Kopf aus der Schlinge zu ziehen, kontaktieren würde?«

»Ja.«

»Hat er das schon?«, fragte Ullrich.

Verhöfen verzog den Mund. »Wir haben einen Teilanruf erhalten.«

»Teilanruf?«

»Ja, er versuchte, uns zu erreichen, es war seine Nummer, aber er legte sofort wieder auf. Danach war das Telefon tot.«

»Konnten Sie herausfinden, über welchen Funkmast der Anruf erfolgte?«

»Ja, Husum.«

»Husum?«, wiederholte Stehlbek. »Dann wollen sie nach Norden.«

»Ist anzunehmen. Vielleicht ist es ihnen gelungen, vielleicht aber auch nicht. Dass er versuchte, sich zu melden, interpretieren wir so, dass eventuell etwas schiefgelaufen ist«, sagte Koppler.

»Gut, das hilft uns in der Tat weiter. Und Hageland kennt Sie beide persönlich?«, fragte Stehlbek.

»Wir sind seine Kontaktpersonen«, antwortete Koppler und reichte ihm seine Visitenkarte.

»Ich denke, dass die Staatsanwältin das wissen sollte. Wir kümmern uns darum und rufen Sie an, sobald wir Ihre Hilfe benötigen.«

Amrum, Haus »Dünenglück«, 17:51 Uhr

Brockhaus stieg die Treppe hinauf, horchte kurz an der Tür und schloss sie dann auf.

Alexandra lag bäuchlings auf dem Bett und sah Piet zu, der auf einer Taschentuchpackung herumkaute. Sie setzte sich erschrocken auf. Brockhaus musterte beide, als sei er unzufrieden mit ihrem Verhalten. Alexandras rechte Hand wanderte zu ihrem Sohn und suchte seine Hand.

»Zeit, Essen zu machen«, sagte Brockhaus. »Und keine Mätzchen, dein Mann hat schon genug angerichtet.«

Alexandra verstand nicht, befolgte aber die Anweisung, nahm Piet und ging sorgenvoll hinter Brockhaus die Treppe hinunter. Als sie Martin verletzt auf der Couch liegen sah, lief sie zu ihm.

»Gott, was ist mit dir?«, hauchte sie und traute sich kaum, ihn zu berühren.

»Es war seine eigene Schuld«, erklärte Brockhaus, der am Fuß der Treppe stehen geblieben war. »Aber er wird jetzt ganz brav sein. Dir zuliebe.« Er grinste böse und ging wieder nach oben.

»Was ist passiert?«, fragte sie leise. Martin winkte ab.

»Crnfks«, nuschelte er und benetzte seine Lippen.

»Was?«

»Cornflakes.« Er sah ängstlich zur Seite, ob Till oder Simon ihn verstanden hatten. Doch die beiden unterhielten sich miteinander und beachteten sie nicht.

Alexandra schüttelte den Kopf, weil sie nicht verstand, was er meinte, doch Martin winkte sie fort, ohne sich weiter zu erklären. Besorgt und durcheinander ging sie mit Piet in die Küche. Sie setzte ihren Sohn in die Autositzschale auf dem Boden und drückte ihm eine Taschentuchpackung in die Hand, womit er sehr zufrieden war.

Dann versuchte sie, alles von sich abzuschütteln und nur an das Essen zu denken. Sie hatten noch ein paar Reste von der Ente und dem Gemüse, was allerdings nicht für alle reichen würde. Sie entschied sich, noch mehr Gemüse und ein paar Nudeln zu kochen und daraus einen Auflauf zu machen.

Cornflakes, Cornflakes, dachte sie. Was konnte er damit gemeint haben? Es dürfte ihn in dieser Situation kaum danach verlangen, Cornflakes zu essen. Er wollte ihr mit Sicherheit etwas mitteilen, aber es ergab einfach keinen Sinn für sie. Sie stellte einen Topf mit Wasser auf den Herd und regelte ihn auf die höchste Stufe. Dann ging sie zur Speisekammer, öffnete sie und schaute in die Regale.

Die Nudeln lagen direkt vor ihr, aber ihr Blick blieb an der Cornflakes-Packung hängen. Sie versicherte sich mit einem kurzen Seitenblick, dass Simon und Till nicht in Sicht waren, und nahm die Packung aus dem Regal. Beim Schütteln hörte sie ein merkwürdiges Geräusch aus dem Innern. Sie lugte hinein und schob die knisternde Plastikverpackung zur Seite. Dort glänzte etwas. Vorsichtig griff sie in den Karton und bekam das Handy zu fassen. Jetzt begriff sie. Das Handy, Joshuas Geschenk, das unter dem Weihnachtsbaum gefehlt hatte. Martin musste es hier versteckt haben. Mit dem Daumen erspürte sie den kleinen Schalter an der Seite und drückte ihn. Das Display leuchtete auf. Der Akkustand lag bei sechzig Prozent. Eine SIM-Karte war nicht eingelegt, aber der Notruf funktionierte immer.

Alexandra verschlug es fast den Atem. Das war vielleicht ihre Rettung.

Sie wischte einmal über das Display, und die Hauptseite erschien. Sie wurde aufgefordert, einen Code festzulegen, doch sie lehnte ab und tippte auf das Telefon-Icon. Da legte sich auf einmal ein Schatten auf das Display, und sie fuhr herum. Simon stand so dicht hinter ihr, dass sie vor Schreck aufschreien wollte, doch sie schlug ihre Hand vor den Mund und unterdrückte den Schrei. Sie spürte seine Hand auf ihrem Arm, spürte, wie sie nach unten glitt, ihre Hand berührte und ihr das Handy aus den Fingern entwand.

Sie war so dicht dran gewesen, so kurz vor dem Ziel, nur drei kleine Berührungen von der Verbindung zur Außenwelt entfernt. 1-1-0. Jetzt war alles vorbei und noch schlimmer. Sie war auf frischer Tat ertappt worden, es würde eine furchtbare Bestrafung geben. Was Brockhaus mit Martin angestellt hatte, war nur der Anfang von dem gewesen, was nun folgen könnte.

Simons Gesicht wurde von dem bläulichen Licht des Displays geisterhaft erhellt. Seine Augen leuchteten wie wahnsinnig. Dann erlosch das Licht, und der Ausdruck in seinem Gesicht war nur noch ein schwarzer Schatten. Ein Jammern drang aus ihrer Kehle, ein Laut, den sie nicht zurückhalten konnte. Lange, unerträglich lange stand er so vor ihr, ohne einen Ton zu sagen. Sie begann zu zittern und glaubte, sie würde ohnmächtig werden vor Angst. Alexandra schloss die Augen. Als sie sie wieder öffnete, war Simon verschwunden. Der Deckel auf dem Topf auf dem Herd begann zu zappeln und zu klappern. Wasserblasen platzten darunter hervor. Piet quiekte in seinem Sitz, und die Taschentuchpackung klatschte auf den Boden.

Alexandra trat aus der Speisekammer. Simon war fort. Sie war allein mit Piet. Sie konnte sich kaum bewegen, es war, als steckten ihre Füße in frischem Teer fest. Doch dann riss sie sich los, legte die Taschentuchpackung zurück in Piets Hände und zog den Topf von der Herdplatte. Es zischte. Sie verharrte in dieser Position, das Unvermeidliche erwartend, aber nichts geschah. Sie hörte nur den Fernseher aus dem Wohnzimmer. Die Tränen schossen ihr in die Augen, und ein Schluchzen ließ ihre Schultern hüpfen. Sie wusste nicht, ob sie aus Angst oder Erleichterung weinte.

Oben drehte Brockhaus den Schlüssel im Schloss von Joshuas Zimmertür um. Es klickte. Er drückte die Klinke hinunter und schob die Tür auf. Joshua stand am Fenster.

»Was machst du da?«

»Ich gucke nur raus.«

Brockhaus trat ein und schloss die Tür hinter sich. »Deine Mutter macht Abendessen. Ich dachte, dass wir beide mal ein kleines Gespräch unter Männern führen«, sagte er und lachte. »Setz dich.« Er deutete aufs Bett und stellte sich an die Stelle am Fenster, wo Joshua gestanden hatte. Etwas Verdächtiges war hier nicht zu sehen, also wandte er sich dem Jungen zu. Der saß aufrecht auf seinem Bett, und in seinem Blick war dieser wilde, rebellische Ausdruck. Brockhaus lächelte erneut. »Du gefällst mir«, sagte er.

Joshua wurde stocksteif vor Entsetzen.

»Oh, nein, so hab ich das nicht gemeint«, erklärte Brockhaus. »Ich bin keine Schwuchtel. Ich meine nur, dass mir deine Art gefällt. Du bist jung, und du bist ein Typ, der vor nichts Angst hat, der sich mit jedem anlegen würde. Das ist eine verdammt beneidenswerte Eigenschaft, weißt du? Das hat nicht jeder. In deinem Alter ist sie allerdings sehr weit verbreitet. Jungs in deinem Alter sind einfach so. Viele, nicht alle. Ihr werdet mit Testosteron geflutet und wollt euch beweisen, schneller und stärker sein als alle anderen. Das ist die beste Zeit in deinem Leben, lass dir das gesagt sein. Jeder erwachsene Mann, der da draußen rumläuft, sieht diese Zeit als die beste seines Lebens an. Du irgendwann auch. Weil du niemals wieder größer sein wirst als jetzt.« Er sagte die letzten Worte sehr eindringlich und fixierte Joshua dabei mit funkelnden Augen. »Später verliert man das. Man wird weich und vorsichtig. Ich wollte nie so werden.« Er lehnte sich voller Genugtuung zurück. »Und wie ist mir das gelungen?«

Joshua wusste nicht, worauf Brockhaus hinauswollte, und hatte auch keine Antwort parat. Er fühlte sich ein wenig wie in der Schule, wenn er nicht wusste, was genau der Lehrer von einem hören wollte.

»Wie ist mir das gelungen?«, wiederholte Brockhaus und sah ihn auffordernd an.

»Weiß nicht«, gab Joshua achselzuckend zurück.

»Ich sag's dir. Weich und vorsichtig wird man mit der Zeit. Man erfährt mehr und mehr Situationen, die einen verletzen können und die man daher zu vermeiden versucht. Aus Angst natürlich. Man will nicht verletzt werden, oder man will nicht, dass seine Kinder oder seine Frau verletzt werden. Ich habe mich dazu entschieden, andere zu verletzen. Deshalb brauche ich keine Angst zu haben. Die anderen müssen Angst vor mir haben, verstehst du? Und wenn ich Menschen treffe, die so sind wie ich, dann versuche ich, noch böser und noch grausamer zu sein. Denn wenn ich weiß, dass ich weiter gehen kann als der andere, muss ich keine Angst vor ihm haben. Ich kann machen, was ich will. Keiner kann mir etwas anhaben. Ich bin vollkommen frei.« Er hob kokett beide Hände, so als hätte er Joshua gerade eine große Entdeckung präsentiert, und strahlte selbstsicher. »Ich bin ein freier Mann.«

Joshua murmelte zustimmend als Zeichen, dass er verstanden hatte.

»Warum bist du so sauer auf deinen Vater, he?« Brockhaus lehnte sich neugierig vor.

Joshua neigte nachdenklich seinen Kopf und wunderte sich, warum nun die Sprache auf ihn und seinen Vater kam. »Er ... macht irgendwie immer das Falsche«, fing er an.

Brockhaus forderte ihn mit seinen Augen auf, mehr zu erzählen.

»Er ist ... er macht immer Sachen, die ... na ja, langweilig sind.«

»Nicht ›langweilig‹«, widersprach Brockhaus. »Was macht er? Was ist falsch daran, wie er sich verhält?«

»Na ja, er ist immer so vorsichtig und irgendwie ... ein Feigling halt.«

»Ha!«, rief Brockhaus und klatschte in die Hände. »Genau das. Dein Vater ist ein Feigling, oder nicht?«

»Ja.«

»Warum?«

»Na, weil er ... Ich durfte zum Beispiel mein Rad nicht mitnehmen, weil er Angst hatte, es wird vom Dach geweht bei dem Sturm.«

»Aha. Gut, weiter, was noch?«

»Er hat immer Angst um dies und das. Er hat Angst vor Ihnen und vor ...«

»Sollte er das nicht?«, fragte Brockhaus nach. »Angst vor mir haben?«

»Nein, er sollte uns verteidigen, er sollte für seine Familie kämpfen.«

»Du hättest mir am liebsten schon ein paarmal eine reingehauen, stimmt's?«

Joshua zuckte erneut mit den Schultern.

»Ja, ich weiß«, sagte Brockhaus. »Und dein Vater kuscht und macht alles, was ich ihm sage, richtig?«

»Ja.«

»Ist es dir peinlich, wenn er uns am Tisch bedient und für uns kocht?«

»Ja.«

»Was macht er noch falsch?«

»Mein Gott, er kauft dieses scheißlangweilige Auto und diesen Urlaub hier, anstatt irgendwas Geiles zu machen. Er traut sich nicht mal in 'ne verfluchte Achterbahn, weil er Höhenangst hat. Gott, er ist so ein Feigling.« Joshua zog wütend an der Bettdecke und knetete sie unentwegt.

»Aber?«, fragte Brockhaus.

»Was ›aber‹?«

»Aber ... hast du's nicht auch ziemlich gut? Ich meine, du fährst immerhin in den Urlaub. Das können viele andere nicht. Du bekommst Geschenke, deine Eltern bereiten alles vor, damit Weihnachten ein wirkliches Weihnachten ist. Sie kaufen dir ein Fahrrad und Ente zum Abendessen und kümmern sich um den kleinen Piet, deinen Bruder. Oder etwa nicht?«

»Ja, schon.«

»Aber das reicht dir nicht, richtig? Du willst, dass dein Vater ein Mann ist, ein richtiger Kerl. Du willst, dass er mutig ist und kein Weichei.«

»Vielleicht.«

»Und was, wenn dein Vater so wäre, und ich würde ihn dafür einfach umbringen? Was, wenn er aufgemuckt hätte und kämpfen hätte wollen, und ich hätte ihn einfach erschossen?«

Brockhaus blickte Joshua ernst an.

Joshua wich dem Blick aus. »Keine Ahnung.«

»Ja, keine Ahnung. Aber eigentlich schon. Eigentlich hast du sehr wohl eine Ahnung. Weißt du …« Brockhaus hob seinen Blick sinnend in die Luft und lehnte sich erneut an das Fenstersims an. »Mein Vater hat sich nicht so verhalten wie dein Vater. Ich fand ihn nicht weich, und ich empfand ihn auch nicht als Feigling. Er war hart in meinen Augen. Hart zu mir. Hart zu meiner Mutter. Hart in seinem Beruf. Ja, er war hart wie ein verdammter Felsen. Geld hatten wir auch. Mehr als ihr. Wir waren ziemlich wohlhabend. Aber glaubst du, das hat es besser gemacht? Wann er konnte, hat mein Vater mich fertiggemacht. Keine Gelegenheit ausgelassen, mir zu sagen und zu zeigen, wie wenig er von mir hielt. Er hat nicht gekocht und bedient und sich Sorgen gemacht. Er hat mit Sicherheit keine Windeln gewechselt oder Schnuller gesucht oder Angst gehabt, dass ich mich beim Radfahren verletze. Wir hatten ein riesiges Haus, weißt du? Einen Palast. Doch in keinem Quadratmeter dieses beschissenen Hauses war er jemals freundlich zu mir. Ich habe ihn gehasst. Meine Mutter im Übrigen auch. Aber sie war anders als er. Ich habe ihn allerdings nicht so gehasst wie du deinen Vater. Es war wirklicher Hass, verstehst du?« Jetzt bewegte Brockhaus sich auf Joshua zu. Er kam immer näher und kniete sich mit einem Bein aufs Bett, beide Fäuste vor der Brust. »Echter, tief empfundener Hass. Nicht diese weichgespülte Abscheu wie bei dir. Echter *Hass*, verstehst du? Weil er ein Scheißkerl war. Er war ein mieser, dreckiger Wichser. Und weißt du, was ich dagegen unternommen habe? Weil ich ja keine Angst mehr haben wollte, und ich hatte große Angst vor ihm. Beschissene Angst.«

»Weiß nicht«, sagte Joshua mit trockener Kehle.

»Ich hab ihn getötet, was denkst du denn? Ich hab ihn umgebracht. Er liegt da draußen auf dem verkackten Meeresgrund, vollkommen zu Brei geschlagen. Der würde sich selbst nicht mehr im Spiegel erkennen. Das hab ich gemacht. Das ist real, mein Lieber, das ist echt. Du hast keine echten Gefühle. Du bist nur ein kleiner Schaumstoffbär mit Schaumstoffgefühlen. Dir geht's so gut in deiner Schaumstoffwelt, dass du zum Himmel stinkst. Du beleidigst mich. Geh nach unten.«

Joshua traute sich kaum, aufzustehen und um Brockhaus herumzugehen. Er hatte keine Ahnung, was plötzlich in ihn gefahren war, aber er war froh, das Zimmer verlassen zu dürfen.

Unten richtete sich Martin mühsam auf der Couch auf und blickte sich um. Aus der Küche drangen Kochgeräusche. Till saß auf dem anderen Sofa und schaute fern. Simon saß von ihnen abgewandt am Tisch.

»Kann ich mein Auge kühlen?«, fragte Martin Till. Der machte nur eine kurze Bewegung mit dem Kinn, und Martin schlurfte zur Küche. Alexandra stand am Herd, sie rührte in der Pfanne, während ihr die Tränen über die Wangen liefen. Piet saß zufrieden in seinem Autositz.

Alexandra erschrak, als sie Martin bemerkte.

»Martin, wie ...«

Er ging zum Waschbecken und drehte das Wasser auf, damit es so laut wurde, dass er glaubte, sprechen zu können.

»Die Cornflakes?«, fragte er nur.

Alexandra nickte, konnte sich aber nicht mehr beherrschen und vergrub das Gesicht in den Händen. »Es ist weg«, flüsterte sie. »Simon hat es.«

Martin beugte sich verzweifelt über das Waschbecken und begann, Wasser über die geschwollene Stelle laufen zu lassen. Nun war alles aus. Jetzt gab es nichts mehr, was sie tun konnten, außer sich den drei Männern vollkommen zu unterwerfen.

Joshua kam die Treppe herunter und blieb in der Küchentür stehen.

»Papa«, sagte er geschockt, als er Martins Gesicht sah.

»Schon gut«, murmelte Martin und winkte ab.

»Was ist passiert?«

»Gar nichts«, wiegelte Martin ab.

Joshua kam näher und begriff, warum das Wasser so laut angestellt war. Er drängte sich ganz nah an seinen Vater. »Ich hab unter meinem Fenster einen Kellerausgang gesehen«, raunte er seinen Eltern zu.

Martins Herz schlug mit einem Mal schneller. Er klopfte seinem Sohn auf die Schulter.

»Was macht ihr da?«, fragte Simon laut. Alle drei fuhren herum.

»Essen. Joshua, trägst du bitte die Teller rein?«, bat Alexandra.

»Mach ich.«

Joshua nahm das Geschirr aus dem Hängeschrank und ging damit an dem misstrauischen Simon vorbei.

»Können Sie vielleicht meine Tochter holen, damit sie sich um Piet kümmern kann?«, fragte Alexandra. Sie wusste nicht, ob Simon schon Meldung an Brockhaus gemacht hatte oder ob sie ihm jetzt eine Gelegenheit dazu gab. Aber sie wollte sich nicht länger fragen, was passieren würde. Sie war wütend. Wütend darüber, wie Martin zugerichtet worden war, wütend über die vertane Chance mit dem Handy.

Simon, der eine Zeit lang grübelnd in der Tür gestanden hatte, ging wortlos nach oben.

Kaum war er verschwunden, kam Leben in Martin. Er blickte verstohlen ins Esszimmer und winkte seinen Sohn herbei. Joshua hatte denselben Gedanken gehabt, er lief ihm praktisch in die Arme, und Martin drehte sich nur noch einmal kurz zu Alexandra um. Es war klar, was er vorhatte. Es musste blitzschnell passieren. Dies war vielleicht der einzige Augenblick, in dem es möglich war. Und sie mussten ihn nutzen, koste es, was es wolle.

Gemeinsam stahlen sie sich davon und schlichen um den Treppenaufgang herum zur Kellertür. Keiner von ihnen war bis jetzt unten gewesen und wusste, wie es dort aussah. Aber Joshua hatte diesen Ausgang gesehen. Wenn er da war, gab es auch eine Tür. Leise drückte Martin die Klinke herunter. Die Tür ging auf.

Der Kellerabgang war aus Stein mit einem gusseisernen Handlauf an der Wand. Simon war jetzt oben im Flur angekommen. Martin und Joshua schlichen zwei Stufen nach unten, schlossen die Tür hinter sich und schalteten das Licht an. Martin schob Joshua weiter. Unten gab es einen fast quadratischen Vorflur, von dem zwei Türen und ein Gang abgingen. Der Gang musste der Weg zur Hintertür sein. Es roch nach Wäschepulver und feuchtem Stein. Sie liefen bis zu einer Holztür mit einem kleinen Fenster, durch das sie auf die Stufen blicken konnten, die nach oben in die Freiheit führten. Martin starrte auf das Schloss. Kein Schlüssel. Er versuchte, die Tür zu öffnen, doch sie war abgeschlossen.

»Hier«, sagte Joshua und griff auf den Holzrahmen über der Tür. Da war der Schlüssel. Martin umarmte seinen Sohn. Dann versuchte er so vorsichtig wie möglich, den Schlüssel einzustecken und zu drehen. Es klackte, als der Riegel zurückschnappte.

»Okay, jetzt hör mir gut zu«, sagte Martin und nahm das Gesicht seines Sohnes in die Hände. Er konnte sich nicht erinnern, wann er das zuletzt getan hatte. Joshua musste noch ein kleiner Junge gewesen sein. »Du wirst jetzt laufen, so schnell du kannst. Lauf zu einem Haus und erzähle den Leuten, was hier passiert. Ruf die Polizei und bleib, wo du bist. Alles andere wird sich klären.«

»Ich dachte, du kommst mit«, sagte Joshua ängstlich.

»Tut mir leid, ich kann nicht mit dir kommen. Ich muss hierbleiben. Aber du wirst gleich frei sein und in Sicherheit. Lauf, mein Junge, lauf.« Die letzten Worte gingen fast in Tränen unter.

Oben ging Simon durch den Flur. Die hintere Tür stand offen, Joshuas Zimmer. Er machte zwei Schritte darauf zu, dann bemerkte er Brockhaus, der mit dem Rücken zu ihm auf das Fensterbrett gestützt dastand und in die unruhige Dunkelheit hinausblickte. Simon blieb stehen. Er überlegte lange, was er tun sollte, bis Brockhaus seiner Anwesenheit aus irgendeinem Grund gewahr wurde und sich umdrehte.

»Simon, was willst du?«, fragte er.

Er schien Simon verändert, ruhiger oder sogar niedergeschlagen zu sein.

»Die Frau wollte gern, dass ihre Tochter ihr mit dem Kleinen hilft, weil sie gerade kochen muss.«

»Wo ist Martin?«

»Der kühlt sein Auge.«

»*Er* soll das machen.« Brockhaus drehte sich wieder zum Fenster. Der Wind zerrte an den Ästen des Baums im Garten, dass man glauben konnte, sie würden jeden Moment weggerissen werden. Auf einmal fiel ein Lichtschimmer auf die Äste. Nur schwach, aber er war da. Brockhaus beugte sich vor. Aus dem Kellerabgang direkt unter ihm drang Licht, ein Schatten huschte hinaus.

»Sie hauen ab!«, schrie Brockhaus dröhnend gegen die Scheibe. Er wirbelte herum und sah den entsetzten Simon wie angewurzelt im Türrahmen stehen. »Sie hauen ab! Los, runter!«

Er lief Simon entgegen, der sich umdrehte und lossprintete.

Teil 5

Aus dem stillen Raume
Aus der Erde Grund
Hebt mich wie im Traume dein verliebter Mund
Wenn sich die späten Nebel drehen
Werd ich bei der Laterne stehen
Wie einst Lili Marleen

Lale Andersen, »Lili Marleen«

Amrum, Haus von Nils Petersen, 18:42 Uhr

Nils, Elke und Anna saßen am Abendbrottisch. Nils hatte Kabeljau gebraten und den Fisch mit Kartoffeln, Möhren und Zucchini serviert.

»Rot oder weiß?«, fragte Elke, den Korkenzieher in der Hand.

»Bier.«

»Nein, es ist Weihnachten, wir essen jetzt mal etwas feierlicher.«

»Okay, dann weiß. Zu Fisch geht nur weiß.«

Elke ging hinaus und holte einen Weißwein aus dem Kühlschrank.

»Anna, und du?«, fragte Nils.

»Nehme ich auch.«

»Weißwein?«

»Ja.«

»Elke?«, rief Nils in die Küche. »Deine Tochter nimmt auch ein Glas Wein.«

Elke kam zurück an den Tisch und sah ihre mittlerweile so erwachsene Tochter wehmütig an. »Jetzt trinken wir schon Wein zusammen?«

»Stopp«, sagte Nils alarmiert und blickte suchend aus dem Fenster.

»Was hast du?«

»Da draußen war gerade jemand«, sagte Nils und stand auf.

»Mach mir keine Angst.«

Es klingelte an der Tür. Elke stieß einen spitzen Schrei aus, und Anna musste lachen.

»Ich geh schon.« Nils zwinkerte seiner Frau zu.

Er ging zur Haustür und öffnete sie. Elmer Dirks stand, in einen dicken Parka gekleidet, vor der Tür.

»Elmer, komm schnell rein, der Wind …«

Er zog den älteren Herrn in den Flur, um die Tür wieder zudrücken zu können.

»Nils, frohe Wiehnacht erst mal.«

»Ja, dir auch.«

Elke kam aus dem Wohnzimmer dazu. »Moin, Elmer, schöne Überraschung«, sagte sie.

»Ja, ja, tut mir auch leid«, sagte er. »Ich will auch gar nicht lang stören. Esst ihr schon?«

»Wir wollten gerade anfangen, komm doch rein.«

»Aber nur kurz, ich hab da ...«

»Willst du mitessen?«, bot Elke ihm an.

»Nee du, meine Frau wartet ja auch zu Hause. Sonst gern.«

Sie gingen ins Wohnzimmer, wo Anna allein am Tisch saß und ihr Handy schnell wieder verschwinden ließ.

»Moin, Anna. Schön, dich zu sehen.«

»Moin, Herr Dirks.«

»Ach, sach ruhig Elmer zu mir.«

Sie nahmen am Tisch Platz.

»Was hast du denn auf dem Herzen?«, wollte Nils wissen.

»Na ja, ich hab da über die Feiertage so Gäste in meinem Haus. Eine Familie aus Hamburg. Die sind zu fünft angereist. Jetzt war ich kurz dort, um die Gastkarten abzuholen, und sehe, die haben Besuch von drei Männern. War auch alles nett und so weiter. Gar kein Problem, der Mieter hat rasch alles ausgefüllt, und ich bin wieder los. Aber als ich nach Hause komm, guck ich mir die Karten an, und da steht plötzlich das hier ...«

Er kramte den Bogen mit den Gastkarten aus der Tasche seines Parkas und reichte sie Nils.

»Und?«, fragte der.

»Guck mal da unten die Postleitzahlen.«

Nils stutzte, und Elke machte neugierig einen langen Hals.

»Fünf null fünf«, sagte Dirks. »Die Postleitzahlen in Deutschland sind meines Wissens aber überall fünfstellig.«

»Tja, auch dass er es nicht bei allen Karten so geschrieben hat, sondern nur bei den Kindern, ist komisch.«

»Ja, eben. Deswegen bin ich hier. Bin ich jetzt völlig bescheuert, oder sieht das aus wie 'n SOS?«

Nils starrte unschlüssig auf die Karte. Erst das Wrack am Strand, und jetzt diese komische Kurkarte.

»Welches deiner Häuser war's denn? Hinten das ›Dünenglück‹?«, fragte er.

»Woher weißt du das?«

»Ich war vorhin am Strand, und auf dem Rückweg sah ich einen Wagen und hab ihn angehalten. Es saßen drei Männer drin, und der Fahrer sagte, er wolle seine Freunde nach Hause bringen. Die kamen aus dem ›Dünenglück‹.«

»Hatte der eine 'n blaues Auge?«, fragte Dirks.

»Nee, glaub nicht. War aber auch zu dunkel.«

»Komisch«, sagte Dirks. »Die sahen alle drei recht ramponiert aus. Hab mir erst nix dabei gedacht, weil sie irgendwas von einem Fahrradunfall erzählten. Aber jetzt … Sehr komisch, oder?«

»Ja, vor allem, weil ich heute ein Bootswrack entdeckt hab.«

»Wird ja immer komischer.«

»Vielleicht fahre ich da nachher mal vorbei und sehe nach dem Rechten«, sagte Nils nachdenklich.

»Ja, das wär klasse«, sagte Dirks dankbar. »Da bin ich beruhigt.«

»Ich nicht«, sagte Elke.

Amrum, Haus »Dünenglück«, 18:53 Uhr

Simon rannte in den Keller. Brockhaus stand im Flur und winkte Till herbei. »Sie sind nach hinten raus!«, rief er und zeigte auf die Haustür. »Geh du vorn raus, beeil dich!«

Tills schwere Schritte hämmerten über den Boden. Sein massiger, muskulöser Körper bewegte sich überraschend schnell an Brockhaus vorbei. Er riss die Tür auf und verschwand in der Dunkelheit.

Im Untergeschoss fand Simon den Gang zur Hintertür und erkannte, dass Martin noch an der Tür herumfuhrwerkte. Er lief förmlich gegen ihn und drückte ihn mit beiden Händen zunächst gegen das Türblatt, dann schleuderte er ihn davon weg. Der Schlüssel fiel klingelnd auf den Boden, und Simon schnappte ihn sich. Als er die Tür aufgeschlossen hatte, hörte er oben schon die Schritte von Till ums Haus kommen. Er wollte gerade die Treppe hinaufhechten, da warf sich Martin von hinten gegen ihn und umklammerte seine Beine. Simon hielt sich am Geländer fest und trat nach hinten, bis er Martin an der Schulter erwischte und der von ihm abließ.

Eine Bö erwischte Simon, als er an der obersten Stufe angekommen war, und riss ihn seitlich zu Boden. Die Äste des Baums über ihm rauschten und klackerten beängstigend laut. Er rappelte sich auf und lief, sich gegen den Wind stemmend, hinter Till her in den dunklen Garten hinein. Ein von Buchsbaumbüschen gesäumter Zaun, der das Grundstück zu den Nachbarn abgrenzte, hielt ihn auf. Das Nachbarhaus stand hinter einer Reihe von Fichten und wirkte dunkel und verlassen. Er kletterte über den Zaun und stand nun inmitten der Tannenzweige, die wie riesige Arme im Wind nach ihm schlugen. Das Rauschen war ohrenbetäubend. Dennoch hörte er die Stimme von Till, der etwas Unverständliches rief. Gleich darauf sah er seine kantige Silhouette auf der Rasenfläche. Er hatte Joshua mit einer Hand am Kragen gepackt und zerrte ihn durch den Garten hinter sich her wie ein Besitzer seinen ungehorsamen Hund.

Gemeinsam brachten sie den Jungen zurück ins Haus. Till warf ihn im Flur so rabiat auf den Boden, dass er noch zwei Meter weit rutschte.

Brockhaus stand vor Martin, der wieder auf dem Sofa saß, und bedrohte ihn mit der Waffe.

»Sehr schön. Hallo, Joshua, freut mich, dich wiederzusehen. Unser Gespräch hat ja richtig gefruchtet, was?«

Joshua schniefte und wischte sich mit dem Arm über die Nase, bevor er aufstand.

»Nicht heulen, Kleiner. Wer so 'ne Scheiße macht, muss sie auch ausbaden können. Ein Mann sein, verstehst du? Komm, setz dich neben deinen Vater.«

Simon und Till stellten sich an Brockhaus' Seite. Beide waren außer Atem.

»Es war meine Idee«, sagte Martin. »Ich hab ihn losgeschickt. Tut ihm nichts.«

»Na, guck mal, wie mutig dein Vater ist«, sagte Brockhaus mit einem fiesen Lächeln. »Und in der Tat kann ich euch das nicht ohne Strafe durchgehen lassen.« Seine Augen funkelten.

Martin legte eine Hand beruhigend auf Joshuas Knie. Der atmete hektisch durch die Nase. Brockhaus bewegte den Lauf der Waffe unentschlossen von Martin zu Joshua und wieder zurück.

»Vielleicht sollte ich Milde walten lassen. Schließlich müssen wir euch noch transportieren können, wenn wir aufs Schiff gehen.« Er löste seinen Blick von den beiden und schaute zur Küche, als sei ihm gerade etwas Wichtiges eingefallen. »Wo ist Alexandra?«

Simon eilte sofort los, um nachzusehen, und blieb im Türrahmen stehen. Alexandra stand in der Mitte des Raums, wie erstarrt und schwer atmend.

»Hier«, sagte Simon und deutete in die Küche.

»Warum guckst du so?«, fragte Brockhaus.

»Sie sieht merkwürdig aus«, gab Simon unsicher zurück.

»Alexandra!«, rief Brockhaus.

Wie in Trance tapste Alexandra ins Wohnzimmer und blieb mit ausdrucksloser Miene stehen. Brockhaus merkte gleich, dass etwas nicht stimmen konnte.

»Wo ist Piet?«, fragte er.

Alexandra antwortete nicht.

Simon sah im Autositz in der Küche nach.

»Hier ist er nicht mehr!«

»Sieh nach Daniela, schnell!«, rief Brockhaus und richtete seine Waffe auf Alexandra. Simon lief indes in die erste Etage.

»Sie ist weg!«, hörte man ihn rufen.

»Wo ist sie?«, fragte Brockhaus.

Alexandra stand nur reglos da, ihre Augenlider flatterten.

Brockhaus lächelte sanft und ließ bedauernd den Kopf hängen. Dann schwenkte er herum und schoss. Der Knall ließ alle zusammenschrecken, sogar Till. Martin griff sich ans Bein und gab einen tiefen, keuchenden Schmerzenslaut von sich. Das Blut sickerte durch seine Finger und pladderte auf den Boden.

»Martin!«, schrie Alexandra.

»Wo ist sie?«, wiederholte Brockhaus und zielte auf Martins anderes Bein.

»Ich hab sie rausgeschickt. Mit Piet«, gestand Alexandra weinend. »Sie sind weg.«

Brockhaus blickte wütend zu Till.

»Holt sie mir«, fauchte er.

Amrum, Strandstraße, 19:07 Uhr

Daniela lief und lief. Piet hielt sie mit beiden Händen an sich gedrückt. Er schrie und weinte, doch hier draußen wütete der Sturm so laut, dass sie es kaum bemerkte. Sie hörte auch nicht ihr eigenes Atmen und Schluchzen. Ihr Blick war nur geradeaus gerichtet, dorthin, wo die Hauptstraße war. Sie musste die Straße erreichen. Sie war bereits an ein paar Häusern vorbeigekommen, aber nirgends hatte sie Licht gesehen. So rannte sie stur weiter geradeaus und traute sich nicht, sich umzublicken, aus Angst, dass einer der Männer sie erreichen und von hinten packen könnte. Endlich hatte sie die Bushaltestelle erreicht. Links entlang führte die Straße in Richtung Norddorf. Daniela entschied, weiter geradeaus zu laufen, und passierte das erste Haus. Ein Reetdachhaus, das etwas zurückversetzt von der Straße lag. Doch die Fenster waren schwarz.

Sie lief weiter, keuchte, weinte. Piet kreischte und zappelte mit den Beinchen, aber Daniela hielt ihn fest umklammert. In der Pension hinter der Steinmauer war auch kein Licht zu sehen, und in den daran anschließenden Häusern ebenfalls nicht. Als der Fahrradverleih auftauchte, bog sie um die Kurve in das

Wohngebiet ein – und endlich, in dem zweiten Haus von links brannte Licht, und sie sah Menschen hinter der Scheibe. Mit einem Aufschrei der Erleichterung lief sie die Eingangsstufen hinauf und drückte die Klingel, drückte, drückte, bis jemand öffnete. Es war eine Frau, eine schlanke ältere Dame in einem festlichen Kleid.

»Bitte, helfen Sie mir!«, platzte Daniela heraus und trat ungebeten in den Hausflur. »Bitte, Sie müssen mir helfen«, jammerte sie.

Die Frau warf die Tür hinter ihr zu.

»Um Himmels willen, was ist euch passiert?«

Amrum, Haus »Dünenglück«, 19:23 Uhr

Brockhaus saß auf der Couch und beobachtete Alexandra, die versuchte, Martins Schusswunde zu verbinden. Sie hatte die Jeans vom Saum bis zum Knie aufgeschnitten und das Bein unterhalb des Knies mit einem Gürtel abgebunden. Zu Martins Füßen hatte sich inzwischen eine große Pfütze Blut gebildet. Alexandra hantierte mit einem Stapel Geschirrtücher, die sie auf die Wunde presste, um einen Druckverband daraus herzustellen.

Martin hatte den Kopf zurückgelegt, sein Gesicht war eine Grimasse aus Schmerz, und er drückte sich seine beiden Fäuste in die Augen. Unterdrückte Laute drangen aus seiner Kehle.

»Ich kann einfach nicht … Es hört nicht auf zu bluten«, sagte Alexandra verzweifelt. Ihre Unterarme waren blutverschmiert, ihre Bluse nass von großflächigen roten Flecken und Schmierspuren.

Martin hatte einen Durchschuss in der Wade. Das Austrittsloch war fast doppelt so groß wie das Einschussloch.

»Wir müssen das Bein hochlegen«, sagte sie und zog an dem Sitzpolster neben Martin. Auch das Rückenteil schnappte sie sich und legte sein Bein darauf.

Brockhaus sah seelenruhig dabei zu, die Waffe in der Hand. »Du machst das doch ganz gut«, sagte er. »Die Blutung könnte man durch Veröden stillen.«

Alexandra blickte zu ihm hoch. »Wie soll ich das machen?«

»Tja, man braucht etwas Brennbares, das punktuell hohe Temperaturen erreicht. Hast du so was im Haus?« Brockhaus schien es förmlich zu genießen, Martin leiden und Alexandra verzweifeln zu sehen. »Joshua, was macht das Essen?«, rief er und freute sich nun noch viel mehr, weil er den Jungen dazu verdonnert hatte, sich ums Essen zu kümmern.

»Ist fertig«, kam es ungehalten zurück.

»Fein, wir können essen«, sagte er und rieb sich die Hände.

Wie aufs Stichwort kamen in diesem Moment Simon und Till mit dem Passat zurück. Sie waren allein.

»Nichts«, sagte Till.

»Ihr seid unfähig«, erklärte Brockhaus ohne jeden Ärger und setzte sich an den Tisch. »Sie ist weg, was soll's? Jetzt wird gegessen.«

Joshua brachte den Auflauf herein und knallte ihn auf einen Korkuntersetzer. Brockhaus schaufelte sich eine große Portion auf den Teller und begann zu essen.

Amrum, Haus von Nils Petersen, 19:37 Uhr

Nils saß nachdenklich vor seinem leeren Teller, seine Hand spielte mit dem Stiel des Weinglases.

»Dafür, dass du gekocht hast, war's gar nicht so schlecht«, sagte Anna, um ihn zu necken.

»Na, vielen Dank auch. Ich glaub, auf Föhr bringt man dir keine Manieren mehr bei, was?« Er warf mit seiner Serviette nach ihr, und sie duckte sich kreischend weg.

»Macht bitte nichts kaputt, das sind die guten Gläser«, mahnte Elke, musste aber ebenfalls lachen.

»Die hatte eindeutig ein Glas zu viel«, sagte Nils, ging zu seiner Tochter und begann sie zu kitzeln.

Erneut klingelte es. Diesmal war es das Diensthandy von Nils.

»Was ist denn heute los?«, fragte er und nahm das Gespräch entgegen. »Ja, Polizei Amrum, Nils Petersen am Apparat.«

Er lauschte einer aufgeregten Stimme. Anna und Elke räumten indes den Tisch ab.

»Ist gut. Ich komme sofort vorbei.«

Elke blieb neben ihm stehen. »Du siehst so besorgt aus.«

»Es hat sich eine Frau gemeldet und gesagt, dass ein junges Mädchen bei ihnen geklingelt habe, das behauptet, drei Männern entkommen zu sein, die ihre Familie gefangen halten.«

»Was? Das ist doch wohl ein schlechter Scherz«, meinte Elke.

»Klang aber nicht so. Die Dame war schon älter. Ein Baby soll das Mädchen auch dabeihaben. Und nach dem, was Elmer uns vorhin erzählt hat …«

»Kanntest du die Anruferin?«

»Nein, es sind Touristen, sie wohnen gleich hier um die Ecke. Ich muss da jetzt hin.« Er lächelte entschuldigend.

»Irgendwie ist das ein komisches Weihnachten dieses Jahr.« Elkes Schultern sanken enttäuscht herab.

»Ich weiß, aber es geht nicht anders.« Nils schlüpfte in seine Jacke. »Lass unsere Tochter nicht so viel Wein trinken«, sagte er.

Anna lugte um die Ecke. »Das habe ich gehört.«

»Gut so!«, rief er zufrieden und wandte sich wieder seiner Frau zu. »Schließt ab, wenn ich raus bin.« Er gab Elke einen Kuss und ging hinaus.

Mit dem Auto brauchte er nur eine knappe Minute bis zu dem Haus. Er klingelte, und eine ältere Dame öffnete ihm.

»Nils Petersen von der Polizei. Wir haben gerade telefoniert«, stellte er sich vor.

»Annemarie Drescher. Bitte kommen Sie herein.«

Die Frau wirkte sehr besorgt und irgendwie fahrig, fiel Nils auf. Ihr Make-up war um die Augen ein wenig verwischt. Sie führte Nils in ein Wohn- und Esszimmer, in dem vier Personen am Tisch saßen und ihn bedrückt musterten. Auf dem Sofa hockte ein junges Mädchen, vielleicht ein oder zwei Jahre jünger als Anna, und hatte auf dem Schoß einen Säugling, der stoßweise schluchzte. Sein Gesicht war nass und glühte zugleich.

»Das ist mein Mann«, sagte Annemarie Drescher und wies auf einen Herrn im roten Pullover, »und unsere Freunde aus Lübeck.«

Nils grüßte sie mit einem Nicken. »Frohe Weihnachten«, wünschte er, dann wandte er seine Aufmerksamkeit dem Mädchen zu.

»Und das sind Daniela und der kleine Piet«, erklärte Frau Drescher.

Nils trat näher und ging vor Daniela in die Hocke. Sie begann sofort zu weinen, und Nils setzte sich neben sie und nahm sie in den Arm.

»Schon gut, alles gut, du bist in Sicherheit.«

Sie zitterte am ganzen Leib und drückte ihr Gesicht an Nils' Schulter.

»Sie … sie … haben … meine Familie …«

»Schon gut, beruhige dich. Wir werden …«

»Nein!«, fuhr sie erschrocken auf. »Sie müssen was tun, Sie müssen ihnen helfen, jetzt gleich.«

»Schschsch …«, machte Nils. »Hör mir zu. Ich nehme dich mit zu mir. Dort können wir uns auch um deinen kleinen Bruder kümmern, und dann erzählst du mir alles, okay?«

»Aber …«

»Bitte, Daniela. Hat er Hunger?«, fragte Nils mit Blick auf den Kleinen.

Sie nickte energisch.

»Tut mir leid, wir haben nur Tee im Haus, und den hat er nicht genommen«, sagte Frau Drescher entschuldigend.

»Alles gut, ich kümmere mich darum. Komm.« Nils erhob sich, reichte Daniela die Hand, und sie stand mit Piet in der Armbeuge auf. »Frau Drescher, vielen Dank, dass Sie sich um sie gekümmert haben. Sie haben alles richtig gemacht.«

»Hoffentlich wird alles wieder gut. Wir drücken dir die Daumen, meine Kleine«, sagte Frau Drescher zu Daniela und streichelte ihr über die Wange.

Nils ging mit den beiden nach draußen und setzte sie in den Streifenwagen.

»Ich wohne ganz in der Nähe, wir sind gleich da. Dann wird alles getan, was getan werden muss«, versprach er ihr und fuhr los.

Daniela schaute ängstlich aus dem Fenster, ob sie Till oder Simon irgendwo entdecken konnte, denn sie vermutete, dass die beiden noch unterwegs waren und nach ihr suchten.

Elke stand bereits in der Tür und erwartete sie, als sie vorgefahren waren und ausstiegen.

»Komm rein«, sagte sie freundlich zu Daniela und brachte sie ins Wohnzimmer, wo auch Anna saß.

»Hallo«, grüßte sie vorsichtig.

Elke ließ Daniela auf dem Sofa Platz nehmen. Piet war vor Erschöpfung eingeschlafen, aber sicherlich nicht für lange.

»Wir brauchen Milch für den Kleinen und Windeln«, sagte Nils. »Anna, könntest du was von Mette holen? Die haben doch Nachwuchs.«

»Na klar, mach ich.«

Anna lief sofort hinaus. Elke legte eine Decke um das zitternde Mädchen, und Nils setzte sich direkt vor sie auf den Wohnzimmertisch.

»Okay, meinst du, du kannst mir jetzt erzählen, was passiert ist?«

Daniela sog die Luft ein, um Atem zu holen für die schlimmste Geschichte, die ihr je widerfahren war, und um sich Mut zu machen, sie einem Fremden zu schildern.

»Letzte Nacht kamen drei Männer zu uns und sagten, sie seien mit dem Schiff verunglückt.«

Nils nickte ernst. »Ich hab das Wrack gefunden«, sagte er.

»Sie kamen rein, und als mein Vater jemanden zu Hilfe rufen wollte, bedrohten sie uns und sperrten uns ein. Im Fernsehen haben wir gesehen, was sie gemacht haben, und dieser Typ, ihr Anführer, ist so … Er hat das alles genossen und wollte Weihnachten mit uns feiern, als sei nichts passiert. Aber sie hatten alle Waffen, und ich glaube, dieser Kerl ist verrückt. Er hat Papa schlimm geschlagen, und mein Bruder wurde wieder eingefangen, als er fliehen wollte. Mama hat mich dann mit Piet weggeschickt, als alle abgelenkt waren.«

»Also sind deine Mutter, dein Bruder und dein Vater noch im Haus?«

»Ja, Sie müssen ihnen helfen, bitte.«

»Das werde ich. Aber ich muss alles ganz genau wissen. Es sind drei Männer?«

»Ja, sie haben Geld aus einem Transporter geklaut, Millionen.«

»Ist euer Vermieter Herr Dirks? War er bei euch?«

»Ja, ein älterer Herr kam wegen der Kurkarten vorbei.«

»Er war vorhin bei mir. Dein Vater hat ihm etwas aufgeschrieben, was er als Hilferuf ansah.«

»Dann wissen Sie, wo das Haus ist?«, fragte sie hoffnungsvoll.

»Ja, tue ich«, versicherte er.

»Die Männer sind vorhin los, um zu sehen, ob sie ein neues Boot finden«, sagte Daniela. »Damit wollen sie von der Insel fliehen, wenn der Sturm nachlässt.«

Im Flur schlug die Tür. Anna kam zurück, und in der Küche entstanden Geräusche.

»Ich glaube, sie wollen uns alle als Geiseln mitnehmen.«

»Keine Sorge, im Moment können sie nicht weg. Der Wind ist noch zu stark. Aber mit der ablaufenden Flut gegen Morgen wird es eventuell besser.« Die letzten Worte sprach er mehr zu sich selbst.

»Sie dürfen meinen Eltern und Joshua nichts tun, bitte«, flehte sie.

»Ich werde mein Bestes geben, Daniela. Ich werde jetzt in einem Polizeirevier anrufen müssen, um das zu melden. Und um mich mit den Kollegen auf dem Festland abzusprechen, was wir wie schnell tun können, weil ich hier auf der Insel allein bin.«

Elke kam mit einer Tasse und einer Babyflasche ins Wohnzimmer.

»Meine Frau Elke kümmert sich um dich. Ich bin gleich wieder da.«

Nils erhob sich und machte Platz für Elke. Er setzte sich an den Esstisch und wollte eben die Nummer der Niebüller Polizei wählen, als das Handy klingelte.

»Polizei Amrum, Petersen?«

»Herr Petersen, hier spricht Hauptkommissar Stehlbek von der Kripo Hamburg. Uns wurde gemeldet, dass Sie ein Bootswrack auf der Insel entdeckt haben.«

Amrum, Haus »Dünenglück«, 20:17 Uhr

Alexandra durchsuchte in der Küche alle Schubladen, fand schließlich eine Packung große Streichhölzer und erstarrte in der Bewegung. Sie nahm die Schachtel in die Hand, schüttelte sie und hörte, dass sie gut gefüllt war. Mit dem Zeigefinger schob sie den Pappschuber auf und blickte auf die knapp zehn Zentimeter langen Hölzer mit den roten Köpfen. Sie entnahm alle bis auf fünf Stück. Aus einem Hängeschrank holte sie eine tiefe Dessertschale aus Glas und aus dem Messerblock das Fleischmesser. Jetzt hatte sie alles zusammen. Sie seufzte laut auf. Das, was sie jetzt tun musste, würde Martin große Schmerzen bereiten. Aber die Blutung wollte nicht nachlassen, und wenn sie ihn sogar mitnehmen wollten, musste er transportfähig sein. Sie begann, mit dem Messer die rote Substanz von den Streichholzköpfen abzuschaben, und ließ das Pulver in die Schale rieseln. Konzentriert, um sich nicht ablenken zu lassen von dem Gedanken an Daniela und ihren kleinen Piet. Es bereitete ihr ganz reelle Schmerzen in ihrem Herzen, wenn sie an ihr Baby dachte.

»Na, geht dir der kleine Piet durch den Kopf?«, fragte Brockhaus, und sie erschrak. Er stand mit der Schulter an den Türrahmen gelehnt da und beobachtete sie. Und anscheinend konnte er ihre Gedanken lesen. »Oder überlegst du, wie du mir am besten das Messer in die Eingeweide rammen könntest? Es ist jedenfalls eins von beidem, da wette ich«, sagte er und lehnte nun auch seinen Kopf an. »Du bist eine taffe Frau, Alexandra. Nicht eine von diesen Vorstadtweibern, die zu Hause sitzen und das Geld, das ihrem Mann bei der Arbeit in den Arsch gesteckt wird, für Kosmetik und Wellness verprassen. Nein, so bist du nicht. Was ist dein Beruf? Arbeitest du?«

»Ich bin Lehrerin. Aber im Moment reduziert wegen Piet.«

»Lehrerin? Meinst du, du hättest aus mir einen anständigen jungen Mann formen können, wenn wir uns früher begegnet wären? Du und ich in der Schule. Der Schüler und seine Lehrerin. Verlockende Vorstellung.«

Alexandra schabte nur weiter die Zündköpfe ab und verbiss sich eine Antwort.

»Jetzt redest du nicht mehr mit mir? Weil ich deinem Mann ins Bein geschossen hab? Bist du sehr nachtragend?«

Er stieß sich vom Rahmen ab, ging auf sie zu und stellte sich hinter sie. Sachte hob er seine Hände und legte sie auf ihre Hüften. Alexandra zuckte. Brockhaus kam näher und näher. Sie spürte seinen Atem in ihrem Nacken.

»Ich hab schon lange keine Frau mehr gehabt«, raunte er in ihr Ohr.

Alexandra hielt inne. Ihre Finger schlossen sich fester um den Griff des Messers.

»Und du noch nie einen anderen Mann als Martin.«

Sie wirbelte herum, stieß ihn dabei von sich und stierte ihn mit zornesgroßen Augen an.

»Ja, ja«, er kicherte wissend. »Wir haben intime Männergespräche geführt.«

Die Klinge des Messers blitzte auf, als sie damit zustieß. Die Spitze drückte sich jedoch nur in das kleine Grübchen unterhalb von Brockhaus' Adamsapfel, ohne ihn zu verletzen.

»Wow«, flüsterte er fasziniert. »Du machst mich immer schärfer.«

Abrupt wich er nach hinten zurück und packte ihr Handgelenk mit seiner Linken. Sie versuchte, gegen seinen Griff anzukämpfen, merkte aber schnell, dass sie unterlegen war.

»Hättest du mal zugestochen«, sagte er. »Aber jemanden zu töten, da gehört einiges dazu. Etwas, das du nicht hast. Erst recht nicht auf so schmutzige Art wie mit einem Messer.« Er nahm ihr die Waffe aus der Hand und hieb damit auf die Arbeitsplatte ein. Zitternd blieb die Klinge stecken. »So, jetzt quäl mal lieber deinen Mann, bevor ich meine guten Manieren bei dir vergesse.«

Alexandra nahm das Glasschälchen und die Streichhölzer und begab sich ins Wohnzimmer zu Martin.

»Zur Feier der Feier machen wir nun ein kleines Feuerwerk«, kündigte Brockhaus an. Till bewachte den auf der Couch liegenden Martin und verfolgte aufmerksam, was Alexandra tat.

»Es tut mir leid, Schatz«, flüsterte sie Martin zu und strich ihm übers Gesicht.

»Mach dir keine Gedanken, es wird alles gut«, entgegnete er.

»Unser unverbesserlicher Optimist«, tönte Brockhaus. »Mal sehen, wie optimistisch du in dreißig Sekunden bist.« Er lachte und ließ sich neben Till aufs Sofa fallen. »Simon und Joshua sind oben?«, fragte er.

Till nickte, ohne den Blick von Alexandra und dem roten Pulver zu nehmen, das sie nun in die Austrittswunde von Martins Bein rieb. Der kniff vor Schmerzen die Augen zusammen und legte den Kopf zurück. Es war nur der unheilvolle Anfang von dem, was folgen würde. Alexandra versuchte, ihre Tränen zu unterdrücken. Mit bebenden Lippen zündete sie das erste Streichholz an. Ihre Hand zitterte, ihr Atem ging stoßweise und ließ die Flamme flackern.

»Mach«, forderte Martin sie auf, und Alexandra hielt das Streichholz an die Wunde. Es zischte laut, und ein helles weißes Licht entflammte. Funken sprühten aus der Wunde, es qualmte und hörte nicht auf zu zischen. Martins Augen traten hervor, ehe er den Mund öffnete und seinen Schmerz hinausschrie.

Alexandra legte rasch ein nasses Handtuch um das Bein, um

dieser schrecklichen Tortur ein Ende zu bereiten. »Oh Gott, oh Gott«, wimmerte sie verzweifelt. Martins Körper versteifte sich in einem Krampf, und er bäumte sich auf. Wieder stieß er einen Schrei aus.

»Jetzt gleich die andere Seite«, verlangte Brockhaus energisch, doch Alexandra schüttelte völlig überfordert den Kopf und umklammerte Martins Bein.

Brockhaus stand auf und stieß sie von Martin weg. Er nahm den Teller, rieb das restliche Pulver in die Einschusswunde und zündete es kurzerhand an. Wieder bäumte sich Martin wie unter einem Stromschlag auf und wurde, während der Schwefel in seiner Wunde Funken sprühte, ohnmächtig und erschlaffte.

Minuten später lag Martin immer noch bewusstlos auf der Couch. Alexandra hatte sein Bein inzwischen notdürftig verbunden. Sie kniete neben ihm und küsste ihn auf die Wange und die schweißnasse Stirn.

»Bitte hör auf damit«, forderte Brockhaus sie auf. »Das ist ja jämmerlich. Komm.« Er packte sie am Oberarm und zog sie fort. »Ab nach oben. Der schläft jetzt. Wir brauchen alle etwas Schlaf.«

Er schubste sie die Stufen hinauf und folgte ihr. Till blieb bei Martin.

In der ersten Etage wurde die Tür von Joshuas Zimmer geöffnet, und Simon schaute heraus. »Was war da unten los?«, fragte er.

»Wir haben Martin professionell behandelt, alles in bester Ordnung«, gab Brockhaus zur Antwort. »Komm her, ich will, dass du auf Alexandra aufpasst. Ich geh zu Joshua.«

Simon begleitete Alexandra in das Elternschlafzimmer, und Brockhaus betrat Joshuas Raum.

»Na, mein Freund? Da bin ich wieder.«

Amrum, Haus von Nils Petersen, 20:19 Uhr

»Unternehmen Sie nichts, bis wir vor Ort sind, haben Sie verstanden?«, sagte Stehlbek mahnend. Nils saß am Esstisch, den Kopf gesenkt und den Hörer fest an sein Ohr gepresst. »Dieser Mann ist äußerst gefährlich. Till Zumrot ebenfalls. Wir setzen alles in Bewegung, damit wir mit einem Einsatzkommando zu Ihnen auf die Insel kommen können.«

»Sie können hier nicht anlanden bei dem Sturm.«

»Noch nicht. Aber das Gute ist, die können auch nicht weg. Ich weiß, für die Familie ist das schwer auszuhalten. Eventuell gibt es aber noch Hilfe von anderer Seite.«

»Was für 'ne Hilfe?«

»Der dritte Täter hat mal als Informant für den Verfassungsschutz gearbeitet. Wir glauben, dass er eventuell aussteigen will. Er hat gestern schon einmal versucht, seine Kontaktpersonen zu erreichen.«

»Handys gibt es keine mehr im Haus, sagt die Tochter.«

»Verstehe«, sagte Stehlbek enttäuscht.

»Ich könnte versuchen, das Haus von der anderen Straßenseite aus zu beobachten«, schlug Nils vor. Elke schaute besorgt auf. »Das gegenüberliegende Ferienhaus steht leer. Ich könnte also unbemerkt rein und Ihnen einen Lagebericht durchgeben.«

»Das ... Nun, das klingt gar nicht schlecht. Aber bitte, Herr Petersen, es ist Vorsicht geboten. Keine Maßnahmen ohne uns, keine übereilten Handlungen.«

»Das dachte ich mir schon«, gab Nils zurück. »Ich melde mich dann wieder bei Ihnen.«

Amrum, Haus »Strandläufer«, 21:09 Uhr

Nils stellte seinen Wagen auf dem unbefestigten Weg parallel zum Dünenstreifen von Nebel ab und kletterte über den Zaun auf das Grundstück, das dem Haus »Dünenglück« direkt gegenüberlag. Geduckt lief er über die Rasenfläche, während über ihm die Äste der Kiefern lärmten. Er näherte sich der Terrassentür und schlich sich rechts um das Haus herum zu einem Seiteneingang, der von einigen Bäumen und Büschen umwachsen und damit von vorn nicht einzusehen war. Die Schlüssel für das Haus hatte er sich von dem Verwalter geben lassen. Der Besitzer des Anwesens lebte in Hamburg und hatte angesichts der Dringlichkeit der Lage keine Einwände gehabt.

Nils schloss die Tür auf und betrat den Flur. Ohne Licht zu machen, versuchte er sich zu orientieren und nahm schließlich die Treppe in den ersten Stock, wo er im großen Schlafzimmer Position beziehen wollte. Hier sollte ein dreieckiges Fenster direkte Sicht auf das gegenüberliegende Haus bieten. Und genauso war es auch. Über die Hecken hinweg sah er auf das Grundstück von Haus »Dünenglück« und in das Fenster des Esszimmerbereichs. Nils holte sein Fernglas heraus, stützte sich mit seinen Ellbogen auf dem tiefen Fensterbrett ab und versuchte, das Glas scharf zu stellen. Er drehte an dem kleinen Rädchen, bis sich die hellen Lichtflecken in ein klares, definiertes Bild verwandelten. Im Fenster hing ein dünner weißer Vorhang, durch den er jedoch hindurchsehen und den Tisch sowie eine Sofaecke erkennen konnte. Ob jemand darauf saß oder lag, konnte er nicht sagen. Am Tisch saß augenscheinlich niemand. In der ersten Etage drang zwar Licht aus einem kleinen Flügelfenster, das durch ein Rollo jedoch blickdicht verhangen war.

Nils bewegte das Fernglas nach rechts. In der Auffahrt parkte der Passat, den er vorhin angehalten hatte. Er stockte, als er etwas Merkwürdiges entdeckte. Das Fahrerfenster war heruntergelassen oder … Nein, es war kaputt. Nils sah deutlich Rückstände des blinden Sicherheitsglases wie Zähne im Fensterrahmen stecken.

Amrum, Haus »Dünenglück«, 21:13 Uhr

Alexandra saß mit angezogenen Beinen auf dem Bett, die Knie mit beiden Armen umfasst, und beobachtete verstohlen Simon, der in einer ähnlichen Pose an die Wand gelehnt auf dem Boden saß und beide Hände auf den Kopf gelegt hatte. Seine Pistole lag neben ihm. Alexandra hatte immer noch die Schreie ihres Mannes im Ohr und dazu dieses schreckliche Zischen des Schwefelpulvers. Auch der widerliche Geruch nach verbranntem Fleisch hing ihr noch in der Nase und wollte einfach nicht nachlassen. Was sie im Moment aber noch mehr beschäftigte, waren Simon und die Sache mit dem Handy. Irgendwie schien er mit sich zu hadern, glaubte sie.

»Warum haben Sie ihm das mit dem Handy nicht gesagt?«, fragte sie zaghaft. Dass er geschwiegen hatte, war ihre Vermutung, weil es bis jetzt keine Reaktion von Brockhaus gegeben hatte.

Simon bewegte sich nicht. Sein Gesicht wurde komplett von seinen Armen verdeckt, weshalb sie nicht sehen konnte, was in ihm vorging. Sie wartete und wartete, aber es kam keine Reaktion.

»Sie haben es ihm doch nicht gesagt, oder?«, versuchte sie es erneut.

»Seien Sie still«, entgegnete er.

»Tut mir leid«, sagte Alexandra. »Tut mir leid. Aber ich kann nicht zusehen, bei dem, was hier passiert. Sehen Sie denn nicht, was hier vor sich geht? Dieser Mann ist völlig außer Kontrolle, er ist wahnsinnig.«

»Sie sollen still sein«, wiederholte Simon drohend.

»Aber merken Sie es denn nicht selbst? Sie sind doch noch so jung und setzen alles für so einen Mann aufs Spiel! Er macht vor nichts halt. Erst werden Sie seinetwegen zum Mörder, und dann werden *Sie* sterben.«

Alexandra kniete sich nun hin und sah ihn immer eindringlicher an.

»Was? Was wollen Sie?«, fragte er angefressen.

»Ich bitte Sie, ich flehe Sie an. Helfen Sie uns! Rufen Sie die Polizei. Er weiß nicht, dass Sie das Handy haben. Bitte!«

Er tastete zögernd nach seiner Waffe. Alexandra beobachtete jede seiner Bewegungen. Umständlich stand er auf und seufzte angestrengt, den Kopf in den Nacken gelegt. Dann sah er plötzlich zu ihr und hatte einen unheilvollen Glanz in den Augen.

Alexandra realisierte, dass sie vielleicht zu weit gegangen war, dass seine Loyalität Brockhaus gegenüber viel größer sein könnte als seine Vernunft oder sein Mut, sich gegen ihn zu stellen. Vielleicht waren aber auch nur die Argumente, die unten in den wasserdichten Säcken versteckt waren, zu verlockend.

Er kam zu ihr ans Bett, so nah, dass seine Knie die Bettkante berührten. Alexandra wich vor ihm zurück, bis er in seine Tasche griff und das Handy herausholte. Jetzt glomm ein kleiner Hoffnungsfunke in ihr auf, dass ihr Flehen und Betteln doch etwas in ihm angerührt hatten.

Unten im Wohnzimmer erwachte Martin aus einem tiefen, fiebrigen Schlaf. Er war nass geschwitzt und wusste zunächst gar nicht, wo er war. Hilfesuchend blickte er um sich, bis er sein Bein sah und es ihm wieder einfiel. Das war auch der Moment, in dem der Schmerz zurückkehrte. Ihm gegenüber auf der anderen Couch saß Till, den Kopf nach hinten gelegt, und schlief. Jetzt sah Martin sich vorsichtig im gesamten Wohnbereich um. Sie waren allein. Ihm war sofort klar, dass er diese Gelegenheit ausnutzen musste. Till schlief, und die anderen gingen davon aus, dass er, Martin, außer Gefecht war. Aber was konnte er in seinem Zustand überhaupt tun? Einen Mann von Tills Größe und Gewicht im Schlaf zu überwältigen, würde nicht funktionieren. Er könnte versuchen, sich jeglicher Konfrontation zu entziehen, indem er sich jetzt einfach aus dem Haus schlich. Doch der Sturm wütete laut, und das Öffnen der Haustür würde einen verräterischen Luftstoß zur Folge haben. Das hieß, er musste Till irgendwie ablenken.

Martin ließ seine Beine vom Sofa gleiten und unterdrückte einen Aufschrei. Er atmete gegen den Schmerz in seiner Wade an und nahm dabei seine Augen nicht von Till. Dann versuchte er aufzustehen.

Als das Blut nun wieder in seine Beine floss, flutete es Martins Wade mit heißem, beißendem Schmerz. Einen Moment lang dachte er, er würde wieder ohnmächtig werden, weil er nur noch schwarze Flecken vor den Augen sah. Er schwankte und suchte mit der Hand nach einem Halt, wartete, bis der Schmerz ein wenig nachließ. Aber es musste weitergehen. Er zwang sich, einen Schritt zu machen, dann noch einen und noch einen. Übelkeit stieg in ihm auf, aber er musste es zumindest bis in die Küche schaffen. Hier standen noch ihre Teller, die Auflaufform und die Pfannen herum. In der Arbeitsplatte steckte kerzengerade ein Fleischmesser.

Das Handy war laut Alexandra nicht mehr da, also sah er erst gar nicht nach. Aber er hatte eine Idee. Über ihm hing ein Rauchmelder an der Decke, den er mit ausgestrecktem Arm erreichen konnte. Langsam, um kein Geräusch zu verursachen, drehte er die Abdeckung aus der Fassung. Damit war er ausgeschaltet. Jetzt goss er Öl in die schmutzige Pfanne auf dem Herd und stellte das Induktionsfeld auf die maximale Stufe.

Amrum, Haus »Strandläufer«, 21:21 Uhr

Nils hatte eindeutig Bewegung im Haus gesehen. Eine Person war am Fenster im Erdgeschoss vorbeigegangen, anscheinend humpelte sie sehr stark. Hoch konzentriert stierte Nils durch das Fernglas, um keine Regung im Inneren zu übersehen. Und tatsächlich. Die Person humpelte erneut durch den Raum und setzte sich auf die Couch.

Nun blieb alles ruhig. Nichts tat sich mehr, weder im Unter- noch im Obergeschoss.

Also hielt Nils es für das Beste, Hauptkommissar Stehlbek anzurufen, um Bericht zu erstatten.

Amrum, Haus »Dünenglück«, 21:26 Uhr

Martin lag wieder auf der Couch und wunderte sich, wie lange er warten musste, bis sich in der Küche etwas tat. Till hatte sich in der Zeit nicht einmal bewegt. Er fragte sich, ob der Rauch allein ihn überhaupt wecken würde.

Dann endlich stach Martin ein unangenehmer Geruch in die Nase, und aus der Küche schwelte grauer Qualm.

»Till!«, sagte er, doch der wachte nicht auf. »Hey! *Hey!*«

Tills Kopf fuhr hoch, und er guckte mit glasigem Blick zu Martin herüber.

»Riecht es verbrannt?«, fragte Martin.

Till blickte erst zum Kaminofen und dann zur Küche. Als er die Schwaden sah, sprang er erschrocken auf und lief hinein. Jetzt musste Martin sich beeilen. Er schwang seine Beine vom Sofa, hörte Till in der Küche fluchen, stand auf und humpelte zur Terrassentür. Der Wind stand direkt auf der großen Glasfläche, die hinaus in den Garten führte, aber es war eine Schiebetür, und Martin hoffte, dass er sie von außen wieder würde zuschieben können. Er drückte sich hinter den Weihnachtsbaum, legte den Hebel um und zog die Tür ungefähr dreißig Zentimeter weit auf.

In der Küche klapperte es laut, wieder hörte er Till fluchen. Der war also noch beschäftigt. Martin zwängte sich durch den Spalt hinaus und schob die Tür wieder zu. Ein letzter Blick ins Wohnzimmer, bei dem er an Alexandra und Joshua dachte, die er nun allein zurückließ, dann lief er los.

Amrum, Haus »Strandläufer«, 21:30 Uhr

Nils hielt sich mit einer Hand das Fernglas vor die Augen, mit der anderen umfasste er das Handy, in das er sprach.

»Irgendwas passiert da gerade. Es war eine hektische Bewegung zu sehen, und jetzt scheinen Rauchschwaden ins Wohnzimmer zu dringen. Ja, da ist Rauch in der Wohnung.«

»Es brennt? Wollen Sie das sagen?«, fragte Stehlbek am anderen Ende der Leitung.

»Ich weiß es nicht, aber es ist ... Moment ...« Nils schwenkte das Glas nach links und erfasste Martin, der die Terrassentür aufzog und, vom Licht aus dem Wohnzimmer beleuchtet, in den Garten lief. »Da ist jemand!«

»Was?«, rief Stehlbek.

»Da flüchtet jemand aus dem Haus!«

Nils legte sofort auf und rannte die dunklen Stufen hinunter. Seine Schritte hämmerten laut durch das unbeleuchtete Haus, er sprang die letzten Stufen bis ins Wohnzimmer und eilte zum Ausgang.

Amrum, Haus »Dünenglück«, 21:30 Uhr

Simon hatte sich zu Alexandra aufs Bett gesetzt. Sie hatte es kommentarlos geschehen lassen, auch wenn sie noch unsicher war, was er vorhatte.

»Ich hab drüber nachgedacht anzurufen«, gab er zu. »Ich halte ihn auch für nicht ganz zurechnungsfähig. Aber ich ... ich unterzeichne mein Todesurteil, wenn er davon erfährt, verstehen Sie?«

Alexandra rannen Tränen der Erleichterung über die Wangen. Er war tatsächlich jemand, den man bekehren, der ein rettender Arm werden könnte.

»Sie tun das Richtige, auch für sich selbst«, bekräftigte sie.

Er nickte.

»Da ist noch was«, fügte er kaum hörbar hinzu. »Ich habe mal für den Verfassungsschutz gearbeitet.«

Alexandra war perplex. Hatte er das wirklich gesagt, oder war das nur Einbildung gewesen?«

»Ich hab eine Nummer, die ich wählen kann«, sagte er tonlos und blickte auf das schwarze Display.

»Dann tun Sie's. Bitte.« Alexandra hätte ihn fast berührt, zog ihre Hand aber wieder zurück.

Er sah sie an, als wäge er sein Leben ab. Sie lächelte ihm Mut zu.

»Herrgott, was ist da los?«, hörten sie Brockhaus im Nebenraum plötzlich brüllen.

Beide erstarrten.

»Simon!«, schrie er.

Simon war mit einem Satz an der Tür und riss sie auf. Es stank fürchterlich im Flur. Brockhaus stand in grauschwarzem Nebel an der Treppe und schaute nach unten.

»Sieh nach, was da los ist«, befahl er und winkte Simon mit der Waffe ins Erdgeschoss hinunter, wo der Qualm aus der Küche träge an der Decke entlangkroch und zu ihnen nach oben kam.

»Der Scheißherd war noch an«, rief Till wütend aus der Küche und hustete. Simon sprang die Stufen hinunter und pustete und wedelte den Qualm vor seinem Gesicht weg, während er in die Küche trat.

»Bring sie raus, kein Wasser!«, warnte er Till, der geduckt am Herd stand und versuchte, mit einem Topflappen den heißen Henkel der Pfanne zu fassen zu bekommen.

»Geh ausm Weg!«, schrie er. »Die Tür, mach die Scheißtür auf!«

Simon wollte bereits zur Haustür laufen, als Brockhaus ihn von der Treppe aus rief. »Hey, hier!«

Er warf ihm den Schlüssel zu, und Simon entriegelte die Tür. Till trug die qualmende Pfanne mit abgewendetem Gesicht vor sich her. Kurz bevor er bei ihm war, zog Simon die Tür auf. Der Luftzug ließ die Flamme hochzüngeln und den Rauch zurückschlagen. Till keuchte und warf die Pfanne einfach nach draußen auf die Steinplatten. Es schepperte laut, Funken flogen, und Simon drückte die Tür wieder zu.

»Scheiße«, fluchte Till erneut, ging zurück ins Wohnzimmer und gefror in seiner Bewegung, als er die leere Couch sah. Brockhaus, der noch auf der Treppe stand, bemerkte, dass etwas nicht stimmte, und schaute um die Ecke.

»Wo ist er?«, fauchte er mit weit aufgerissenen Augen. »Wo ist Martin?« Er schoss an Simon vorbei und hätte ihn dabei fast umgerissen.

Mit gezückter Waffe lief er hinaus auf die Auffahrt.

Amrum, Haus »Strandläufer«, 21:31 Uhr

Nils stürzte fast, als er um die Hausecke bog. Er sprintete gegen den Wind an, überquerte den Rasen und warf sich förmlich gegen den Zaun, der das Grundstück umgab. Mit den Beinen stieß er sich ab, machte einen Salto über den Zaun und landete auf dem Rücken. Kaum stand er wieder auf dem unbefestigten Weg, über den er gekommen war, sah er in Richtung Kreuzung, wo er die Person vermutete, die eben aus dem Haus »Dünenglück« entkommen war. Doch der Weg war verlassen. Er konnte jetzt zu Fuß weitersuchen oder mit dem Wagen und Licht weitermachen. Nils entschied sich für den Wagen und drehte sich um. Da entdeckte er eine Gestalt, die förmlich auf seiner Motorhaube lag.

»Hallo!«, hörte er sie verzweifelt rufen.

»Ich bin hier!«, rief er.

Es war ein Mann, sein Bein war verbunden, und er humpelte mit letzter Kraft an seine Fahrertür.

Nils hatte ihn fast erreicht. »Martin? Sind Sie Martin?«

Martin drehte sich zu ihm um und fiel dabei kraftlos nach hinten. Er sah Nils mit weit aufgerissenen Augen an.

»Ich bin Polizist, ich hab Sie gesucht, kommen Sie.« Nils half ihm hoch, führte ihn zur Beifahrerseite und ließ ihn einsteigen.

»Die werden mich suchen«, sagte Martin hastig. »Ich bin geflohen. Drei Männer haben meine Familie …«

»Ich weiß, ich weiß, Martin. Alles gut. Ich bringe Sie in Sicherheit.«

Nils startete den Motor, zog seine Dienstwaffe und legte sie sich griffbereit in den Schoß. Als er das Licht anschaltete, sah er Brockhaus, der etwa fünfzig Meter entfernt wie ein Geist im Lichtkegel stand.

»Scheiße«, sagte Nils erschrocken und legte den Rückwärtsgang ein.

Brockhaus wollte seine Waffe heben, um zu schießen, doch bei diesem Sturm hatte er schon Mühe, den Arm überhaupt gerade auszustrecken.

Nils drückte aufs Gas, die Räder drehten durch, griffen, und dann schoss das Auto nach hinten. Im schwächer werdenden Licht der Scheinwerfer wurde Brockhaus immer kleiner, bis die Dunkelheit ihn verschluckt hatte.

Amrum, Haus »Dünenglück«, 21:46 Uhr

Brockhaus stand vor der Terrassentür, durch die Martin geflüchtet war, und schaute auf die unter dem Weihnachtsbaum drapierten, ausgepackten Geschenke zu seinen Füßen, während er darauf wartete, dass Simon und Till Alexandra und Joshua herunterbrachten.

»Nehmt Platz«, sagte er, als sie sich hinter ihm versammelt hatten. Er drehte sich zu ihnen um. »Wie ihr seht, sind wir erneut etwas dezimiert worden. Da waren's nur noch fünf.« Er ging langsam auf Alexandra und Joshua zu, die dicht beieinander auf dem Sofa saßen, auf dem bis eben noch Martin gelegen hatte.

»Wie fühlt ihr euch? So ganz allein und verlassen, mmh? Joshua, wie fühlst du dich jetzt, da dein Vater abgehauen ist und dich und deine Mutter im Stich gelassen hat? Er hat einfach nur an sich gedacht. Ihr wart ihm egal, er wollte lieber seinen eigenen Arsch retten und weglaufen. Weglaufen wie ein Mädchen. So wie Daniela. Nur ihr zwei seid noch hier.« Er schmunzelte süffisant. »Joshua, ich fürchte, du hattest recht. Dein Vater ist ein verdammter Feigling. Denkst du das inzwischen nicht auch, Alexandra?«

»Er hat mehr durchgestanden, als du jemals ertragen könntest«, gab Alexandra verbissen zurück.

Brockhaus ging in die Hocke und sah sie forschend an. »Du meinst, wegen der Wunde an seinem Bein? Wegen einer kleinen Fleischwunde und ein wenig Schmerzen im Bein deines Werbeberatergatten? In eurem sauberen Scheißleben ist es vielleicht eine große Sache und erfordert Heldenmut, so etwas zu ertragen. Aber in unserem Leben …«, er deutete mit dem Lauf der Waffe auf Simon, Till und sich selbst, »… ist das an der Tagesordnung, meine Liebe. Solche Kratzer sind Tagesgeschäft, da, wo wir verkehren. In unseren Kreisen erlebt man ganz andere Dinge. Ich hab Sachen gesehen, da würdest du den Verstand verlieren. Ich dagegen, ich zucke mit den Schultern und lach mir eins. Das musst du mal verstehen, dass es gewaltige Unterschiede auf der Welt gibt. Und da, wo ihr lebt, ist eine Katastrophe so viel eher eine Katastrophe als in unserem Leben. Ist also mehr eine Sache der Wahrnehmung. Dein Mann ist in deinen Augen ein Held, weil *du* ihn so wahrnimmst. Aber er ist ein Feigling in der Realität. Wenn das Schiff sinkt, springt er zuerst von Bord. Er ist wie dieser Wichser in ›Titanic‹, der zusammen mit den Frauen und Kindern aufs Rettungsboot wollte. So einer ist er. Den Film kennst du sicher.«

Er erhob sich wieder. »Nun bin ich aber ehrlich gesagt ein wenig froh, dass wir diesen Klotz am Bein los sind. In der Umsetzung unseres Planes schränkt uns das nicht ein. Mit der Ausnahme, dass wir etwas früher starten als ursprünglich gedacht.«

»Aber der Sturm …«, gab Simon zu bedenken.

»Ja, ich weiß, der Sturm. Aber das kriegen wir schon hin. Wir wärmen uns jetzt noch mal hübsch auf, und dann geht's los. Leg doch noch ein letztes Scheit ins Feuer, Simon, damit unsere Gäste es so angenehm wie möglich haben.«

Simon befolgte die Anweisung, öffnete den Ofen und legte ein frisches Holzscheit auf die flackernde Glut. Er schloss die Tür, und Flammen züngelten auf.

Als Simon sich wieder aufrichtete, hob Brockhaus auf einmal seine Waffe. Man sah noch die Verwunderung in Simons Augen, bevor Brockhaus abdrückte.

Dann knallte es.

Alexandra schrie auf. Simon kippte getroffen nach hinten und krachte auf den Boden. Ein Loch klaffte in seiner Stirn. Hinter ihm an der Wand waren überall Blutspritzer.

»Was machst du?«, brüllte Till entsetzt und sprang auf.

»Einer musste dran glauben. Ein fünftes Rad am Wagen ist unerwünscht. Und dir vertraue ich mehr als *ihm*.« Brockhaus deutete anklagend auf Simon und stutzte. Simon war das Handy aus der Tasche gerutscht. Es hing halb auf dem Boden und reflektierte die im Ofen lodernden Flammen. Brockhaus ging neben ihm in die Hocke und hob es auf. »Was haben wir denn da?«

Alexandra senkte den Blick und ergab sich ihren Gefühlen. Ihr gesamter Körper hüpfte auf und ab, als sie anfing zu weinen. Joshua war in Schockstarre verfallen.

»Ein fabrikneues Handy. Wie ist er denn da rangekommen?« Brockhaus blickte fragend zu Till, der sich aber auch keinen Reim darauf machen konnte. In Brockhaus' Kopf arbeitete es. »Er kann es nicht bei sich gehabt haben, dann wäre es bei der Havarie abgesoffen … Also, woher hat er es?«

Brockhaus blickte von Alexandra zu Joshua und dann zu den Geschenken unter dem Weihnachtsbaum. »Ah, jetzt verstehe ich. Das ist Joshuas Weihnachtsgeschenk.«

Joshua blickte auf und blinzelte abwesend.

»Ja, mein Junge, du bekommst nicht nur eine schäbige, hässliche Jacke, sondern auch ein phantastisches neues Handy. Stimmt's, Alexandra? Irgendwie habt ihr es unterschlagen. Aber wie ist Simon in den Besitz dieses kleinen Schmuckstücks gekommen?«

»Er hat's mir abgenommen«, schluchzte sie.

»Dir abgenommen und was damit gemacht? Wozu brauchte er es?«

Sie zuckte mit den Schultern und weinte und weinte.

»Alexandra, wenn du mehr weißt, sagst du es besser, ansonsten finde ich Wege, es aus dir rauszuholen.«

Alexandra schluckte, schnappte nach Luft und wischte sich hektisch die Tränen aus dem Gesicht. »Ich wollte … dass er … Hilfe ruft«, sagte sie stockend.

»Das kann ich mir denken, aber warum hätte er das tun sollen? Er hat mir nichts von dem Handy gesagt. Dafür gibt es einen guten Grund, möchte ich wetten.«

»Er war sich nicht sicher, ob alles gut ausgeht«, sagte sie.

»Er zweifelte also an dem Unternehmen, ja?«

»Ja.«

»Und das war's?«, stocherte er weiter.

Alexandra zögerte einen Moment.

»Er sagte auch, dass er …«

»Ja? Sag schon.«

»Dass er denkt … dass du den Verstand verloren hast«, sagte sie hastig.

»Ach? Macht das den Eindruck?« Er fing an zu lachen wie ein kleines Kind. »Tja, Simon, verloren hast nur du«, gluckste er. »Und zwar deinen Anteil. Nun bleibt umso mehr für Till und mich übrig. Stimmt's, Till?«

Till verzog nur missmutig den Mund, so als läge ihm eine Antwort auf der Zunge, die Brockhaus nicht gefallen würde.

»Du musst es ja nicht annehmen.« Brockhaus sah sich das Handy genauer an. »Und, Joshua? Bist du jetzt weniger sauer auf deine Eltern, wo du weißt, dass du das hier bekommen solltest?«

Joshua blickte schüchtern zu seiner Mutter. Die legte nur

eine Hand auf seine und bedeutete ihm dadurch, dass er nicht antworten musste.

Amrum, Haus von Nils Petersen, 21:48 Uhr

Nils stützte Martin, als sie den kurzen Weg vom Wagen zur Haustür hinaufgingen. Er hatte einen kleinen Umweg über das Kinderkrankenhaus Satteldüne fahren müssen, um wieder auf die Hauptstraße zu kommen. Martin hatte ihm unterdessen berichtet, was passiert war, und war überglücklich, dass Daniela und Piet wohlauf und bei Nils zu Hause in Sicherheit waren.

Elke öffnete, noch bevor sie die Tür erreicht hatten, und auch Daniela wartete schon ungeduldig mit Piet auf dem Arm im Flur.

»Papa«, rief sie weinend und fiel ihm um den Hals.

»Hallo, meine Kleine.« Der arme Piet wurde fast zwischen ihnen zerdrückt.

»Was hast du da am Bein?«, fragte Daniela besorgt, als sie sich voneinander lösten.

»Ein Durchschuss. Brockhaus«, erklärte er.

»Das müssen wir uns ansehen und den Arzt rufen«, sagte Elke.

»Lass ihn erst mal sitzen. Alle ab ins Wohnzimmer«, ordnete Nils an.

Martin begrüßte nun auch Anna, die sich ihm kurz vorstellte und ihn zum Sofa führte, wo er sich in die Polster fallen ließ und merkte, wie der Schmerz sich jetzt, da das Adrenalin langsam seinen Körper verließ, immer mehr steigerte.

»Ich hole was gegen die Schmerzen. Und Verbandszeug.« Elke lief nach oben ins Badezimmer.

»Legen Sie das Bein hoch«, sagte Nils.

Martin musste es mit den Händen anheben, um es auf das Sofa zu befördern. Er holte ein paarmal Luft und streckte dann die Hände nach Piet aus. Daniela legte ihn ihm auf den Bauch. Martin umarmte und küsste ihn, während ihm die Tränen über das schmutzige Gesicht liefen.

Nils entschuldigte sich und informierte zunächst einen Arzt und gleich danach Stehlbek.

»Ich habe ein Polizeiboot, das jedoch frühestens in drei Stunden bei Ihnen sein kann«, berichtete der Kommissar.

»Aber Sie können hier nicht anlanden. Das Wasser würde Sie, egal an welcher Stelle der Insel, kentern lassen.«

»Gibt es gar keine Möglichkeit? Eine vom Wind geschützte Stelle? Flaches Wasser?«

Nils dachte nach.

»Es gibt nur … Sie könnten höchstens versuchen, vor den Dünen auf der Wattseite auf Grund zu laufen. Dort ist es flach, und es ist die windabgewandte Seite. Aber ich kann nicht garantieren, dass das Schiff und die Männer nicht zu Schaden kommen.«

»Ich bespreche das hier. Wenn Sie weiterhin die Observation übernehmen könnten? Dann wissen wir, wann sie aufbrechen.«

»Ist gut, mach ich.« Nils legte auf und ging zu Martin. Er setzte sich neben ihn auf den Sessel.

Piet war auf Martins Brust eingeschlafen.

»Und, gibt es eine Möglichkeit, meine Frau und meinen Sohn da rauszuholen?«, erkundigte sich Martin.

»Wir können sie nicht aus dem Haus befreien. Wir müssen warten, bis die sich auf den Weg machen, und ihnen dann entgegentreten, unterwegs oder im Hafen. Ein Polizeiboot wird uns unterstützen, es braucht aber drei Stunden. Und ich bin mir nicht sicher, ob die hier anlegen können.«

»Also können wir gar nichts tun?«, fragte Daniela. Sie ging zu Martin und nahm ihm Piet ab.

»Ich werde sie weiterhin beobachten«, sagte Nils.

Ein Schatten huschte am Fenster vorbei.

»Da kommt der Arzt.« Nils stand auf und öffnete Dr. Emil Holle die Tür. Der Inselarzt trug einen alten Anzug unter seinem Parka, der ihm ein wenig zu eng war.

»Danke, dass ihr mich rausgeklingelt habt. Die blöde Familie von meiner Frau treibt mich noch in den Wahnsinn.«

»Gern geschehen«, sagte Nils und musste lachen. »Komm rein, es ist eine Schussverletzung.«

Dr. Holle betrat mit seinem ledernen Arztkoffer das Wohnzimmer. »Moin. Sie sind wohl der Patient, was?«, sagte er fröhlich zu Martin und stellte krachend seine Tasche auf dem Tisch ab.

Elke kam von oben herunter. »Tut mir leid, ich hab lange suchen müssen. Wir haben nur abgelaufene Aspirin«, sagte sie.

»Moin, Elke, Aspirin kannste vergessen, wegen der Gerinnung.«

»Moin, Emil.«

»Ich schau mir das mal an, Schussverletzungen krieg ich ja nich alle Tage aufn Tisch …«

Er löste den Handtuchverband von Martins Wade und legte die blutigen und verkohlten Wunden frei. Daniela verzog das Gesicht.

»Ach du Scheiße«, rutschte es Nils heraus.

»Die wollten, dass ich transportfähig bin«, erklärte Martin. »Und damit es nicht mehr blutet, sollte meine Frau die Wunden veröden.«

»Das seh ich wohl«, sagte Dr. Holle. »Womit?«

»Sie hat von Streichholzköpfen das Pulver abgerieben und angezündet.«

Elke legte erschrocken die Hand vor den Mund.

Dr. Holle zog sich sterile Handschuhe über und tastete vorsichtig die Einschusswunde ab. »Tja, was soll ich sagen? Hat funktioniert. Nur ’n büschn schmerzhaft für Sie.«

Martin lächelte gequält.

»Ich werde die Wunden jetzt säubern und desinfizieren. Das Problem ist, dass sie durch das Ausbrennen äußerlich verschlossen sind. Aber wie’s innen aussieht, wissen wir nicht. Wahrscheinlich blutet es nun in die Wade ein. Was bedeutet, dass Sie ein riesiges Hämatom bekommen werden. Geschwollen ist es ja schon.«

Martin schaute prüfend nach unten.

»Ich könnte versuchen, die Stelle zu punktieren. Aber normalerweise verteilt sich das Blut überall.«

Er kramte in seiner Tasche und förderte drei Pillenpackungen zutage.

»Habt ihr ein Glas Wasser für den Patienten?«

Anna holte schnell ein großes Glas und reichte es Martin.

»Die nehmen Sie jetzt erst mal. Wenn die anfangen zu wirken, mache ich weiter«, sagte Holle. »Habt ihr auch ein kleines Bierchen für den Arzt?«

Es dauerte fast zehn Minuten, bis Martin die Wirkung des Schmerzmittels spürte. Inzwischen war er auch sehr schläfrig geworden, was zum Teil an den Medikamenten lag und zum Teil an der Erschöpfung.

»Bevor du mir einschläfst, möchte ich, dass du dich auf die Seite legst und das Bein hier auf das Kissen«, sagte Holle und half Martin, sich so zu positionieren, wie er ihn haben wollte. Er lag nun mit dem Gesicht zur Wand auf seiner linken Seite, ein großes Kissen zwischen den Beinen. Holle setzte sich auf den Tisch und fand in seiner Tasche eine Einwegspritze, die er mit einer recht langen Kanüle bestückte. Nils sah etwas eingeschüchtert zu, was der Arzt da vorbereitete.

»So, mein Lieber«, hob Holle an. »Ich werde jetzt mit der Nadel ein büschn in deine Wade piksen. Die Kugel ist durch deinen einen Zwillingsmuskel, so nennt man den, durch, dann durch den Schollenmuskel und da wieder raus. Ich versuche, in den Zwischenraum der beiden großen Zwillingsmuskeln zu kommen, und werde da nach einem Blutreservoir suchen. Kann also sein, dass ich die Nadel ein wenig hin- und herbewegen muss.«

Nils wurde ganz übel bei dem Gedanken. Holle klopfte Martin aufmunternd auf die Schulter.

»Alles klar, können wir?«

»Fangen Sie an«, sagte Martin entschieden.

Dr. Holle drückte seinen Zeigefinger prüfend in den Muskel, um die richtige Stelle zu finden, desinfizierte sie großzügig und setzte die Kanüle an. Nils musste wegschauen. Holle stach die Nadel ins Fleisch und schob sie immer tiefer hinein. Dann testete er durch leichtes Anziehen des Schiebereglers, ob sich bereits Blut ansaugen ließ, doch das Röhrchen füllte sich kaum. Holle brummte unzufrieden und zog die Nadel ein Stück weit wieder raus, um sie dann in einen anderen Bereich zu schieben. Hier schoss das Blut förmlich in das Röhrchen.

»Entweder hab ich 'ne Arterie getroffen, oder ich bin richtig. Wenn dir irgendwie komisch wird, sag Bescheid«, meinte Holle.

»Ich fühle einen ziemlichen Druck in der Wade«, entgegnete Martin.

»Das ist vollkommen normal.« Holle wandte sich an Nils. »Hol mal 'ne Plastikschüssel oder so was.«

Nils lief hinaus und kam mit einer Rührschüssel zurück.

»Geht das?«

»Geht, ja.« Holle nahm sie entgegen und platzierte sie auf der Couch. Das Röhrchen war voll. Er drehte es ab, ließ es in die Schale fallen, die Kanüle aber stecken und stellte die Schale darunter. Das Blut lief nun in einem feinen Strahl direkt in die Rührschüssel hinein. Wieder kämpfte Nils mit einem Würgereiz.

»Geht es denn?«, fragte Martin, der von alldem nichts mitbekommen hatte.

»Prima, danke«, sagte Holle fröhlich.

Der Strahl neigte sich nun immer mehr und schwächte schließlich komplett ab. Sofort zog Holle die Nadel aus der Wade und drückte einen Tupfer auf die Einstichstelle.

»Das war's schon«, sagte er zu Martin und reichte Nils die gut gefüllte Schüssel. Der konnte kaum hinsehen. Mit angehaltenem Atem brachte er den Behälter zur Toilette und leerte ihn. Holle begann unterdessen, die Wade in einen festen Verband zu wickeln. Als Nils zurück ins Wohnzimmer kam, war er schon fast fertig.

»Wenn ihr Rotbäckchensaft oder Kirschsaft oder Rote-Bete-Saft habt, gebt ihm davon. Wasser soll er auch trinken. Ich lasse ihm noch ein Schmerzmittel hier und ein Antibiotikum, damit er keine Infektion bekommt.«

Er befestigte das Ende der Mullbinde mit zwei Klammern am Verband und klatschte sich auf den Oberschenkel. »Gut sieht das aus. Darf ich jetzt mal fragen, wie der Gute auf Amrum zu einem Wadendurchschuss gekommen ist?«

Nils musste lächeln und reichte ihm sein Bier. »Drei Männer haben Martins Familie in ihrem Ferienhaus überfallen und als Geiseln genommen. Klingt wie im Film, ist aber wirklich so«, erklärte er.

»In Hamburch werden drei Männer gesucht.« Holle nippte an der Flasche.

»Das sind sie. Sind mit einem Boot geflüchtet, gekentert und hier bei uns am Strand angespült worden.«

»Na, frohe Weihnachten«, meinte Holle. »Tut mir leid für dich«, sagte er an Martin gewandt. »Sind denn noch welche von seinen Leuten im Haus?«

»Seine Frau und sein Sohn«, antwortete Nils.

Martin starrte gegen das Rückenpolster des Sofas und hörte, von den Tabletten und der Behandlung benommen, der Unterhaltung zu. *Seine Frau und sein Sohn.* Er sah Alexandras und Joshuas Gesichter vor sich und stellte sich vor, wie viel Angst sie jetzt haben mussten. Er hoffte nur, dass sie nicht glaubten, er habe sie im Stich gelassen. Das durften sie nicht eine Sekunde lang denken. Er war nicht geflohen, um sich zu retten, er war geflohen, um Hilfe zu holen. Schnelle Hilfe.

Martin vernahm entfernt, wie der Arzt sich verabschiedete, und spürte eine kurze Berührung an der Schulter. Dann war er mit Nils allein. Die Frauen waren mit Piet nach oben verschwunden.

Nils nahm im Sessel Platz. Jetzt war es ganz still im Haus. Martin kämpfte dagegen an, einzuschlafen. Er durfte sich nicht seiner Erschöpfung hingeben. Er überlegte, wie er Nils auf das ansprechen sollte, was ihm durch den Kopf ging.

Von der Treppe her waren nun leise Schritte zu hören. Elke

betrat den Raum und beugte sich über Martin. »Daniela und Piet schlafen jetzt«, flüsterte sie ihm zu.

Sie setzte sich auf die Lehne des Sessels, und Nils legte einen Arm um ihre Hüften.

»Ich muss wieder los«, sagte Nils. »Brockhaus hat mich nur im Wagen gesehen, er weiß also nicht, dass ich sie aus dem anderen Haus heraus beobachtet habe.«

»Nils?«, sagte Martin dumpf in das Polster der Couch hinein. »Ich kann nicht hierbleiben und stundenlang warten. Und selbst dann ist ja nicht sicher, dass Hilfe kommt.«

Nils antwortete nicht, also drehte Martin sich auf den Rücken.

»Nicht«, warnte Elke, um ihn davon abzubringen. Aber er stützte sich auf die Ellbogen und sah die beiden an.

»Und was soll das heißen?«, fragte Nils.

»Ich gehe wieder rein«, antwortete Martin.

»Aber warum bist du dann geflohen? Wenn du jetzt zurückgehst, hättest du ebenso gut dableiben können.«

»Nein, das ist etwas anderes«, widersprach Martin. »Ich weiß jetzt, dass Daniela und Piet in Sicherheit sind. Ich weiß, was die Polizei vorhat und überhaupt in der Lage ist zu unternehmen. Ich kann aber meine Frau und meinen Sohn nicht alleinlassen.«

»Das geht nicht, Martin«, mischte Elke sich ein. »Sieh dich an, du bist schwer verletzt. Ganz zu schweigen von deinem Auge ...«

»Es geht mir schon besser.«

»Nein, du kannst nirgendwo hingehen«, pflichtete Nils seiner Frau bei. »Du bleibst hier. Die Polizei kümmert sich darum. Da musst du uns vertrauen.«

»Aber du hast doch selbst gesagt, dass du nicht glaubst, dass sie hier irgendwo anlegen können.«

»Sie wollen es versuchen. Ich warte ja noch auf den Rückruf aus Hamburg«, entgegnete Nils. »Und solange keiner auf die Insel kann, kann auch keiner von hier weg. Jetzt auszulaufen wäre Selbstmord.«

»Aber er war verrückt genug, es in Hamburg zu tun.«

»Das ist etwas völlig anderes als hier auf der Insel, glaub mir.«

Martins Kraft ließ nach. Er sank zurück auf den Rücken und nahm die Hände vors Gesicht.

»Alles okay?«, fragte Elke.

»Nur 'n bisschen übel, sonst nichts.«

»Du hast dich überanstrengt.«

»Oder es sind die Tabletten«, sagte er matt zwischen seinen Händen hindurch.

»Bleib einfach liegen«, sagte Nils.

»Ich glaub, ich muss mich übergeben.« Martin versuchte aufzustehen. Sofort sprang Nils ihm bei und zog ihn vom Sofa hoch. Jetzt, im Stehen, schossen die Schmerzen wieder ins Bein, und Martin stöhnte auf.

»Komm, ich bring dich ins Bad.« Nils legte einen Arm um ihn, und Martin humpelte umständlich über den Flur ins Gäste-WC neben der Eingangstür. Nils klappte den Deckel für ihn hoch, doch Martin winkte ab, dass er das schon allein schaffe.

»Wenn irgendwas ist, einfach rufen.«

Martin nickte und würgte zugleich. Nils schloss die Tür und ging zu Elke ins Wohnzimmer.

»Ich kann ihn ja verstehen«, sagte er bedauernd.

»Es ist unvernünftig in jeder Hinsicht«, beharrte Elke.

»Ja, aber wenn du weißt, dass deine Frau und dein Kind da drin sind … Ich weiß nicht, wie ich reagieren würde. Ich weiß auch nicht, was du machen würdest.« Er ließ ratlos seine Hände in die Hosentaschen gleiten. »Vielleicht sollte ich …«

»Oh nein.« Elke hob drohend ihren Zeigefinger.

»Du weiß doch gar nicht, was ich sagen will.«

»Doch, weiß ich. Ich kenn dich. Du bist ganz allein, Nils. Und du bist niemand von der Kripo oder dem Sondereinsatzkommando. Du bist 'n Inselpolizist. Und du hast Familie.« Sie sah ihm eindringlich in die Augen.

»Ja, aber er auch. Die Frage ist, wie lange noch«, entgegnete Nils ruhig.

Elke ließ den Kopf hängen und lehnte sich an seine Brust. Er umarmte sie. Als sein Handy klingelte, sprangen beide auseinander vor Schreck.

»Mein Gott …« Elke griff sich ans Herz, während Nils den Anruf entgegennahm.

»Stehlbek hier. Herr Petersen, wir haben ein Spezialboot des Militärs zur Verfügung gestellt bekommen, ebenso wie ein Sondereinsatzkommando, das mit mir und einem Kollegen auf die Insel kommen wird. Dieses Boot kann Strände direkt anlaufen. Wir werden ungefähr zwei Stunden brauchen. Wenn Sie mir jetzt sagen könnten, wo wir am besten an Land gehen sollten?«

»Ich denke, das ist im Nordosten. Dort verläuft an der Nordostseite von Norddorf ein Deich und geht in eine schmale Landzunge mit Dünen über. Es gibt auch eine Straße am Ende des Deiches, sodass ich Sie dort abholen kann.«

»Wir sind zehn Personen, wie soll das gehen?«

»Wir haben eine gut funktionierende Feuerwehr«, sagte Nils. »Wir kriegen Sie schon unter.«

»Okay. Ich gebe grünes Licht und melde mich wieder bei Ihnen. Viel Glück.«

»Danke. Ihnen auch.« Nils legte auf und wollte sofort Martin Bescheid geben. Er eilte zum Gäste-WC und klopfte an die Tür. »Martin? Ich hab gerade mit der Polizei telefoniert. – Martin?«

Martin gab keine Antwort, es waren auch keine Geräusche zu hören. Nils klopfte erneut, diesmal lauter. »Martin?«

Er begann sich Sorgen zu machen und horchte an der Tür. Jetzt hörte er etwas. Das kam aber nicht von innen, sondern vom Türspalt zu seinen Füßen. Der Wind heulte unter der Badezimmertür hindurch. Nils wusste, was das bedeutete, und drückte die Klinke. Abgeschlossen. Er lief zur Haustür hinaus und rechts um das Haus herum. Das Fenster stand offen. Es wurde vom Wind in den Rahmen gedrückt, aber es war offen. Nils blickte hindurch und sah, was er erwartet hatte. Ein leeres Gäste-WC.

»Scheiße!« Schnell stieg er ein und öffnete die Tür von innen. Elke stand leichenblass vor ihm.

»Ist er …?«

»Na klar«, antwortete Nils und zog seine Jacke vom Haken.

Er verabschiedete sich nicht, drehte sich nicht mehr um, sondern eilte hinaus und zum Auto. Er musste Martin finden, bevor der das Haus erreichte.

Amrum, Straße in Nebel, 22:26 Uhr

Martin lehnte gegen den Wind und kämpfte sich vorwärts, so gut es mit seinem Bein eben ging. Er hatte eine kleine, dunkle Straße in Richtung der Hauptstraße genommen. Auf diese Weise würde er ein Stück weit nördlich von Haus »Dünenglück« herauskommen und dann über die Gärten versuchen, sich dem Haus zu nähern. Er wusste, dass Nils ihm folgen würde, um ihn davon abzuhalten, ins Haus zurückzukehren, aber das durfte er nicht zulassen. An der Hauptstraße angekommen, sah er, wie die Rücklichter des Streifenwagens hinter der Kurve an der Bushaltestelle verschwanden. Nils suchte also noch in der anderen Richtung.

Schnell überquerte Martin die Straße und lief den Schotterweg hinauf, der zum Waldrand führte. Am letzten Grundstück betrat er durch die kleine Pforte den Vorgarten. Im Haus brannte kein Licht, also konnte er ungesehen über den Rasen bis zum nächsten Grundstück gehen. Hinter einer Baumreihe fand er einen brusthohen Zaun, über den er sich ungelenk hinüberbugsierte, auf das nächste, weitaus größere Anwesen. Hier war das Wohnzimmer beleuchtet, doch so weitläufig, wie das Gelände war, blieb er auch hier unentdeckt. Nach dem darauffolgenden Haus hatte er den Garten von Haus »Dünenglück« erreicht und näherte sich der Seite, an der sich der Kellerabgang befand. Diese Tür war nun abgeschlossen. Die einzige Möglichkeit, ins Haus zu gelangen, war die Terrassentür – aber nur dann, wenn die Männer nicht bemerkt hatten, dass er auf diesem Weg geflohen war. Martin rechnete sich nicht die besten Chancen aus, aber er wollte es versuchen. In der Dunkelheit des Gartens konnte er zudem unbemerkt einen Blick durchs Fenster werfen, um herauszufinden, wer von ihnen sich wo befand.

Er beschrieb einen großen Bogen und blieb am Rand der Rasenfläche, bis er die Fensterfront einsehen konnte. Allerdings musste er feststellen, dass sie die Vorhänge zugezogen hatten. Immerhin waren sie nicht blickdicht, im Gegenlicht der Esszimmerlampe waren Umrisse der Möbel und Einrichtungsgegenstände zu erkennen. Soweit er es beurteilen konnte, waren Wohn- und Esszimmer leer. Sie mussten alle entweder oben oder in der Küche sein.

Geduckt lief Martin auf die Tür zu, als auf einmal ein wuchtiger Schatten dahinter auftauchte. Es war Till, der die Treppe herunterkam. Martin wandte sich augenblicklich nach links und drückte sich an die Hauswand neben der Glasfront. Ohne Sicht etwas von dem Geschehen im Hausinnern mitzubekommen, war bei dem Geräuschpegel, der hier draußen herrschte, unmöglich. Er musste versuchten, um die Ecke zu schauen, um sich zu orientieren, was sich drinnen tat. Da fiel ihm ein, dass er keine Waffe besaß, nichts, das er Brockhaus, Simon oder Till hätte entgegensetzen können.

Amrum, Wagen von Nils Petersen, 22:27 Uhr

Nils fuhr die Straßen ab, die Martin genommen haben könnte, um zum Haus »Dünenglück« zu gelangen. Während er nach ihm Ausschau hielt, tippte er in seiner Kurzwahlliste die Nummer von Tore Boder an, dem Leiter der Feuerwehr in Norddorf.

»Boder«, meldete sich Tore nach zweimaligem Klingeln wenig begeistert.

»Tore, hier ist Nils Petersen. Hör zu, ich brauche dich in knapp anderthalb Stunden am Ende des Deiches in Norddorf. Nur du und der Feuerwehrwagen.«

»Dir ist schon aufgefallen, dass heute Weihnachten ist?«, meinte Boder kauend.

»Es ist wirklich dringend. Wir nehmen dort ein Sondereinsatzkommando der Polizei auf«, sagte Nils.

Tore lachte ungläubig. »Da gibt's aber keinen Hafen, und Brise ham wa auch«, sagte er und lachte erneut.

»Weiß ich. Stell keine Fragen, ich erklär's dir später.«

»Jou, dann bis später, ne? Tschö.«

Amrum, Haus »Dünenglück«, 22:28 Uhr

Martin drehte sich vorsichtig mit dem Bauch zur Wand und drückte mit seiner Rechten gegen den Rahmen der Terrassentür. Sie ließ sich bewegen, sein Fluchtweg war also noch nicht bemerkt worden. Er lugte ins Wohnzimmer, sah niemanden und quetschte sich durch den Spalt ins Haus. Als er sich am Tannenbaum vorbeigeschoben hatte, fiel sein Blick auf die Blutspritzer an der Wand neben dem Ofen. Dicke Tropfen waren daran heruntergelaufen. Der Anblick ließ ihm das Blut in den Adern gefrieren, und die Angst, dass Alexandra oder Joshua hier erschossen worden waren, traf ihn wie ein Hammerschlag gegen die Brust. Er zwang sich, zwei Schritte zu machen, um zu sehen, wer dort hinter dem Sofa lag. Dazu musste er alles an Mut aufbringen, was noch in ihm war. Schrecken und Erleichterung ließen ihn aufseufzen, als er Simon erkannte.

In der Einfahrt flammte auf einmal Scheinwerferlicht auf. Martin vermutete, dass es Nils war, der ihn suchen kam. Doch die Lichtkegel entfernten sich. Das war nicht Nils, es waren Brockhaus und Till, die mit seiner Frau und seinem Sohn davonfuhren! Martin lief zur Haustür und stürmte hinaus, sah aber nur noch das Heck des von der Auffahrt in die Straße einbiegenden Autos. Er lief weiter. Er würde sie natürlich nicht einholen, aber er konnte einfach nicht stehen bleiben. Als er die

Straße errcichte, sah er, dass ihnen aus der anderen Richtung der Streifenwagen von Nils entgegenkam. Das Licht blendete, er nahm die Hand hoch, um seine Augen abzuschirmen, und sah vier Mündungsfeuer aufblitzen. Die Schüsse hörte er erst danach, weil der Wind die Geräusche wegtrieb.

Nils' Wagen blieb stehen. Martins Passat beschleunigte und raste davon.

Martin schleppte sich bis zu Nils' Auto und erkannte bereits aus einiger Entfernung, dass die Windschutzscheibe und das Fahrerfenster Löcher aufwiesen. Nils war nicht zu sehen. Martin riss die Fahrertür auf und fand Nils zur Seite gesackt vor. Er stöhnte, war also bei Bewusstsein.

»Nils«, sagte Martin und packte ihn am Arm, um ihm hochzuhelfen, doch Nils schrie vor Schmerz auf. Martin fühlte etwas Warmes, Feuchtes an seiner Hand und erkannte, dass sie voller Blut war. Sie hatten ihn erwischt, aber wo, konnte er nicht ausmachen, die dunkle Jacke war zu dick.

»Schulter, Schulter«, presste Nils hervor.

Martin ließ seine Hand suchend über den Stoff gleiten und fand schließlich das Einschussloch.

»Kannst du sie bewegen?«

Nils zuckte nur ein wenig mit dem Arm und musste einen Schrei unterdrücken.

»Nein.«

Martin beugte sich über ihn und schnallte ihn ab. Dann lief er auf die andere Seite und versuchte, Nils auf den Beifahrersitz zu ziehen, was diesem jedoch heftige Schmerzen bereitete. Irgendwie schafften sie es aber doch, sodass Martin nun auf dem Fahrersitz Platz nehmen konnte.

»Ich bring dich nach Hause, und wir rufen diesen Arzt an«, sagte er und startete den Wagen.

»Nein, nein, nicht zu mir«, widersprach Nils. »Die Kinder … und meine Frau bringt mich um. Fahr zur Polizeistation. Ist gleich um die Ecke«, sagte er und winkte nach links. »Dreh um.«

Martin wendete und fuhr gemäß Nils' Beschreibung nach

rechts in den Sanghughwai. Nach etwa fünfzig Metern hatten sie das Gebäude erreicht. Er fuhr auf den kleinen Vorplatz und hielt direkt vor dem Eingang. Nils reichte ihm einen Schlüsselbund.

»Der hier ist es.«

»Okay, ich hol dich gleich, warte«, sagte Martin und lief zum Eingang, um aufzuschließen. Mit einem Holzkeil fixierte er die Tür und half dann Nils aus dem Wagen. Den Arm fest an seinen Körper gepresst, stieg er aus. Er wankte, und Martin musste ihn festhalten, damit er nicht hinschlug. Dennoch lachte Nils auf einmal auf.

»Einer mit kaputtem Bein und der andere mit kaputtem Arm«, gluckste er. »Superteam.«

»Ja«, pflichtete Martin ihm bei und lachte ebenfalls. Er schleppte Nils bis in den Eingangsbereich.

»Rechts ins Büro«, wies Nils ihn an, und sie betraten den dunklen Raum. Martin brachte Nils zu seinem Stuhl und ließ ihn Platz nehmen, bevor er das Licht anschaltete. Beide waren völlig außer Atem. Blut tropfte aus dem Ärmel des Parkas auf Nils' Schoß.

»Hast du Verbandszeug hier?«

Nils deutete auf einen Schrank über einem kleinen Waschbecken. Darin fand Martin einen Erste-Hilfe-Kasten, wie man ihn üblicherweise in Autos aufbewahrte. Zum Glück war eine Verbandsschere dabei.

»Ich werd dich jetzt erst mal aus der Jacke rausschneiden«, sagte Martin. »Die kriegen wir nie ausgezogen.«

Er begann, den Stoff des Ärmels aufzuschneiden, der blutgetränkt war. Als er die Schulter erreichte, ging er besonders behutsam vor und versuchte, Nils nicht mit der Schere zu berühren.

»Okay, ich seh's«, sagte er. Er schnitt weiter, überlegte kurz, wie er am geschicktesten vorgehen sollte, und trennte dann den Stoff bis zu dem dicken, wattierten Kragen auf. Jetzt konnte er die Vorderseite der Jacke wegklappen und die Schulter freilegen. Auch das blutige T-Shirt, das Nils darunter trug, schnitt er auf. Der Stoff klebte an der Wunde, er musste ihn wie ein Pflaster herunterziehen. Sofort quoll Blut heraus, während Nils vor Schmerz stöhnte.

Eilig riss Martin eine Packung Kompressionstücher auf und wischte das Blut fort. Er suchte nach der Austrittswunde, die aber augenscheinlich nicht existierte.

»Hast du auch Schmerzen in der Brust oder in den Rippen?«

»Nein«, ächzte Nils kurzatmig.

»Dann, fürchte ich, ist die Kugel noch drin.«

»Fühlt sich auch so an.«

»Wir rufen den Arzt an«, entschied Martin und drückte das Tuch auf die Wunde.

Nils musste die Zähne zusammenbeißen.

»Dafür ist keine Zeit«, entgegnete er.

»Willst du hier verbluten, oder was? Ich kann das nicht.«

»Du verbindest das jetzt.«

»Nein, das kann ich nicht …«

»Mach!«, stieß Nils hervor.

Martin stand unentschlossen da und spürte, wie sich das Tuch mit warmem Blut tränkte, während er es hielt.

»Auf deine Verantwortung«, sagte er schließlich.

»Du Feigling.« Nils grinste und schloss die Augen.

»Ja, da bist du nicht der Einzige, der so denkt.«

Nils öffnete ein Auge und musterte ihn abschätzend, während Martin geeignete Verbandsmaterialien zusammensuchte.

»Okay, kann losgehen«, sagte Martin.

»Kannst du mir noch mein Handy geben?«, bat Nils. »Ist in der Gesäßtasche.« Er deutete auf die verletzte Seite.

Martin zog es heraus und wäre fast an dem Messer an Nils' Gürtel hängen geblieben. Er reichte ihm das Telefon, und Nils rief Tore Boders Nummer auf.

»Boder?«, meldete der sich immer noch kauend.

»Nils noch mal. In einer Stunde musst du am Deich in Norddorf sein. Ich kann nicht kommen, bin angeschossen worden.«

»Angeschossen?«, fragte Tore unaufgeregt.

»Ja, kriegst du das allein hin? Bring die Männer zum Jachthafen in Wittdün. Wir bleiben in Kontakt.«

»Da kommt also ein Boot mit 'nem Sondereinsatzkommando bei Windstärke zwölf und landet mitten in den Dünen. Und du bist angeschossen worden?«

»Genau«, bestätigte Nils.

»Ich hab auch schon locker zwei Komma acht Promille, aber geht klar, du. Mach ich. Bis später, ne?«

Nils atmete durch und legte das Handy zur Seite.

»Alles klar?«, fragte Martin ungläubig.

»Ich denk schon.«

Martin benutzte alles an Material, was da war, und hatte am Ende einen dicken Verband um die gesamte Schulter angelegt und fest verklebt.

»So, Tape ist alle. Das muss halten«, sagte er und richtete sich auf.

»Gut.« Nils deutete mit dem Daumen über seine Schulter. »Da in dem abschließbaren Schrank sind noch 'ne Waffe und 'ne schusssichere Weste.«

Er zeigte Martin den passenden Schlüssel, und Martin entnahm eine Sig Sauer mit Holster und zwei Magazinen sowie die schwarze Weste.

»Ich hab keine Ahnung, wie man schießt.«

»Ich zeig's dir«, sagte Nils. »Siehst du diesen kleinen Hebel da? Mit dem kannst du das Magazin auswerfen. Mach mal«, forderte er ihn auf.

Martin drückte an dem Hebel herum, bis ihm das Magazin fast auf den Boden gefallen wäre.

»Super. Und jetzt wieder reinschieben.«

Martin befolgte die Anweisung und hörte ein einrastendes Geräusch.

»Gut, jetzt fasst du von oben auf den Schlitten und ziehst ihn einmal zurück.«

Martin machte auch das, mit einer Mischung aus Angst und Unsicherheit.

»Sehr gut, jetzt ist sie entsichert und du könntest schießen. Machst du aber nicht, also sicherst du sie wieder, indem du noch mal den Schlitten betätigst.«

Zögerlich zog Martin am Schlitten der Waffe und entspannte sich, als nichts passierte, was einem Schuss gleichkam.

»Okay, jetzt, wo sie wieder gesichert ist, üben wir die Haltung. Wenn du sie so hältst, legst du von unten deine andere Hand an den Griff und stabilisierst damit die Waffe. Wenn du schießt, wird es einen Rückstoß geben. Der wird immer unterschätzt. Deswegen versucht man, um diese Kraft aufzufangen, die Waffe nach dem Abfeuern nach oben zu bewegen. Also *bam* und hoch – *bam* und hoch.«

Martin versuchte, das zu simulieren.

»Top. Du kannst jetzt schießen«, erklärte Nils augenzwinkernd und fügte ernst hinzu: »Aber tu es niemals, wenn Menschen in der näheren Umgebung sind, die du nicht treffen willst, verstanden? Nicht den Helden spielen, bitte.«

Martin hatte verstanden und steckte die Waffe in das Holster.

»Ich hab meine auch dabei«, sagte Nils. »Jetzt zieh die Weste an und lass uns losfahren.«

Amrum, Wagen von Nils Petersen, 23:16 Uhr

Martin lenkte den Streifenwagen über die Landstraße zwischen Süddorf und Wittdün. Auch hier lagen Äste und Zweige auf der Fahrbahn, und eine Mischung aus Salzwassertropfen und Sand hinterließ schmierige Streifen auf der Windschutzscheibe. Martin hatte ohnehin Schwierigkeiten zu sehen, denn die Einschusslöcher in dem Sicherheitsglas beeinträchtigten die Sicht.

Nils saß an die Seitenscheibe gelehnt auf dem Beifahrersitz und war kaum noch bei Bewusstsein, so schien es. Jetzt wusste Martin, dass es die falsche Entscheidung gewesen war, auf ihn zu hören und ihn mitzunehmen. Er brauchte dringend ärztliche Hilfe, auch wenn der Verband um seine Schulter nur leicht durchtränkt war. Martin hatte ihn mit einer Jacke aus dem Büro zugedeckt. Er selbst trug nur seinen Pullover und die Weste darüber. Seine Wade pulsierte in heißem Schmerz. Das Gasgeben fühlte sich wie ein Messerstich in seinem Fleisch an.

Als sie aus dem Waldstück herausfuhren und das Licht des Leuchtturms diesig über die Dünen zuckte, begann es zu regnen. Die Tropfen trommelten von jetzt auf gleich auf den Wagen ein und drangen spritzend durch die Einschusslöcher ins Wageninnere. Martin konnte nur noch Schritttempo fahren, so schlecht war die Sicht, aber ihr Ziel war nicht mehr weit entfernt. Bei dem Schild, das in Richtung Seezeichenhafen wies, bog er ab und schaltete die Scheinwerfer aus.

»Nils, wir sind gleich da«, sagte er. Auch um zu prüfen, ob sein Beifahrer überhaupt noch bei Bewusstsein war. Der antwortete nicht. »Nils?«

»Mmh?« Nils' Kopf bewegte sich leicht in Martins Richtung.

»Wir sind am Hafen.«

Martin näherte sich seinem eigenen Passat, der verlassen mitten auf der Straße im Regen stand. Er hielt mit zwei Metern Abstand direkt dahinter, in der Hoffnung, dass man ihn hier vom Hafen aus nicht sehen würde. Es lagen nicht mehr viele Boote an den Landungsstegen, Menschen oder gar Licht in einem der Schiffe konnte er jedoch auch nicht ausmachen. Das Boot, das Brockhaus ausgewählt hatte, musste aber genug Platz für mehrere Personen bieten und von der Größe und Motorstärke einem Sturm gewachsen sein. Martin beobachtete, wie die Brecher an der Kaimauer zerschellten und die Gischt über sie hinweggeschleudert wurde, obwohl sie sich hier auf der windabgewandten Seite befanden.

»Martin?«, sagte Nils mit brüchiger Stimme.

Er drehte sich zu ihm um und berührte vorsichtig seinen Arm. Nils zitterte am ganzen Leib.

»Es ist kalt«, sagte er.

Martin zog die Jacke höher und regelte die Heizung rauf.

»Martin, ich glaub … ich kann nicht mitkommen«, sagte Nils schwach.

»Ich weiß, schon gut.«

»Ich bleib hier und gebe den anderen Bescheid … Vielleicht sind sie bald da, warte noch …«

»Ich muss jetzt gehen«, sagte Martin.

Amrum, Norddorfer Feuerwehr, 23:25 Uhr

Tore Boder saß am Steuer des großen Lastzugs und fuhr ihn aus der Garage des Feuerwehrhauses hinaus in den Regen. Er trug seine Rettungsjacke und darunter einen Pullover mit einem Rentiergesicht. Er bog nach rechts ab, fuhr über die Kreuzung, dann über die kleine Kuppe und runter bis zur kleinen Kreuzung mit dem Miadwai. Er lenkte das große Fahrzeug geradeaus, weiter dem Oodwai folgend, der nun mitten durch die dunklen Felder links und rechts des Weges schnitt, bis er zum Schullandheim kam. Am Deich rechts von ihm sprühten die Wassermassen über den Schutzwall. Etwa nach der Hälfte des Weges schaltete er das Blaulicht ein, weil er meinte, den ankommenden Beamten auf diese Weise als kleiner Leuchtturm und damit als Orientierung zu dienen. Kurz vor dem Schullandheim bog er rechts ab. Dieser Weg führte ihn direkt auf den Deich hinauf. Hier stand bereits das Wasser, und die Reifen des Fahrzeugs pflügten sich hindurch, bis die kleine Anhöhe erreicht war und er über die Kuppe blicken konnte. Der Wind zerrte an dem schweren Laster und schüttelte ihn durch.

Tore zog die Handbremse und blickte hinaus auf das aufgewühlte Meer. Jetzt musste er nur noch warten.

»Wehe, der Kerl verarscht mich …«

Amrum, Seezeichenhafen, 23:29 Uhr

Martin ging geduckt auf den mittleren Landungssteg zu. Hier lagen die größeren Jachten. Auf einem dieser Boote mussten sie sein. Der Regen peitschte förmlich auf ihn ein, und er war bereits nass bis auf die Knochen. Doch dann sah er einen Lichtschein. Es war nur ein schmaler Streifen, aber er war da. Das Licht drang aus einer Luke auf dem Vorderdeck einer Jacht, einem Bayliner mit dem Namen »Dawn«. Martin trat vorsichtig auf den kleinen Seitensteg, der nur noch knapp aus dem Wasser herausragte, und ging bis ans Heck. Hinter den im Wind knatternden Scheiben der Persenning konnte er nichts erkennen bis auf einen diffusen Lichtschein.

Das Boot schaukelte, er musste den richtigen Moment abwarten, um einen großen Schritt auf das Deck zu machen. Er hätte fast das Gleichgewicht verloren und hielt sich an der hinteren Reling fest, um nicht ins Wasser zu stürzen.

Die Persenning spannte sich wie ein Zelt um ihn, und der Regen hörte sich an wie Maschinengewehrsalven. Links und rechts gab es Sitze, an deren Rückenlehnen er sich festhielt, als er über das Deck auf die Öffnung zur Kajüte zuging. Rechts befand sich das Steuerrad, und direkt daneben ging es eine steile Treppe hinunter. Von dort kam das Licht, dort waren seine Frau und sein Sohn.

Was sollte er jetzt tun? Er konnte nicht diese Treppe nehmen und das Überraschungsmoment auf seiner Seite haben. Sie hätten ihn schon bei seinen ersten Schritten bemerkt. Nein, er musste sie rauflocken. Am besten einzeln. Er sah sich nach Dingen um, mit denen er auf sich aufmerksam machen konnte, klappte einen der Sitze hoch und fand darin eine Werkzeugkiste. Ein Schraubenschlüssel würde es tun. Martin nahm sich den größten, den er finden konnte, und ließ ihn im hohen Bogen die Treppe hinunterfallen. Dann zog er sich in die letzte Sitzreihe auf der linken Seite zurück und kauerte sich in die Ecke. Wer auch immer die Treppe heraufkam, konnte ihn hier nicht sehen. Sobald derjenige an Deck trat, würde er ihn aber erkennen können. Und Martin ihn. Er zog Nils' zweite Dienstwaffe, entsicherte sie und legte an.

»Geh schon rauf!«, hörte er Brockhaus rufen.

Martin machte sich bereit. Er zielte über Kimme und Korn auf den Treppenabgang zur Kajüte. Die Rückenlehne des Sitzes vor ihm diente ihm als Stabilisierung.

»Ein Schraubenschlüssel!«, rief Till nach unten. »Hier ist 'ne Kiste offen!«

»Sieh nach!«, kam es von unten.

Dumpfe, schwere Schritte waren zu hören. Martin glaubte, sie nicht mehr von seinem Herzschlag unterscheiden zu können, so laut hämmerte es in seinen Ohren. In seinem gesamten Körper pulsierte das Blut. In seiner Wade pulsierte es, in seinen Händen, mit denen er die Waffe hielt, pulsierte es, sogar seine Augen pulsierten. Er blinzelte hektisch und sah plötzlich Tills Kopf bis zum Ansatz der Augenbrauen in sein Sichtfeld ragen. Till sah sich um, bevor er dann die letzten Stufen nahm und immer größer und größer wurde, ehe er wie ein Berg in dem kleinen Vorraum stand.

Martin war wie eingefroren. Er visierte Till an, aber er konnte sich nicht bewegen. Er würde auch seinen Finger nicht krümmen können, glaubte er. Er würde es nicht tun können, würde versagen und …

Till hatte ihn entdeckt. Einer anfänglichen Ungläubigkeit folgte erschrockene Erkenntnis, bis auch diese sich verflüchtigte und Wut an ihre Stelle trat. Mit einem Schrei und ausgebreiteten Armen stürzte er auf Martin zu, wollte anscheinend über den Sitz springen und ihn unter sich begraben, als der Schuss endlich fiel – ohne Martins Zutun, wie er im ersten Moment glaubte. Hatte er den Abzug gedrückt oder jemand anderes? Es war egal, denn es stellte sich kein Effekt ein. Till griff weiterhin an und warf sich auf ihn. Sein massiger Körper rammte ihn mit der Wucht eines Autos. Martin spürte, wie Tills Arme ihn packten, er spürte die übergroße Kraft dieses Mannes und wusste, dass er in seinen Händen so zerbrechlich war wie ein paar morsche Zweige. Doch dann knallte erneut ein Schuss, und diesmal zeigte er Wirkung. Till brach über ihm zusammen, ein gurgelndes Geräusch drang aus seiner Kehle, als er mit großen Augen auf den Boden aufschlug.

Martin wand sich unter ihm hervor und krabbelte weiter in Richtung Kajüte. Ihm wurde bewusst, dass er immer noch die Waffe in der Hand hielt. Fast hatte er den Abgang erreicht, da packte ihn etwas an seiner verletzten Wade. Er schrie auf vor Schmerz und drehte sich um. Till hing an ihm und bohrte seinen Daumen immer tiefer in sein Fleisch. Martin hob die Sig Sauer und zielte damit direkt auf Tills Kopf. Wenn er jetzt schoss, würde er ihn töten. Es würde ihm wahrscheinlich den halben Kopf wegreißen. Er konnte sehen, dass Till für den Bruchteil einer Sekunde genau das erwartete. Doch Martin war nicht dazu in der Lage. Stattdessen ergriff er den Schraubenschlüssel, der neben ihm auf der Treppe lag, und schlug damit auf Till ein, bis dieser von ihm abließ. Er blieb leblos auf dem Bauch liegen.

»Was ist da oben los?«, brüllte Brockhaus von unten.

Martin kämpfte sich wieder auf die Beine und begann, die Stufen hinabzusteigen.

Unten stand in einer nach vorn spitz zulaufenden Kajüte Brockhaus vor einem Tisch und hielt Alexandra von hinten umklammert, den Lauf seiner Waffe unter ihrem Kinn in ihren Hals gedrückt. Joshua saß an den Händen gefesselt links auf der Bank. Rechts lagen die Geldsäcke.

Brockhaus war so vor den Kopf geschlagen, als er Martin erkannte, dass er für einen kurzen Moment die Fassung verlor. Auch Joshua und Alexandra trauten ihren Augen nicht.

»Martin«, sagte Brockhaus perplex.

Martin hob die Waffe und legte seine andere Hand darunter, so wie Nils es ihm gezeigt hatte.

»Du? Ganz ehrlich, ich hätte mit allem gerechnet, aber nicht damit. Und was willst du mit dem Ding da?«

Martin antwortete nicht, zielte nur weiter auf ihn.

»Was ist mit Till? Sag nicht, dass du ihn erledigt hast.«

»Till ist tot.« Martin wusste nicht, ob das stimmte, aber es zu behaupten würde Eindruck hinterlassen. Und das tat es.

»*Till?*«, rief Brockhaus laut. Doch es kam keine Antwort, was ihn sichtlich beunruhigte. »Du überraschst mich immer mehr. Aber was willst du jetzt tun, he? Du kannst mich nicht erschießen. Du kannst mit der Scheißknarre gar nicht umgehen. Du würdest bloß Alexandra treffen. Und solltest du wider Erwarten mich erwischen, kannst du nicht wissen, ob ich nicht im letzten Moment abdrücke. Dann wäre ihr Kopf weg. Das kannst du nicht riskieren. Du musst zugeben, dass ich im Vorteil bin. Also leg die Waffe weg.«

Martin gab es nicht gern zu, aber Brockhaus hatte recht. Außerdem hörte er noch Nils' Worte in seinen Ohren: *Spiel nicht den Helden.* Er ging in die Knie und legte die Pistole auf dem Boden ab.

»Na, siehst du. Ich wusste, du bist vernünftig. Doch jetzt haben wir ein zweites Problem«, sagte Brockhaus. »Wir sind zu viele. Ich muss Ballast abwerfen. Geh nach oben!«, befahl er, den Lauf der Waffe immer noch in Alexandras Hals gedrückt.

Martin drehte sich um und stieg die Stufen hinauf.

»Joshua, du bleibst hier unten, verstanden? Wenn du irgendwas versuchst, werde ich deine Eltern töten. Dann wirst du mit deinen Geschwistern im Heim groß werden.«

Brockhaus versicherte sich mit einem Blick, dass der Junge verstanden hatte, schob Alexandra nach vorn und drückte ihr die Waffe nun von hinten gegen den Kopf.

»Hoch da!«

Martin stand oben und wartete. Brockhaus sah sich Tills leblosen Körper an und stieß mit der Stiefelspitze gegen seine Schulter.

»Schaff ihn von Bord«, sagte Brockhaus zu Martin.

»Wie meinst du das?«

»Pack ihn an den Hosenbeinen und zieh ihn ans Heck. Und dann schmeißt du ihn ins Wasser.«

Martin krallte die Finger in den Stoff von Tills Jeans und zerrte ihn nach hinten. Er war schwer, und der Schmerz in Martins Wade schrie bei jedem Schritt, den er tat. Vor der Öffnung in der Reling ließ er Till liegen und richtete sich auf.

»Ins Wasser mit ihm!«, befahl Brockhaus erneut.

»Aber …«

»Ins Wasser!« Brockhaus riss Alexandras Kopf an den Haaren so heftig nach hinten, dass sie aufschrie.

Martin ging um Till herum und begann, ihn zu schieben. Tills Beine rutschten über das Ende des Decks und baumelten bis zu den Knien in der Luft. Nach einem weiteren Schubser waren sie komplett draußen.

»Weiter«, forderte Brockhaus.

Martin wusste, dass er damit Tills Todesurteil unterschreiben würde, sollte der noch am Leben sein. Aber er konnte nicht widersprechen. Er griff unter seine Arme, hob seinen Oberkörper hoch und wuchtete den leblosen Till ins Wasser.

»Geht doch, Martin, geht doch.« Brockhaus grinste. »Aber wir sind immer noch zu viele. Ich bin nun allein mit dem Geld, und euren Sohn habe ich ja auch noch. Also … wer will zuerst?«

Jetzt erst verstanden Martin und Alexandra, dass er sie beide erschießen wollte.

»Na, wer möchte seinem Ehepartner noch ein paar Sekunden mehr schenken? Martin, bist du der Gentleman?«

Martin blickte zu Alexandra.

»Ja, ich zuerst«, sagte er.

Brockhaus stieß Alexandra in Richtung Heck, ihm direkt in die Arme. Martin fing sie auf.

»Dann sagt euch Adieu.« Brockhaus hob die Pistole und visierte Martins Kopf an. Dann fiel ein Schuss. Alexandra schrie auf. Aber Martin stand noch. Der Schuss war nicht aus Brockhaus' Waffe abgefeuert worden.

Martin blickte zum Steg, wo Nils auf allen vieren kauerte, die Waffe noch immer erhoben. Er hatte geschossen. Doch Brockhaus war nicht tot. Mit einem Schrei, der gleichzeitig Schmerz und Wut ausdrückte, stürzte er sich auf Martin und Alexandra. Sie verloren das Gleichgewicht und kippten alle drei über die Reling ins Wasser. Martin wusste sekundenlang nicht, wo oben und unten, wo die rettende Wasseroberfläche und wo der tödliche Grund des Hafenbeckens war. Alles um ihn herum war schwarz. Er ruderte mit den Armen und stieß gegen andere Körper, bis er endlich ein fahles Licht über sich wahrnahm. Dort war auch Alexandra, deren langes Haar wie ein schwarzer Schleier um ihr bleiches Gesicht waberte. Ihre Augen waren weit aufgerissen. Er schob sie nach oben und sank dabei tiefer hinab. Strampelte mit den Beinen, ruderte mit den Armen und blickte nach oben, wo der Lichtschein war und wo Alexandra jetzt die Oberfläche erreichte. Er wollte ihr nach, doch irgendetwas zog ihn nach unten. Ein Gewicht schien an ihm zu hängen, und als er nach unten schaute, blickte er in das von Irrsinn geprägte Gesicht von Brockhaus. Er hatte sich an seine Weste gehängt.

Die Luft wurde immer knapper. Martin spürte, dass er sie nicht mehr lange anhalten konnte. Er musste Atem holen. Es ging nicht mehr. Er strampelte und schlug nach unten, womit er allerdings nichts erreichte. Also öffnete er kurzerhand die Weste und wand sich heraus, bis er endlich frei war und nach oben trieb. Bitte, flehte er, bitte, lass es mich schaffen, lass mich die Oberfläche erreichen. Alexandra war nicht mehr zu sehen. Er war allein mit Brockhaus, der irgendwo unter ihm war. Noch einen Meter. Noch einen halben. Nur noch wenige Zentimeter. Martin sprang förmlich aus dem Wasser, öffnete den Mund und sog mit schmerzender Lunge die Luft ein.

Er war zwischen Heck und Steg aufgetaucht und sah Nils vor sich, hörte die Stimmen seines Sohnes und seiner Frau, konnte sie aber nicht sehen. Sie riefen ihm etwas zu, aber alles klang dumpf und verzögert wie unter Wasser. Er brauchte jetzt nur Luft, konnte nicht auf sie hören, nur Luft. Nils wollte ihn auf etwas aufmerksam machen, und dann war es schon passiert. Zwei Hände packten ihn von hinten und rissen ihn zurück unter Wasser. Martin sah Nils vor seinen Augen verschwimmen und kleiner werden, als sie hinabsanken. Brockhaus hing an ihm, umklammerte seinen Hals. Martin konnte sich nicht dagegen wehren. Die Schwärze um ihn wurde immer größer und größer, je tiefer sie sanken. Doch da war noch etwas an der Oberfläche, das ihnen zu folgen schien. Es sah klein aus und wirbelte und blinkte wie ein Spinner beim Angeln. Ein glänzender Köder, der den Fisch anlocken sollte. Das Ding taumelte und rotierte im Wasser und kam immer näher. Ein wunderschöner Anblick, wie Martin fand. Ein Lichtspiel inmitten der Dunkelheit. Brockhaus machte dumpfe Geräusche hinter ihm, ein unterdrücktes Stöhnen und Ächzen. Das blinkende Lichtspiel kam näher. Noch näher. Und jetzt erkannte Martin, was es war. Es war ein Messer. Es sank zu ihm herab wie in Zeitlupe, so als wäre er auf dem Mond und hätte es in die Luft geworfen, um es nun wieder aufzufangen. Er streckte die Hand danach aus und griff zu. Seine Finger schlossen sich um den Griff. Er hielt es in seinen Händen, jetzt musste er es nur noch benutzen.

Mit nach hinten gerichteter Klinge stach er zu, einmal, zweimal. Ein blubbernder Schrei war zu hören. Er stach abermals, hörte den Schnitt wie ein Zischen oder Reißen und dann wieder ein Blubbern. Auf einmal ließen die Arme von ihm ab, und er war frei. Fast ungläubig ließ Martin sich nach oben treiben, blickte nach unten, wo Brockhaus war, blickte nach oben, wo seine Frau und sein Sohn waren. Dann, endlich, tauchte er auf und wurde sofort gepackt und auf den Steg gehievt. Er erkannte Joshuas Gesicht und hörte, wie er nach ihm rief.

Ich bin doch da, dachte er und lächelte.

Wyk auf Föhr, Inselklinikum, 26.12., 16:47 Uhr

Martin lag in einem Bett in seinem Krankenzimmer. Der Fernseher lief. Sein Bein steckte in einer Schiene, ein Schlauch ragte aus dem Verband heraus und endete in einer kleinen, mit etwas Blut gefüllten Flasche, die am Bett befestigt war.

Es klopfte an der Tür.

»Herein«, rief Martin, und eine Schwester öffnete.

»Herr Trender, Ihr Freund kommt aus dem Aufwachraum

zurück«, kündigte sie fröhlich an und rollte ein Bett herein, in dem Nils lag. Er war an der Schulter operiert worden. »Er ist noch ziemlich müde, aber wohlauf. Hat alles gut überstanden.« Sie trat die Bremsen des Bettes fest und kramte ein kleines Tütchen aus ihrer Kitteltasche, das sie auf Martins Nachttisch legte. »Das können Sie ihm ja geben, wenn er wach wird. Ist die Kugel, die wir rausgeholt haben.«

Martin nahm das an der Vorderseite durchsichtige Tütchen in die Hand, musterte das verformte Projektil einen stillen Moment lang und legte es schließlich wieder zurück neben das Messer in der Lederscheide auf dem Nachttisch. Er lehnte sich in sein Kissen, lächelte und schloss die Augen.

Wyk auf Föhr, Inselklinikum, 29.12., 15:13 Uhr

Die Taschen waren gepackt und standen bereit. Martin und Nils saßen angezogen auf ihren Betten und schauten im Fernsehen die Nachrichten, als es klopfte.

»Herein«, sagten sie im Chor.

Elke, Anna, Joshua, Daniela und Alexandra mit Piet auf dem Arm betraten das Zimmer.

»So, Männer, kann's losgehen?«, fragte Elke.

»Aber so was von«, antwortete Martin.

Eine halbe Stunde später saßen sie auf der Fähre von Föhr nach Amrum. Es wehte kein Lüftchen. Dass hier vor wenigen Tagen ein Sturm getobt hatte, war gar nicht mehr denkbar, so friedlich und ruhig war es. Als sie den Hafen verließen und Kurs auf Amrum nahmen, umgab das Wasser sie wie ein einziger glatter Spiegel. Die Sonne stand glutrot über der Wasseroberfläche, nur ein paar Zentimeter entfernt, wie es schien. Alles war in orangefarbenes Licht getaucht. Gegenströmungen im Wasser brachen funkelnd das Sonnenlicht, und Segelboote und ein Kutter glitten wie schwarze Scherenschnitte an ihnen vorbei. Ganz weit entfernt, aber nicht zu weit, konnte man den Amrumer Leuchtturm erkennen, der sich aus einem feinen blassblauen Stück Land erhob, das mitten im Wasser lag.

Die beiden Familien saßen sich auf zwei Bänken an Deck gegenüber. Martin hatte Piet auf dem Arm, Alexandra und Daniela saßen neben ihm. Joshua saß an der Reling.

Elke erzählte von Tore, der es geschafft hatte, die Männer vom Sondereinsatzkommando aufzunehmen und sie zum Seezeichenhafen zu bringen.

»›Dein Mann steht tief in meiner Schuld‹, hat er mir immer wieder gesagt. Der war sich nie ganz sicher, ob du ihn nicht doch aufn Arm nimmst.«

Das brachte alle zum Lachen.

Nachdem sie sich wieder beruhigt hatten, blickte Nils die ganze Familie Trender freundlich an. »Sagt mal, habt ihr Silvester schon etwas vor?«

Martin lächelte, aber es war ein trauriges Lächeln. Zum Feiern war ihm nicht zumute. Dafür war in den letzten Tagen zu viel passiert. Was eigentlich das schönste Fest des Jahres hätte werden sollen, hatte sich in einen absoluten Alptraum verwandelt, der seine Familie beinah das Leben gekostet hätte. Er wollte jetzt nur ganz nah bei ihnen sein und sie nicht mehr aus seinen Armen lassen. Darüber hinaus musste er zugeben, dass er in Nils einen neuen Freund gefunden hatte.

»Amrum bietet euch an, von der kleinen Pension, in der Alexandra und die Kinder gerade untergebracht sind, in ein Ferienhaus zu ziehen, das ganz in der Nähe von uns liegt. Ihr müsstet auch nicht übermorgen abreisen, sondern könntet noch ein paar Tage länger auf der Insel bleiben. Es wäre kostenfrei für euch«, fuhr Nils fort. »Und wir würden euch gern zu Silvester zu uns einladen, wenn ihr mögt. Lasst es euch einfach durch den Kopf gehen.«

Amrum, Haus »Wattkieker«, 16:27 Uhr

Elke hatte dafür gesorgt, dass ihnen dieses Haus zur Verfügung gestellt wurde. Sie konnten vom Wohnzimmer direkt aufs Watt blicken und auf der anderen Seite auf die Rückseite der Kirche von Nebel. Sogar Nils' Haus konnte man hinter den Hecken erahnen. Ihre Sachen standen in ihren Koffern verpackt im Flur. Im Haus »Dünenglück« war in den letzten Tagen die Polizei zugegen gewesen und hatte die Spuren von der Kriminaltechnik untersuchen lassen. Simons Leiche war zur Obduktion in die Rechtsmedizin gekommen, genau wie Brockhaus' Leiche, nachdem Taucher sie aus dem Hafenbecken geborgen hatten. Till war, während Martin und Brockhaus unter Wasser um ihr Leben kämpften, von Alexandra und Joshua gerettet worden. Er hatte Kopfverletzungen und eine Schussverletzung, die ihn fast eine Niere gekostet hätte, aber er lebte. Und laut Kommissar Stehlbek, der Martin und Nils gestern auf Föhr besucht und befragt hatte, hatte er inzwischen ein umfassendes Geständnis abgegeben.

»Ist das schön?«, fragte Alexandra begeistert, als sie aus dem Fenster auf die Dämmerung sah, die sich zwischen Föhr und Amrum auf das Wasser legte.

»Als ob der Sturm nie dagewesen wäre«, sagte Martin.

»Ich glaube, ich kann es hier über Silvester aushalten«, meinte Alexandra und drehte sich zu Martin um. Er nahm sie in den Arm und hielt sie ganz fest. So standen sie eine Weile still im Wohnzimmer, während sie den Geräuschen von oben lauschten, wo Daniela und Joshua sich in ihren Zimmern einrichteten.

»Ich frag die Kinder«, sagte Martin und löste sich aus der Umarmung.

Er klopfte an den Türrahmen von Danielas Zimmer. Die Tür stand offen, und er sah, dass Piet in der linken Klappe ihres Koffers saß und mit Danielas Strümpfen spielte. Martin lachte.

»Hab schon ein Foto gemacht«, sagte Daniela. »Ich schick's euch gleich.«

»Dani?«

»Ja?«

»Was hältst du von dem Gedanken, über Silvester hierzubleiben?«, fragte er vorsichtig. Er wusste, dass die Geschehnisse seine Tochter schwer mitgenommen hatten und sie nachts von Alpträumen geplagt wurde. Wenn sie Nein gesagt hätte, hätte er keine Minute darauf verschwendet, sie zu überreden.

»Ich find's toll hier, gern«, antwortete sie.

»Ehrlich?«

»Ganz ehrlich.«

»Dann ist gut, komm her.« Er nahm sie in den Arm und küsste sie auf die Stirn. »Du warst unglaublich mutig und sehr tapfer, Daniela. Du hast deinem Bruder das Leben gerettet. Du bist was ganz Besonderes.«

Sie neigte den Kopf und drückte ihr Gesicht an seine Brust.

Joshuas Zimmertür war geschlossen. Martin klopfte und wartete.

»Ja?«, kam es von drinnen.

»Kann ich reinkommen?«

»Na klar.«

Martin öffnete die Tür. Joshua stand am Fenster, er hatte gerade seinen Lautsprecher auf der Fensterbank platziert und nahm seine AirPods aus den Ohren.

»Was ist?«, fragte er.

Martin antwortete zunächst nicht. Er sah nur seinen Sohn an, der schon so unfassbar groß und erwachsen schien. Dass er mal so wie Piet gewesen war, kam ihm so nah, aber zugleich auch so weit entfernt vor.

»Ich wollte dich fragen, ob es für dich okay wäre, wenn wir über Silvester hierbleiben. Aber sei bitte ganz ehrlich.«

»Wieso nicht?«

»Hast recht, du sagst eigentlich immer, was du denkst«, gab Martin lächelnd zu.

»Nein, ich meine: Warum eigentlich nicht? Von mir aus können wir hierbleiben.«

»Ja? Mama und Daniela wollen auch«, sagte Martin. »Piet hab ich noch nicht gefragt.«

Jetzt musste Joshua lachen.

»Und was ich noch sagen wollte … Du bist sehr mutig gewesen, Joshua. Du bist einfach da rausgelaufen, ohne zu zögern. Hast Till und mich aus dem Wasser gezogen und ihm und mir das Leben gerettet. Das hast du sehr, sehr gut gemacht.«

Joshua schüttelte kaum merklich den Kopf.

»Und noch was«, fügte Martin an. »Wenn wir wieder zu Hause sind, bekommst du dein Weihnachtsgeschenk. Es tut mir leid, dass du dachtest …«

»Pa …«

»Was?«

»Das Handy ist mir egal.« Er sah seinem Vater ernst in die Augen.

»Ehrlich?«

»Na ja, ein neues wäre schon schön …«

»Aha«, sagte Martin mit erhobenem Zeigefinger und lachte. Joshua kam auf ihn zu und umarmte ihn.

Und das war alles, was zählte.

Nachwort

So deutlich wie in diesem Jahr hat sich noch nie gezeigt, wie unvorhersehbar die Dinge doch sind.

Als wir 2019 Weihnachten feierten, hatte keiner auch nur ansatzweise im Blick, wie sehr ein heimtückisches Virus kurze Zeit später die Welt verändern würde. Die Corona-Pandemie traf uns alle unvorbereitet und wie aus dem Nichts, und was wir dagegen unternahmen, war ebenfalls neu und noch nie dagewesen.

Das, was innerhalb von Wochen und Monaten der ganzen Welt zustieß, geschah im Kleinen der Familie, die hier in dieser Geschichte beschrieben wird. Nur dass in diesem Text drei Männer anstelle eines Virus die Übeltäter sind und die Welt der Protagonisten aus den Angeln heben.

Als ich mit diesem Roman begann, gab es noch die alte Welt. Doch während ich schrieb, nahm die Pandemie ihren Lauf, und so entstand das gesamte Buch unter der Corona-Krise mit all ihren Ausmaßen und Veränderungen. Für mich als Autor hatte sich tatsächlich nur wenig verändert. Ich saß immer noch zu Hause am Schreibtisch, wie ich es sonst auch tat, mit dem Unterschied, dass meine Familie nun genauso auf die eigenen vier Wände und die Maße des Gartens beschränkt war wie ich, wir deutlich seltener einkaufen gingen und in den Regalen das Toilettenpapier vermissten, wenn wir es taten.

Meine Mutter verstarb in der Zeit.

In den Nachrichten hörte man jeden Tag von immer mehr Toten durch das Virus, und an einem Tag las ich vom Tod von John Prine, einer Songwriter-Legende aus den USA, der dem Virus erlegen war. Ich hatte mich erst spät für ihn interessiert, wollte aber, dass er in diesem Buch Erwähnung findet. So stieß ich auf eine Passage in einem seiner Songtexte, die für mich auf das Buch und vor allem auf die Tragik des Antagonisten passte. Ich entschied mich, diesen kleinen Auszug dem Text voranzustellen.

Und so möchte ich auch mit einem weiteren Zitat von John

Prine enden. Er schrieb nämlich, bevor er starb, ein Lied darüber, was passiert, wenn er sterben würde. Es heißt »When I get to heaven«. Und es ist mit Sicherheit eins seiner fröhlichsten Lieder.

When I get to heaven, I'm gonna shake God's hand
Thank him for more blessings than one man can stand
Then I'm gonna get a guitar and start a rock-n-roll band
Check into a swell hotel, ain't the afterlife grand?

And then I'm gonna get a cocktail, vodka and ginger ale
Yeah, I'm gonna smoke a cigarette that's nine miles long
I'm gonna kiss that pretty girl on the tilt-a-whirl
'Cause this old man is goin' to town.

Bent Ohle
INSELBLUT
Broschur, 272 Seiten
ISBN 978-3-95451-098-6

»Ein Inselkrimi, den man gar nicht beiseitelegen will. Ein toller Spannungsbogen mit überraschendem – kaum zu ahnendem – Ende. Echt lesenswert.« Leuchttuerme.de

www.emons-verlag.de

Bent Ohle
INSELGRAB
Broschur, 384 Seiten
ISBN 978-3-95451-290-4

»Ohle spart auch in diesem Krimi nicht an dem bei seiner Fangemeinde beliebten Lokalkolorit.« ekz Bibliotheksservice

www.emons-verlag.de

Bent Ohle
INSELSCHATTEN
Broschur, 432 Seiten
ISBN 978-3-95451-806-7

»Die Story ist durchweg fesselnd und hoch kriminell. Der Mann kann Dialoge. Er schreibt, wie Menschen sprechen.« Amrum News

www.emons-verlag.de

Bent Ohle

HERZ-JESU-FEUER

Broschur, 272 Seiten

ISBN 978-3-95451-666-7

Ein Millionärssohn wird tot unter einem Gipfelkreuz gefunden. War es die Tat eines Serienmörders? Der Schriftsteller Fernando Lovecchio wird als privater Ermittler engagiert und taucht ab in die dunklen Tiefen der Südtiroler Geschichte. Dort stößt er auf weitere Morde, die mit dem aktuellen zusammenhängen, und muss erkennen, dass er selbst nicht der Unbeteiligte ist, für den er sich gehalten hat. Und der Mörder ist noch nicht am Ende ...

www.emons-verlag.de

Bent Ohle
BINZ UND DIE DICKE BERTA
Klappenbroschur, 288 Seiten
ISBN 978-3-95451-543-1

»Spannende Lektüre!« Freie Presse

www.emons-verlag.de

Unter Pseudonym erschienen:
Alessandro Montano
DIE TOTEN VOM GARDASEE
Broschur, 272 Seiten
ISBN 978-3-7408-0070-3

»Dass Alessandro Montano selbst mehrere Jahre am Gardasee verbracht hat, merkt man den exakten Beschreibungen der Orte an. Daraus ergibt sich eine spannende Gegenüberstellung zwischen sonnenverwöhntem Urlaubsort und dem düster-unheimlichen Fall, der sich dort abspielt.« Film und Buch eMagazin

www.emons-verlag.de

Unter Pseudonym erschienen:
Alessandro Montano
DER FLUCH VOM GARDASEE
Broschur, 352 Seiten
ISBN 978-3-7408-0521-0

»Ein düsterer, sehr atmosphärischer Krimi, der den Leser sofort in seinen Bann zieht. Wir verfolgen fast atemlos, wie das Drama seinen grausigen Gang nimmt. Denn diese düsteren Krimis um den eigentlich wunderschönen Gardasee haben echtes Suchtpotenzial.«
WDR 4 Buchtipp

www.emons-verlag.de